다람쥐 길들이기

배미경

경북 김천에서 태어났습니다. 소설의 옷을 입기 전에는 시를 따라다니는 한 마리의 노란색 나비였습니다. 나비는 시 속에서 스토리가 있다는 걸 알았습니다.
살며시 발소리를 낮추며 귀 기울이고, 마음의 방에서 소설이 감아 놓은 실타래를 풀기 시작했어요.

다람쥐 길들이기

초판 1쇄 인쇄 2019년 10월 29일
초판 1쇄 발행 2019년 11월 6일

글쓴이 배미경
펴낸이 최종숙
펴낸곳 글누림출판사

책임편집 문선희 | **편집** 이태곤 권분옥 임애정 백초혜
디자인 안혜진 최선주 | **홍보** 박태훈 안현진

주소 서울시 서초구 동광로46길 6-6(반포4동 577-25) 문창빌딩 2층(우-06589)
전화 02-3409-2055(대표), 2058(영업), 2060(편집)
팩스 02-3409-2059 | **전자우편** nurim3888@hanmail.net
홈페이지 www.geulnurim.co.kr
블로그 blog.naver.com/geulnurim
북트레블러 post.naver.com/geulnurim
등록번호 제303-2005-000038호(2005.10.5.)

정가는 뒤표지에 있습니다.
ISBN 978-89-6327-593-2 03810

* 이 도서의 국립중앙도서관 출판예정도서목록(CIP)은 서지정보유통지원시스템 홈페이지(http://seoji.nl.go.kr)와 국가자료종합목록 구축시스템(http://kolis-net.nl.go.kr)에서 이용하실 수 있습니다. (CIP제어번호 : CIP2019042967)

다람쥐 길들이기

배미경 장편소설

차 례

　　　　　　　　　파란 하늘과 회색빛 건물 사이로 태양이 걸려 있었다. 그 사이로 검은 새 두 마리가 날아가고 있었다. 옆으로 뿌려 주는 빛은 바람도 아닌 연기였다. 연기 사이로 산봉우리가 희미하게 보였다. 산봉우리는 한쪽으로 두꺼운 표피를 만들고 있었다. 눈꺼풀이 점점 무거워졌다. 어깨에 통증도 심해졌다. 두 눈을 크게 떠서 자세히 보니 표피는 하얀 침이었다. 바닐라 아이스크림을 먹다가 입에서 흘러내리는 하얀 침.

　　그녀는 백 년 전에 보았던 산봉우리를 향해서 걸었다. 백 년 전이나 지금이나 달라진 것은 어디에도 없었다. 두 다리는 뼈만 앙상하고 발가락은 퉁퉁 부어올랐다. 발걸음을 옮길 때마다 산봉우리는 더욱 멀어져갔다. 태양이 뿌려주던 빛은 어느새 자몽 빛처럼 변해 있었다. 눈물이 쏟아질 것 같아 머리를 숙였다. 시간이 흐르면 자몽 빛도 사라질 것은 분명했다. 시간이 얼마나 흘렀는지 알 수 없었다. 머리를 산봉우리를 향해 천천히 들었다. 산봉우리는 자몽 빛에 그을려 조용히 녹고 있었다.

비 개인
오후

세종 아파트 앞에는 유치원 차를 기다리는 여자들이 조용히 대화를 나누며 서 있었다. 유치원생들은 제 또래들과 장난을 치거나 지루한 얼굴로 하늘을 바라보고 있었다.

노란색 유치원 차가 천천히 아파트 마당으로 진입을 했다. 여자들은 저 혼자 뛰놀던 자식들의 손을 잡고 유치원 차가 멈추기를 기다렸다.

은영은 소라를 유치원 차에 태웠다.

소라는 여느 때처럼 창가 자리에 앉아 은영을 바라보며 손을 흔들었다. 은영은 웃는 얼굴로 소라에게 손을 흔들어줬다. 은영은 유치원 차가 멀어지는 것을 보고 시선을 돌렸다.

"자기 그냥 갈 거야?"

서준이 엄마가 하품을 하며 은영에게 물었다.

"커피?"

은영은 서준이 엄마와 가끔 커피를 마시는 사이다. 몽블랑 빵집에서 파트타임으로 일하기 시작하면서 커피 마시는 시간이 줄어들었다.

"아메리카노 한 잔씩 할까?"

서준이 엄마가 길 건너에 있는 커피전문점을 손가락으로 가리켰다.

"오늘은 안 되고, 다음에 내가 한 잔 살게."

은영은 아쉬워하는 서준이 엄마에게 미소를 지어보인 후 집으로 들어갔다.

몽블랑에는 10시까지 출근을 해야 한다. 마음은 바쁜데 몸과 손이 따라주지 않는다. 설거지를 대충하고 집을 나섰다.

지하철 안은 많은 사람들로 붐볐다.

지하철역에 내려서 오백 미터쯤 걸었다. 멀리서 몽블랑 간판이 보였다. 내일부터는 삼십 분 일찍 출근해달라는 김 사장의 말이 떠올랐다.

"시급을 더 주시나요?"

몽블랑에 출근을 하려면 아침 시간을 정신없이 보내야 한다. 아침 식사를 준비하고, 소라를 유치원에 보낼 준비부터 시작해서 민준이 출근 준비를 도와주고 빨래를 세탁기에 넣는 등 뛰어다녀야 한다. 삼십분을 일찍 출근하려면 청소를 나중에 하든지, 빨래를 오후에 해야 할 것이다. 하지만 시급을 더 준다면 감당을 할 수 있다는 생각에 조심스럽게 물었다.

"오성 제과 문 닫은 거 알고 있죠?"

김 사장이 잘게 웃으며 은영을 바라봤다.

"시급을 주시기는 어렵다는 건가요?"

은영이 김 사장의 눈치를 살피며 조심스럽게 말했다.

"요즘 어려운 거 알고 있잖아요. 경기 좋아지면 생각해서 줄게요."

김 사장은 은영이 착하고 순수하게 보여서 만만하게 봤었다. 요것 봐라! 여자라고 우습게 보면 안 되겠는데, 라고 생각하면서 웃었다.

"사장님만 믿겠어요."

은영은 힘없이 대답하고 돌아섰었다. 삼십 분이면 시급으로 삼천 오백 원이다. 적다면 적고 크다면 큰돈이다. 하지만 배짱을 부릴 수도 없는 노릇, 김 사장의 말대로 경기가 좋아지길 기다리는 수밖에 없을 것 같다.

5시에 출근하는 매장에 김 사장의 모습은 보이지 않았다.

김 사장은 빵을 만들 밀가루를 반죽하고 기다리는 시간 동안 샌드위치를 만든다. 샌드위치가 완성될 때쯤이면 반죽이 발효가 되어 있을 무렵이다. 발효된 반죽을 분화해서 성형하고 빵을 구우면 점심시간이 된다. 그 다음은 디저트 종류와 과자 종류를 만든다. 일이 모두 끝나면 은영이 퇴근 시간과 같은 오후 4시에서 5시 사이다.

은영은 60대 초반으로 보이는 손님을 반갑게 맞이했다. 60대 노인은 은영을 바라보지도 않고 빵 베이킹 쪽으로 갔다.

"손님, 거기는 출입하시면 안 됩니다. 화장실 찾으시면 옆 건물로…"

"나, 이 건물 주인이야."

60대 노인은 대뜸 반말로 내 뱉고 빵 베이킹 문을 열었다.

"아이고, 박 회장님 어쩐 일이십니까?"

김 사장이 황망한 얼굴로 맞이했다.

"이번 달에 계약기간 끝나는 거 알고 있나?"

"그럼요. 그 문제 때문에 오늘이나 내일쯤 찾아뵐 생각이었습니다."

김 사장은 직접 빵 몇 개를 빠르게 골랐다. 은영에게 오렌지주스를 부탁하고 테이블로 박 회장을 안내했다.

"드십쇼. 우리 빵집에서 제일 잘 나가는 소보로 빵입니다."

"나 위장이 안 좋아서 밀가루 음식 못 먹네. 어쩔 생각인가?"

은영은 조심스럽게 오렌지주스 한 잔을 박 회장 테이블에 내려놓았다. 박 회장은 빵도 오렌지주스도 바라보지 않았다. 심문을 하는 얼굴로 물었다.

"당연히 연장해야죠. 그동안 월세 단 하루도 밀리지 않고 입금했습니다."

"요즘 이 근처 보증금이 삼십 프로 정도 오른 것은 알고 있지?"

"사, 삼십 프로라면?"

김 사장은 얼굴이 흙빛이 됐다. 보증금 일억 원에 월세를 삼백만 원씩 내고 있다. 삼천만 원이 당장 이달 말까지 필요하다는 말이 된다. 통장에는 재료비 할 거 몇백만 원과, 여윳돈은 이삼백 정도밖에 안 된다.

"김 사장 말대로 월세도 성실하게 냈고 하니까 이천만 원만 올리겠네."

박 회장은 더 이상 말이 필요 없다는 얼굴로 일어섰다.

"아, 알겠습니다."

김 사장은 박 회장의 성격을 잘 알고 있다. 사채를 얻는 한이 있더라도 이천만 원을 준비해야 한다.

"마누라가 치즈 들어간 빵을 좋아하던데…."

박 회장이 빵을 둘러보며 중얼거렸다.

"아, 사모님이 치즈빵을 좋아하십니까?"

김 사장은 마냥 돈 걱정만 하고 있을 때가 아니다. 얼른 일어나서 집게와 바구니를 챙겨 들었다.

김 사장은 맥이 빠져서 빵 베이킹으로 들어가고 싶지 않았다. 매장 테이블 앞에 앉아서 박 회장이 남기고 간 오렌지주스 잔을 들었다.

이천만 원…

일이백만 원도 아니다. 그 열 배 금액이다. 통장에는 재료비며 월세로 비축해 둔 오백만 원이 들어 있다.

은행은 말로만 소상공인들에게 무담보 대출을 해준다고 떠들어 되지만 문턱이 높기만 하다. 마을금고에도 5천만 원 정도 대출이 있다.

"은영 씨 지난달에 적금 탔다고 안 했나?"

"적금이라뇨?"

은영은 김 사장이 걱정하는 모습을 훔쳐보고 있었다. 갑자기 묻는 말에 놀란 얼굴로 물었다.

"지난달에 이천만 원 적금 만기 됐다고 안 했어?"

"아! 그거 적금대출 받은 돈이라서 만기는 됐지만…"

김 사장은 더 이상 말을 하지 않았다. 미안하다는 표정을 지으며 거리를 바라봤다.

누가 공짜로 돈을 빌려 달라나…

김 사장은 은영이 분명 거짓말을 하는 것처럼 들렸다. 적금이 만기 되던 날 가족끼리 외식을 한다는 말까지 했었다. 눈 하나 깜짝하지 않고 거짓말을 하는 은영이 너무 서운했다.

오십 대 남자가 핸드폰으로 통화를 하며 걷고 있다. 힘없이 핸드폰을 꺼냈다. 혹시 모른다는 생각에 마을금고로 전화를 걸었다.

"변제금액이 이천만 원이 넘습니다. 이천만 원 다시 대출받으시겠습니까?"

김 사장은 마을금고에 전화를 할 때까지만 해도 절망의 늪에서 허덕거렸다. 마을금고 직원의 목소리를 듣는 순간 벌떡 일어섰다. 만세라도 부르고 싶었다.

근처 아파트 주민들이 늦은 아침을 먹으려고 빵을 사러 올 시간이다. 갓 구워낸 빵들이 나란히 정리되어 있다.

은영은 유니폼을 갈아입으러 탈의실로 향했다. 매장과 붙어 있는 베이킹 문을 열고 김 사장에게 인사를 했다.

사장의 말에 은영은 목례를 하며 미소를 지었다.

"좋은 아침입니다."

사장은 좋은 일이 있는지, 좋은 아침이라고 덧붙였다.

은영은 유니폼을 단정하게 입고 포스기 앞에 서서 시제를 확인하기 시작했다. 키보드에 현금 정산 버튼을 누르면 삐릭 소리를 내면서 용지가 인쇄되어 출력된다. 열린 돈 통에 있는 돈들을 오만 원, 만 원, 오천 원, 오백 원, 백 원, 오십 원, 십 원, 수표로 구분해서 출력된 숫자와 비교했다.

일을 시작하기 전에 꼭 해야 할 사항이다. 시제 정산 안하고 일을 했다가 오차가 나면 교대로 근무하는 직원에게 인계를 할 때 물어내야 한다. 근무를 시작하고 이틀 만에 이만 원이 부족하다고 해서 돈을 물어내느라 2시간 30분 동안 무임금 노동을 했었다.

은영은 정산표의 금액과 현금 액수가 정확히 맞는 것을 확인하고 미소를 지었다. 돈을 돈 통에 가지런히 넣었다. 악어의 벌어진 입이 닫히는 것처럼 돈 통은 딸깍 소리를 내면서 닫혔다.

사람들이 몰려오기 시작했다. 은영은 포스단말기 앞에서 사람들을 바라봤다. 빵을 고르는 사람, 노트북을 보며 커피를 마시는 사람, 전화하는 사람. 영화 예고편 같은 장면들이 파노라마처럼 지나가고 있었다.

FM라디오에서 나오는 음악은 스피커를 타고 내부를 가득 채우고 있다. 음악의 분위기에 맞게 볼륨을 조금 줄이고, 경음악이 아닌 클래식으로 바꾸면 어떨까 하는 생각을 잠시 해본다. 하지만, 김 사장의 말은 클래식은 식욕을 자극하지 않는다고 한다. 경음악이 빵을 사고 싶게 하는 유혹을 준다는 것이다.

점심시간이 지나면 오후 3시까지 한가하다. 3시가 넘으면 근처에 있는 회사나 가게에서 간식으로 먹을 초코케이크나, 시금치치아바타, 아몬드 연유크림, 도너츠 종류나 앙버터 크루아상 같은 것을 사러 온다. 그 고객들을 상대로 장사를 하다 보면 금방 4시가 된다. 4시가 되면 포스단말기 안에 들어 있는 돈을 꺼내서 정산을 하며 저녁근무를 하러 오는 직원 보람에게 인수인계 준비를 한다.

"시간 있어요?"

"네."

"저녁 같이 하죠. 할 얘기가 있어서."

"알았어요."

김 사장은 두 눈을 껌벅거리며 머리를 긁적거렸다.

몽블랑 건물 뒤에는 음식점들이 많았다. 은영은 시간이 있다고 대답한 것이 후회스러웠다. 저녁을 먹자고 할 줄은 예상치 못한 일이었다. 김 사장과 단 둘이 저녁 먹는 것을 상상하니 불편함이 밀물처럼 밀려왔다. 당장이라도 집에 급한 일이 생겼다고 말하고 싶었지만 입 안에서만 맴돌았다.

"어디가 좋을까?"

김 사장이 숯불갈비 집 간판을 바라보며 중얼거렸다. 은영은 고개를 끄덕였다. 점심시간이 지났는데도 테이블마다 옹기종기 사람들이 마주 보고 앉아 술잔을 기울이고 있다. 김 사장이 빈자리 쪽으로 가서 앉았다. 은영도 쭈빗거리며 김 사장 앞에 마주보고 앉았다.

"은영 씨, 뭐 먹고 싶어요?"

김 사장이 벽에 붙여진 메뉴판을 바라보며 말했다.

은영의 시선도 벽에 코팅되어 붙여진 메뉴판에 머물러 있다. 꽃등심을 먹고 싶었지만, 차마 말을 하지는 못했다.

김 사장이 삼겹살을 먹자고 했다. 은영은 고개를 끄덕였다. 주문을 받은 직원은 시금치와 멸치볶음, 김치, 파 무침, 상추와 깻잎을 테이블 위에 세팅을 했다. 삼겹살이 불판 위에서 익어 가기 시작했다.

"술 할 줄 알지?"

"맥주 한 잔 정도는요."

은영은 민준과 가끔 소주를 마시는 편이다. 김 사장 앞에서 소주 마시는 모습을 보여주고 싶지 않아 말꼬리를 흐렸다.

"은영 씨, 이제 일한 지 한 달이 지났는데, 일은 할 만해요?"

"예, 열심히 하고 있습니다."

"어려운 거 있음 언제든지 말해요."

"예, 잘 부탁드립니다."

소주병에 술이 조금씩 줄어들었다. 은영은 두 번째 맥주잔을 받아 놓고 삼겹살을 먹었다.

김 사장의 얼굴이 붉게 취기가 오르기 시작하자 요즈음 매출이 좋지 않다. 지금도 잘하고 있지만, 앞으로도 내 빵집처럼 생각하고 최선을 다 해달라고 부탁을 했다.

"은영 씨도 계속 아르바이트만 할 수는 없잖아."

"저도 사장님처럼 빵가게를 하고 싶어요."

은영은 어느 정도 돈이 모이면 서울을 떠나고 싶었다. 바닷가 국도변에 빵가게를 하고 싶은 것이 꿈이다. 웃는 얼굴로 부끄럽게 말했다.

은영은 술잔에 넘친 맥주 거품을 오른손 검지로 찍어내며 바다를 떠올렸다. 거품은 파도를 닮았다. 하얀 이를 드러내며 모래사장으로 밀려오는 파도. 5년 전 강릉에 갔을 때 해안도로를 따라 길게 늘어 선 카페들을 생각했다. 회색빛 모던스타일로 지어진 카페, 나무로만 지어진 원두막 카페, 그리스의 산토리니를 연상시키는 카페. 산토리니를 닮은 카페를 잊을 수가 없었다. 바다를 닮은 푸른색 동그란 지붕과 손으로 만지면 금방이라도 묻을 것 같은 크레파스 같은 하얀 벽, 똑같이 빵집을 만들면 좋겠다고 생각하며 아이스커피를 마셨었다. 오른손 검지에 묻은 맥주 거품이 말라가고 있을 때 김 사장이 술잔을 들며 입술을 삐죽이 내밀었다.

"오! 그런 꿈이 있어요?"

김 사장은 은영이 다소곳하게 앉아 음식 먹는 모습이 예쁘게 보여서인지, 은영이 여자로 보이기 시작했다. 김 사장은 은영의 손목을 잡고 싶은 충동이 일어났으나 침을 꿀꺽 삼키며 참았다. 은영처럼 착하고 친절한 여자가 오랫동안 근무를 하면 매출도 많이 늘어날 것 같았다. 하지만 허튼 생각은 버려야 된다고 생각하며 술잔을 들었다.

"부끄럽네요, 아직 시작도 안 했는데."

"꿈이 있다는 것은 훌륭한 생각이에요. 열심히 사는 모습 보기 좋아요."

"감사합니다."

"꿈을 위해서 파이팅!"

김 사장은 술잔을 부딪치며 웃었다. 은영은 속내를 열어 보일 필요까지는 없었는데, 하는 생각이 들었다.

"식사하셔야죠?"

김 사장은 술잔을 비우더니, 은영을 바라봤다.

"아뇨, 저는 안 먹어도 될 것 같아요."

"그럼, 냉면 드실래요?"

"괜찮아요, 많이 먹었어요."

"계란찜 어때요?"

김 사장이 먹고 싶었는지 말을 하고 은영을 바라봤다. 은영은 고개를 끄덕였다. 김 사장은 계란찜과 밥 한 공기, 된장찌개를 추가로 시켰다.

"뜨거워요, 조심하세요."

오렌지색 앞치마를 한 아주머니가 뚝배기를 테이블 위에 놓으며 말했다. 뚝배기 위로 계란찜은 김이 모락모락 나며 용암이 솟은 것 같은 모양이다. 곧이어 된장찌개와 밥이 나왔다.

김 사장은 오븐기에서 빵을 꺼내는 시간과 겹쳐서 점심을 걸렀다. 은영이 앞에 앉아 있는데도 게걸스럽게 먹었다. 한참을 먹다가 은영이 앞에 있다는 걸 알고 왜 안 먹느냐고 물었다.

은영은 계란찜 한 숟가락 떠서 먹었다.

"은영 씨, 앞으로 서로 한 가족이라 생각하고 열심히 일해봅시다."

김 사장이 어느 정도 배를 채운 후에 멋쩍게 웃으며 술잔을 들었다.

"감사합니다. 열심히 일하겠습니다."

은영은 기분이 이상했다. 열심히 일해보자는 말은 가게에서도 충분히 할 수 있다. 굳이 식당에서 밥까지 사주면서 할 필요가 없었다. 무슨 다른 속셈이 있을 것이라는 생각이 들어서 고기 맛이 없었다.

"나 이래 봬도 착한 사람입니다. 법 없어도 살아가는 사람이라고 친구들 사이에 소문이 자자합니다."

김 사장은 은영이 순진해 보였다. 얼굴도 예쁘장하고 잘 구슬려야 오랫동안 근무할 것이라는 생각에 배를 문지르며 웃었다.

"제가 볼 때도 그런 것 같아요."

"근무하다 어려운 것이 있으면 그때그때 말해요. 은영 씨가 책임지고 빵가게를 운영해야 하니까 서로 갈등 같은 것이 있으면 곤란하잖아요."

"맞는 말씀입니다."

"은영 씨 같은 사촌동생이 있어서 하는 말인데, 가정적으로도 어려운 일이 있으면 언제든 말을 해요. 내가 도와줄 수 있는 한도 내에서는 얼마든지 도와줄 수 있으니까."

"정말 고맙습니다. 하지만 저희 가정에서는 문제가 없을 것 같네요."

김 사장의 목소리가 은근해졌다. 은영은 김 사장과 거리를 두어야 겠다는 생각이 들었다. 웃으면서도 또렷한 목소리로 말했다.

"남편 분은 뭐를 하시나?"

"자동차 영업사원이에요."

"호! 그거 매우 힘든 직업이라고 하던데?"

"그렇다고들 하데요. 하지만 애 아빠는 목표는 항상 채우는 거 같아요."

"능력이 대단한 남편을 두었네. 아이는 몇 명이나?"

"소라라고 딸 하나에요."

"하나 갖고 외로워서 쓰나, 하나쯤 더 나아야지 아직 나이도 젊은데."

"고기 타네요, 어서 드세요."

은영은 아무리 사장이지만 집안일을 너무 속속들이 말해주고 싶지 않았다. 어색하게 웃으며 타고 있는 고기를 김 사장 앞에 갖다 놓았다.

"은영 씨도 좀 들지?"

"전 원래 소식을 하거든요."

"그래서 이렇게 날씬한가 보네. 하여튼 앞으로도 지금처럼 열심히 일해봅시다."

"네, 실망시켜드리지 않을게요."

은영은 김 사장이 자신의 몸매를 살피는 것 같아서 기분이 좋지 않았다. 웃음을 감춘 얼굴로 말을 하며 맥주잔을 들었다.

은영은 김 사장이 맥주와 소주 한 병을 비울 때까지 말상대를 해주고 밖으로 나갔다. 특별히 할 말도 없는 것 같은데 저녁을 먹자고 하는 것이 좀 이상했으나 말하고 싶지는 않았다.

은영과 민준은 별다른 일이 없으면 일찍 퇴근을 한다. 스물다섯 평짜리 아파트지만 그들에게는 이 세상에 단 하나밖에 없는 보금자리다.

민준은 오늘따라 일찍 퇴근했다. 은영은 민준이 회식이나 거래처를 방문하지 않고 일찍 들어오는 모습이 보기는 좋다. 하지만 가끔은 친구도 만나서 취미생활도 해주었으면 하고 은근히 바랄 때도 있다.

"난 우리 집이 취미야. 내가 일찍 들어오는 것이 싫어?"

"너무 집에만 충실한 게 아닌가 하는 생각이 들 때도 있어."

"그럼, 내일은 밤 열두 시 땡하고 들어올까?"

"그건 싫어, 적당히 마셔야지."

"난 자기하고 마시는 술이 좋은데?"

"알았어, 오늘 퇴근할 때 소주랑 맥주랑 사 가자고 들어가야겠네."

은영은 낮에 민준이하고 통화했던 내용이 집에 와서야 생각이 났다. 저녁을 지어 놓고 잠깐 나갔다 와야겠다고 생각하며 옷을 갈아입었다.

"어머, 술 사 왔네?"

"자기 피곤하면 건망증이 좀 있잖아, 내가 사 왔지."

은영은 민준이 고마워서 얼굴에 살짝 키스를 해줬다.

민준은 집안일을 잘 도와주는 편이다. 설거지를 해놓기도 하고 빨래를 세탁기에 돌리고 꺼내서 널어놓기도 한다. 청소기를 돌릴 때도 있다. 법대를 나와서 세일즈를 하는 민준의 급여는 실적으로 측정되니까, 금액이 일정하지는 않다.

한 달이 잔잔한 물결처럼 조용히 흘러갔다. 은영은 출근을 하면 포스의 돈을 인계받는 것으로 시작해서, 빵이 나오면 정리를 하고, 시간이 나면 유리창을 닦기도 했다. 가끔은 빵 굽는 것을 구경하기도 하면서 열심히 일을 했다. 하루하루가 어제와 같이 흘러갔지만 언젠가 바닷가에 빵가게를 차릴 생각을 하면 즐거웠다.

퇴근 무렵이다.

은영은 다른 날과 같이 포스단말기에서 정산표를 뽑았다. 단말기 서랍 안에 있는 돈을 모두 꺼내서 정산을 했다.

어머! 왜 돈이 부족하지?

은영은 다시 돈을 헤아려 봤다. 500원짜리 동전과 100원짜리 동전까지 정확히 헤아려 봐도 2천 원이 부족했다.

이럴 리가 없는데?

아무리 열심히 일을 해도 돈이 부족하면 말짱 도루묵이다. 은영은 열심히 일을 했는데 돈이 부족하니까 속이 상했다.

돈 2천 원을 벌려면 15분 동안 일을 해야 한다. 적다면 적은 돈이지만, 열심히 일을 하고 2천 원을 물어내는 일이 생긴다면 안 한 것만 못하다.

"왜 그래?"

김 사장이 밖에 나갔다가 들어와서 은영에게 물었다. 은영의 표정이 울상이다. 돈 2천 원이 부족하다는 걸 알아차렸구나, 라고 생각하며 능청스럽게 물었다.

"사장님 돈 이천 원이 비네요. 정확히 계산했는데요."

"어! 그럴 리가 없을 건데."

"제가 세 번씩이나 헤아려봤거든요. 딱 이천 원이 부족해요."

"잘 생각해봐요. 많은 돈은 아니지만 계산이 틀리면 일하면서 힘 빠지잖아."

김 사장은 이천 원을 브라운색 지갑에서 꺼내며 은영에게 내밀었다.

"괜찮아요, 제가 뭔가 착각을 한 것 같아요."

은영은 김 사장의 호의가 고마웠지만 받아들일 수가 없었다.

"일을 하다 보면 실수할 때도 있지 뭐, 부담 갖지 말고 이걸로 채워 놔요."

김 사장은 이천 원을 카운터 위에 올려놓고 베이킹 쪽으로 향했다. 은영이 보기보다 정확한 성격이라고 생각하면서도 회심의 미소를 지었다.

"고맙습니다. 사장님."

은영은 김 사장의 호의가 부담스러웠지만 받아들일 수밖에 없었다. 내일부터는 아무리 바빠도 계산을 정확히 해야겠다고 생각하며 보람이가 출근하기를 기다렸다.

은영은 아침에 집안 청소, 설거지를 하고 나올 때도 있지만 바쁠 때는 집 청소를 퇴근 후에 할 때도 있다. 창문을 활짝 열었다. 마른 빨래를 접을 때는 텔레비전을 켜놓고 하면 시간 가는 줄 모른다.

구김이 간 옷은 다림질 판을 펴고 다렸었는데, 요즘은 스팀다리미를 사용한다. 구김이 잘 펴지고, 간단하게 다림질을 끝낼 수 있어 편리하다.

수선이나, 드라이클리닝 옷은 단골인 한강 세탁소로 갔다. 부부가 하는 곳이다. 때로는 직원은 아닌 것 같고, 아들이 아닐까, 하는 청년이 낮에는 세탁소에 있을 때도 있다.

한강 세탁소를 이용하기 전에는 G캐피탈 건물 뒤 세탁소에 갔었다. 두꺼운 돋보기를 쓴 아저씨가 늘 수선을 하고 있었다.

바지통을 줄이거나, 밑단을 줄이는 데도 당일은 어렵고 하루에서 삼 일 정도의 시간이 걸린다 했다. 급하게 입어야 한다고 해도 늑장을 부린다. 수선이 많이 들어와서 그런 걸까 생각을 했다. 시간이 지나면서 그게 아니라는 것을 알았다.

수선은 아주머니가 하는데 아주머니는 낮에는 요구르트 배달을 하는 것 같았다. 수선이 잘 나올 때도 있지만, 엉터리로 나올 때도 있다. 그러면 재수선을 해야 하는데 비용이 발생했다.

고객이 원하는 대로 안 했고 본인이 잘못해도 아주머니는 재수선 비용을 내야 한다고 했다. 바지 하나를 재수선이 두 번씩이나 들어가면서 한 번은 돈을 낼 수 없다고 했더니 내야 한다고 말다툼을 하다가, 그 후로는 한강 세탁소로 단골집을 바꿨다.

한강 세탁소 부부는 차분하게 분위기가 좋아 보인다. 안정적인 분위기로 오랫동안 동네에서 터를 닦은 인상이다.

은영은 몽블랑을 나와서 지하철로 향했다. 지금은 집과 몽블랑을 시계추처럼 반복해서 오가고 있다. 매일 오가지만 바닷가에 빵집을 하게 되면 매일 바다를 바라보며 하루를 지낼 것이다.

희망이 없으면 내일을 살아갈 꿈을 잃어버리게 될 것이다. 남편과 하루 종일 얼굴을 마주 보고 빵가게를 할 생각하면 집에 가는 길이 매일 즐겁다.

퇴근 후에 마트로 향했다. 바쁠 때는 동네 마트에서 장을 보지만 한 달에 몇 번씩은 마을버스를 타고 대형마트를 갈 때도 있다.

종류가 많은 곳에서 장을 보면 자칫 낭비로 이어질 수 있다. 무엇인가를 사러 갔다가 장바구니가 한가득, 집으로 돌아올 때는 시장 본 짐을 양 손으로 무겁게 들어야 할 때도 있다.

세일하는 제품이 싼 것 같아도 집에 와서 보면 꼭 필요하지 않은 제품도 있다. 왜 샀을까 하는 마음이 들 때도 있다. 살림꾼이 되려면 노력을 더 해야겠다고 생각했다.

꽃집 앞에서 주인이 꽃들에게 물을 주고 있다. 은영은 걸음을 멈췄다. 바닷가에 집을 지으면 화단을 만들 생각이다.

은영은 화초 키우는 것을 좋아한다. 지금 사는 곳으로 이사를 오면서 이웃에 꽃들을 많이 나누어줬다. 특히 좋아하는 화초는 빨간 꽃이 피는 꽃기린, 홍콩 야자수, 해피트리 등이다.

홍콩 야자수는 키가 잘 자란다. 겨울이 지나고 봄, 여름, 가을은 창가 햇볕이 잘 드는 소라 방 창가에 둔다. 영양제를 가끔 줄 때도 있지만, 물만 줘도 싱싱하게 잘 자란다.

야자수는 양재동 꽃시장에서 두 그루를 사왔는데 한 그루는 시들시들해졌는데, 한 그루는 새순을 싹 틔우며 잘 자라고 있다. 화초들을 볼 때마다 은영의 마음도 초록으로 물들여지며 싱그러움으로 가득해진다.

꽃가게 아주머니가 홍콩야자수 줄기를 잘라 모래에 심으면 뿌리가 내린다고 했다. 꽃가게 아주머니 말이 정말일까 믿어지지 않았지만, 화초를 파는 사람이 한 말이니까 믿을 수밖에 없었다. 혹시 하면서 줄기를 잘라 모래에 심었더니 뿌리가 내리기는커녕, 잘라진 화초도 모습이 예쁘지가 않았다.

"엄마, 꽃나무가 왜 이래. 미워."

언젠가 소라가 말라 죽은 홍콩야자수를 보고 물었었다.

"꽃집 아주머니가 잘라서 심으면 뿌리가 난다고 해서."

"꽃집 아줌마 미워."

소라가 화초를 매일 눈여겨보고 있었다는 것을 그때 알았다. 한 번 실수한 그날 이후 새로 사온 홍콩 야자수는 소라의 키만큼 자랐다.

"아줌마, 그 꽃 이름이 뭐예요?"

은영이 유난히 빨갛고 송이가 큰 꽃을 손짓하며 물었다.

"아! 얘 말이죠, 만데빌라 꽃이에요."

수대로 물을 뿌리던 꽃집 주인이 부드럽게 웃으며 말했다.

은영은 내일 만데빌라 꽃을 사야겠다고 생각했다. 소라도 좋아할 것이다. 꽃을 살 생각을 하면 피로가 풀리면서 마음이 가볍다.

또, 똑같은 하루가 시작됐다.

아침을 짓고, 소라 머리를 따주며, 민준의 양복과 넥타이를 챙겨주고 있을 때도 시간은 일정한 속도로 움직이고 있었다.

"우리 언제 여행 갈까?"

"여행?"

민준이 거울 앞에서 넥타이를 매며 묻는 말에 은영이 반문했다.

"생활이 너무 단조롭지 않아? 매일 몽블랑에서 집, 집에서 몽블랑만 오가고 있잖아."

"자기한테는 매일이 단조로울지 모르지만 나한테는 하루하루가 달라, 어제 보는 자기 얼굴하고 지금 보는 자기 얼굴도 다른걸."

"그럼 여행을 안 가도 되겠네."

"지금은 한 푼이라도 저축할 때잖아."

"알았어, 그럼 빵집 쉬는 날 가까운 곳에 산책이라도 가자."

민준은 사랑스러운 눈빛으로 은영을 바라봤다. 거리를 걷다가 걸음을 멈추게 할 정도로 아름답지는 않다. 하지만 마음이 너무 착하고 눈이 맑다. 사람은 눈이 90이고 몸이 10이라는 말이 있다. 눈이 맑으면 예뻐 보인다.

은영은 무의식적으로 시계를 바라봤다. 오후 4시 50분. 느낌은 항상 일정하다. 정확히 5시는 아니지만 시계를 바라봤을 때 오후 5시를 기준으로 10분 전, 10분 후였다. 몸속에 흐르는 정맥과 동맥의 템포가 세상이 움직이는 시간과 일치하는 것 같아 늘 짜릿하다. 시계를 바라보다 생각했다.

'시간은 누가 만든 거야.'

은영은 입가에 미소를 띠우며 포스단말기로 갔다. 동시에 가게 문이 열리며 누군가 성큼성큼 들어왔다. 머리는 올백으로 넘기고 턱밑에는 옥수수 같은 수염자락이 몇 자락 늘어져 있다. 나이를 짐작하기 힘든 얼굴에는 잔뜩 굳은살이 배겨 있고 신고 있는 슬리퍼는 금방이라도 벗겨질 것처럼 소리가 둔탁했다. 움직일 때마다 슬리퍼와 발바닥이 부딪치는 소리는 일정하다 못해 간결하게 느껴진다. 오른손에는 비닐봉지가 매달려 있다.

고객은 비닐봉지를 포스단말기 위로 올려놓으며 다른 빵으로 바꿔 달라고 했다. 본인이 좋아하는 빵이 아니라는 이유였다. 은영은 비닐봉지 안에 있는 빵들을 살펴봤다. 몽블랑 빵이라는 것은 틀림없지만 쉽지 않은 결정이다.

"영수증 있나요?"

"없는데요."

"영수증이 없으면 교환이 어렵습니다."

"뭐라구요?"

은영은 포스단말기의 버튼들을 만지작거리며 태연하게 말했지만 고객 얼굴을 똑바로 쳐다볼 수 없었다. 무서워서가 아니라 슬리퍼와 발바닥이 부딪치는 소리가 귀에서 맴돌고 있었다. 고객은 예상했던 대로 포스단말기에 올려져 있는 빵 봉지를 집어 들고는 바닥으로 내팽겨쳐버렸다.

고객은 아무 일 없었던 것처럼 씩씩거리며 나갔다.

김 사장은 혼란스럽다. 언젠가 책에서 읽었던 것처럼, 또는 돈이 많은 사람들 얘기를 들어보면 공통점이 있었다. 즐기면서 일하는 사람들이 돈도 많이 번다는 거였다. 하지만 요즘은 돈을 쫓아가면 돈이 발이 달린 것처럼 도망을 가는 기분이 든다.

"요즘은 돈이 돈을 버는 세상이야."

김 사장이 빵을 진열하며 중얼거리는 말에 은영은 김 사장을 바라봤다. 대답 대신 고개를 끄덕였다.

'돈이 돈을 버는 시대라고.'

은영은 돈이 돈을 버는 시대라는 말은 공감했다. 하지만 그건 돈이 있는 사람들이 하는 말이다. 돈이 새끼를 칠 정도의 돈이 없으면 그림의 떡에 불과하다. 그저 열심히 일을 해서 꿈을 이루는 것이 현실적이라고 생각했다.

은영은 시제를 맞추고 서둘러 퇴근을 해야 하지만, 무엇부터 해야할지 도통 생각이 나질 않았다. 포스단말기의 버튼들은 비웃기라도하듯이 반질거리며 반짝거렸고, 바닥에 널브러져 있는 빵 봉지는 입을 짝 벌리고 있었다. 손에서는 땀이 배겨 나오고 등줄기에서도 식은땀이 났다.

은영은 떨어지지 않는 발걸음을 겨우 옮겨 문 앞으로 걸어갔다. 고객은 보이질 않았지만 지나가는 사람들이 모두 똑같아 보였다. 금방이라도 누군가 빵 봉지를 들고 들어올 것 같았다. 괜시리 웃음이 나왔다. 웃음은 쉽게 멈추질 않았다. 어디선가 슬리퍼와 발바닥이 부딪치는 소리가 나지막하게 들려왔다.

김 사장은 어제 밤을 설쳤더니 정신이 멍하다. 출근은 했지만, 마음이 어수선한 느낌이다.

"잠깐 모여 봐요."

고객이 없는 시간에 김 사장은 은영과 경호를 불렀다. 하던 일을 멈추고 김 사장 앞으로 갔다.

"요즘 빵가게들도 경쟁이 치열해, 맛과 서비스나 차별화되지 않으면 고객들의 발길이 멈춰질 거예요. 어떻게 하면 고객이 많아질까 생각해본 적 있나요?"

은영은 김 사장의 뜬금없는 말에 무슨 말을 해야 할지 떠오르는 단어가 생각나지 않았다. 정식 직원도 아니고 아르바이트 직원이다. 직원이 수십 명 있는 것도 아니다. 달랑 두 명밖에 없는 빵가게에서 무슨 큰 회사 사장처럼 하는 말투가 거슬렸다.

"사장님 어떻게 하면 될까요?"

경호는 뜬금없다는 표정으로 물었다.

"여러 가지 요소들이 있겠지만, '고객을 부르는 춤을 춰라'라는 문구를 책에서 읽은 것이 떠오르네요."

은영은 어느 책에서 읽은 건지 정확히 기억이 나지 않았다. 언젠가 책에서 읽은 것 같은 생각이 나서 말했다.

"네, 알 것 같아요."

경호는 미소를 지었다.

"은영 씨, 좋은 생각 없어요?"

"친절하게 하면 좋을 것 같아요. 빵 맛도 최고로 만들고, 구매한 후 재방문을 하고 싶은 이미지를 만드는 게 좋을 것 같아요."

"그렇죠, 다시 방문하고 싶은 이미지를 심어준다. 좋은 생각입니다."

은영은 직원 두 명을 앞에 세워 놓고 훈시를 하는 김 사장이 이상하게 보였다.

은영이 친구에게서 들은 얘기가 생각났다. 친구 남편이 실업자였을 때, 10시 30분 백화점 오픈 시간에 안으로 들어가는데, 유니폼을 단정하게 입은 직원들이 두 줄로 서서 45도로 인사를 했다고 했다. 환한 미소를 짓는 그들을 보면서 황홀했다는 기억은 잊을 수가 없다고 했었다.

맞이 인사, 표정, 말씨, 태도, 고객이 뭘 원하는지 파악하는 것, 배웅 인사 등 여러 가지가 있다.

매장의 분위기가 살아 있고 생동감 있는 공기처럼 느낌이 들게 하면 좋을 것 같다.

김 사장은 요즘 무슨 생각을 골똘히 하는지, 눈빛이 반짝거리며, 생기가 도는 것 같다.

사람에게서 목표가 생기면 저런 모습이 보일 때가 있는 것 같다.

"은영 씨는 재테크를 하고 있나요?"

"아뇨, 저는 안 하고 있습니다. 남편이 주식을 조금하고 있습니다."

"그래요. 재테크하는 종류가 여러 가지 있겠지만, 공부하고 관심 가지고 노력하면 얼마든지 부를 누릴 수 있을 겁니다."

김 사장은 재테크에 관심이 많아 보인다. 은영이 생각하기에 일과 아무런 관련이 없어 보이지만, 은영이 관심이 없다고 말할 수는 없었다. 그냥, 의미 없이 고개를 끄덕거리며 엷은 미소를 짓는다.

김 사장은 은영의 생각과 무관하게 계속 말을 이어간다.

"사장님, 좋은 정보 있으시면 말씀해 주세요."

생활이 여유가 있으면 다른 생각을 안 할 수도 있다. 현실이 부족하다고 느끼거나 미래에 대한 꿈이 있다면 미리미리 준비하는 방법을 찾는 것도 해야 할 일이다.

빵가게해서 돈을 버는 가게도 있지만, 망하는 가게도 주변에는 많다. 차별화되지 않으면 경쟁 사회에서 살아남기가 여간 어려운 일이 아니다. 고객의 입맛을 사로잡는 신메뉴를 개발하는 등 이벤트로 새로움을 선사하기도 해야 한다.

시대의 흐름에 발맞추어 생각도 날개를 달아야 한다.

고단한 하루가 지나갔다.

김 사장은 침대에 누웠다. 몸은 피곤한데 정신은 더 또렷해진다. 뒤척이다가 방에서 나왔다. 시계 초침은 3시를 지나고 있었다. 주방으로 가서 물을 마시고, 거실을 서성이다가 베란다 유리로 보이는 밖을 바라봤다.

밖의 어둠은 이불을 덮고 잠을 자고 있는 듯 평온하게 보인다.

김 사장은 밤을 거의 뜬 눈으로 보냈다. 달이 떠 있는 이른 새벽에 몽블랑 문을 열었다. 아무래도 독특한 빵을 개발해서 고객들을 유혹하는 수밖에 없겠다는 생각을 했다.

새로운 빵을 만들어 날이 밝으면 시식코너에 내놓고 고객들의 반응을 살피며, 맛이 어떤지 질문을 해볼 생각이다.

김 사장은 고객의 반응과 직원들의 생각을 참고해서 시판을 할 것인지를 생각하며, 머릿속에는 빵 생각으로 가득하다.

잠을 자려고 해도 잠은 저만치 달아나서 잠이 올 것 같지 않아 옷을 입고 집을 나섰다. 김 사장은 신호등 앞에 차를 정지했다. 사람이 없는 시간이지만 초록불이 들어온 이상 빨간불이 켜질 때까지 멈춰 있어야겠다는 생각으로, 차창 밖으로 하늘을 올려다봤다. 달과 별들이 반짝 거린다.

김 사장은 빵 베이킹으로 들어가 생각한 빵을 만들어 보기로 했다. 전등 스위치를 켜고 발효기에서 밀가루 반죽을 꺼낸다.

빵을 만들어 오븐에 집어넣는다. 타이머를 맞혀 놓고, 믹스 커피를 타서 들고 의자에 앉았다. 작업대에는 아직 발효된 밀가루가 많이 남았다.

요즘 같으면 커피 값도 아깝다. 아무래도 직원 한 명을 잘라야 할 거 같은 생각이 들었다.

김 사장은 인건비를 생각하면 직원 한 명을 줄이고 혼자 빵을 만들고 싶었다. 그러나 혼자서는 도저히 빵을 만들 자신이 없었다. 반죽이며 새벽에 교대 근무를 하지 않으면 쓰러져버릴 것 같았다.

은영을 바라보거나 경호를 바라보면 인건비를 줄여야 한다는 생각이 다시 들었다. 그래서인지 경호를 바라보면 얼굴이 밝아지지 않았다.

"사장님 어디 편찮으세요?"

은영이 조심스럽게 물었다.

"인건비가 장난이 아냐."

김 사장은 은영의 시선을 바라보지 않고 자신도 모르게 속마음을 털어놨다.

"사장님 매출이 없어 일 하기가 미안한 생각이 들어서요, 그만둬야 될 것 같아요."

"은영 씨, 무슨 말을 그렇게 해. 왜 그런 엉뚱한 생각을 하는 거지."

김 사장은 막상 은영이 그만둔다고 하니까 마음이 바뀌었다. 은영이만큼 착실하게 근무하는 직원을 구하기 힘들다는 생각이 들어 말렸다.

"사장님 직원도 바쁜 속에서 일을 하고 임금을 받아야, 마음이 편해요. 그렇지 않으면, 가시방석에 앉은 듯 마음이 편치 않아요. 가게 운영도 실속이 있어야죠. 적자 운영이라면 골치 아프잖아요."

"노력하면 잘 될 수 있겠다는 긍정적인 생각을 가져야 좋은 운이 찾아오지 않겠어요? 같이 의견을 나누어가며 잘 해 봅시다. 내가 요즘 개발 중에 있는 빵들이 있으니까, 은영 씨는 매장 청결과 고객들에게 친절하게 대하는 서비스 등 각자 맡은 임무에 충실히 하고 파이팅 해 봅시다. 분명 좋은 날이 올 거예요. 난 그렇게 믿어요."

"예 사장님 그렇게 말씀해주시니, 저도 열심히 해서 가게가 잘 되도록 노력하겠습니다."

은영은 사장이 가게에 대한 깊은 애정을 가지고 있다는 것을 느꼈다. 어쩌면 삶의 터전에서 꼭, 해야만 하는 책임감 때문인지도 모르지. 간절한 마음을 가진다면, 힘이 나고 기적이 일어날지도 모를 일이다.

은영은 내심 불안했다. 사람들의 성격도, 취향도 다 다른데, 일만 하면 좋지만 생각지도 못한 일들이 가끔 생길 때도 있다. 김 사장은 고객을 많이 상대해서 그런지 당당했다. 은영도 앞으로 고객을 상대하면서 좀 더 당당한 모습으로 바뀌어야겠다고 생각을 했다.

은영은 지하철에서 내려 집으로 향했다. 컴플레인이 있던 날이라서 마음도 몸도 무거웠다. 마트를 들러 반찬거리를 사야겠다고 발길을 옮기는데, 휴대폰에서 진동이 울렸다.

"여보세요."

"나야, 지영이."

은영은 고등학교 동창 지영이 마음에 안 들어 번호를 삭제한 상태다.

"무슨 일이야?"

"혹시, 지수한테 연락 없었니?"

"없었는데, 왜?"

"지수가 찾지 말라는 쪽지를 남기고 집에 안 들어온 지 일주일이 넘었는데, 지수 남편한테 연락이 왔어."

"어머나 무슨 일일까, 살아 있겠지 실종 신고는 한 거야?"

은영은 걸음을 멈췄다. 지수의 얼굴이 떠올랐다.

"실종 신고는 안하고, 여기저기 찾아보고 있나봐."

지난겨울 옷깃을 세울 정도로 추운 날이었다. 차가운 바람이 세게 불어와서 눈앞에 보이는 음식점으로 들어갔다. 저녁을 먹고 평소와 다르지 않게 수다를 떨었다. 속마음을 별로 얘기 안 하는 친구라 항상 잘 지내며 아무 일도 없는 줄 알았었다.

지영은 지수가 돈 때문에 힘들어한다는 말을 들어 알고 있었다고 했다. 어쩌면 친한 사이에는 오히려 어려운 속내를 감추는 것이 본인의 자존심을 지키는 거라고 생각을 한 것 같다. 은영은 걱정이 됐다.

은영은 계속 마음이 우울했다. 지수에게 전화를 해도 안 받고, 톡을 해도 읽은 표시도 없었다. 지수는 등산을 자주 다니곤 했었다. 휴대폰 대문의 사진도 등산복을 입고 산에서 찍은 사진이었는데, 사라지기 전쯤에 사진이 정장 차림의 모습이 올려져 있었다. 다른 때와 다른 사진이 올라와 있어 의아하다는 생각이 들긴 했었다.

이튿날이다. 은영은 고객이 없는 시간을 이용해서 유리벽을 닦았다. 유리벽 사이로 지수와 비슷한 여자가 지나갔다.

"지영아 지수한테서는 연락 없었어?"

은영은 걱정이 돼서 지영에게 전화를 했다.

"아직 연락 없데."

"어떻게 된 걸까?"

"너는 지수가 힘들어하는 거 알고 있었다며?"

"돈 때문에 힘들다고 하더라고."

"그래도 사라지면 어떡해."

은영은 동창모임에서 친구들이 하는 얘기를 들었다. 지수의 남편은 공무원인데 친구들 좋아하고, 술 좋아하며 집에 늦게 들어가는 사람이라는 것이다. 지수는 생활력이 강하고 가만히 있는 성격이 아니어서 늘 일을 하는 것 같았다.

지수는 결혼 전에 하던 일이 있었지만, 결혼을 하면서 그만뒀다. 그 것도 잠시, 생활에 보탬이 되기 위해 검침하는 일을 하고 있었다. 가끔 지영이 운영하는 화장품 대리점을 찾았다고 했다. 이런저런 수다를 떨다 갔다 했다.

어느 날 지수는 지영에게 자신이 밥을 먹었는지, 안 먹었는지 기억이 나지 않는다고 했다. 지수가 3개월 후에 이사를 가야 하는데 어느 방향이 좋은지 지영에게 알아보라고 부탁을 해서, 지영은 동쪽이 좋겠다고 말해주었다.

"돈이 좀 부족할 것 같은데."

지수는 피곤한지 눈이 퀭한 모습이었다.

지수는 집안일을 지수 남편과 상의하면 좋을 텐데, 집안의 일은 지수가 알아서 하고 밖의 일은 지수 남편이 알아서 한다고 했다.

집안에서 하는 일에, 지수 남편의 월급 일부를 받고, 지수의 월급을 합해도 애들의 사교육비를 충당하기에는 늘, 부족했다. 지수의 남편은 잊지 못하고 있던 첫사랑을 그리워하고 있었던 것 같다. 동창모임을 나가면서, 첫사랑 그녀를 보는 순간 가슴에는 하트가 그려졌다고 했다.

지수 남편 첫사랑 여자는 미혼이다. 어렸을 때 시골길을 걸어가다가 치한한테 폭행을 당했다는 소문이 고등학교 내부에 퍼졌었다. 그녀는 그 후 결혼을 포기했는지, 본인의 사업을 하면서, 일만 하고 지낸다 했다. 충청도 금산에 거주하면서 서울을 오가며 사업차 호텔에서 한 달 정도 머물러 있을 때도 있다 했다.

지수가 사라지기 삼 년 전부터 지수 남편은 첫사랑과의 만남이 시작되었다고 했다. 그는 첫사랑이 머물고 있는 호텔을 자주 찾는다고 했다.

지수가 성당을 그렇게 열심히 다녔던 이유가 거기에 있었던 걸까, 기도를 하면서 위안을 삼았던 것인지도, 결혼 후 남편을 설득해 성당을 같이 다녔지만, 일 년이 지난 후에 지수 남편은 적성에 맞지 않는다며 더 이상 다니지 않는다 했다. 지수는 혼자서 성당을 찾았다 했다. 어쩌면 지수는 속이 깊어 알고도 모르는 척했는지도 모른다. 지수 남편이 첫사랑에게서 멀어지기를 기도했는지도 모를 일이다.

은영은 소라가 돌아올 무렵에 밖으로 나갔다. 엄마들이 아파트 마당에서 서성거리며 잡담을 나누고 있었다. 서준이 엄마가 반갑게 손을 든다. 은영은 웃는 얼굴로 서준이 엄마에게 다가갔다.

"서준이 오면 병원에 가려고."

"왜?"

은영이 걱정스러운 얼굴로 물었다.

"감기 증상이 있는 것 같아서 약을 먹여 보냈거든. 유치원 선생님한테서 전화 왔는데 아무래도 병원에 데려가야 할 거 같데."

"여름인데?"

"여름 감기가 더 무섭다잖아. 소라 아빠는 퇴근하고 집에 일찍 들이오지?"

"소라 아빠는 원래 주변머리가 없잖아."

은영이 웃음을 참으며 서준이 엄마를 바라봤다.

"자기 지금 나 약 올리는 거 맞지?"

"아니야."

"맞잖아, 서준이 아빠는 어제 몇 시에 들어왔는지 알아? 한 시에 술이 취해서 들어왔다고."

"또 한바탕 했겠네?"

"혀가 돌아가야 한바탕을 하던 두 바탕을 하지."

"서준이 아빠는 사업을 하니까 거래처 고객을 많이 만나잖아."

"소라 아빠는 차 팔잖아, 내가 볼 때 소라 아빠가 퇴근 후에 더 바쁠걸."

은영은 슬그머니 웃음을 감추며 민준의 얼굴을 생각했다. 이 시간에도 차 한 대라도 더 팔려고 거리를 누비고 다닐 것이다. 직업이라 당연하겠지만 문득 안쓰럽다는 생각이 들었다.

"그래도 해장국은 끓여줬지?"

"돈 벌러 나간다는데 빈속에 내보낼 수는 없잖아."

"잘했어, 그래야 오늘 하루도 열심히 일하겠지."

"우리 오늘 저녁에 한 잔 할까?"

"소라 아빠 일찍 들어오는 거 잘 알잖아."

"어휴, 서준이 아빠가 소라 아빠 절반만 닮았어도. 하여튼 자긴 남자 복이 많아."

유치원 버스가 도착했다. 서준이 엄마가 은영의 어깨를 툭 치고 버스 앞으로 갔다. 아이들 틈에서 소라가 먼저 나왔다.

"소라야, 인사해야지, 서준이 엄마."

"안녕하세요, 저 소라예요."

소라가 은영의 말에 앙증스럽게 배꼽인사를 했다. 은영은 그 모습이 너무 귀여워서 머리를 쓰다듬어주었다.

"소라, 안녕 예뻐졌네."

서준이 엄마가 소라에게 손을 흔들었다.

"엄마!"

서준이 내렸다. 은영이 볼 때 아픈 아이 같지가 않았다.

"머리 안 아파?"

서준이 엄마가 걱정스럽게 서준이에게 물었다.

"괜찮아, 엄마, 피자 먹고 싶어."

"엄마, 나도 피자."

서준이 말에 소라가 은영의 손을 잡으며 올려다봤다.

"아빠 오시면, 생각해 보자."

은영은 서준이 엄마에게 병원 잘 다녀오라며 인사를 하고 돌아섰다.

"울 공주 유치원에서 뭐 했어?"

"물고기 이름 배웠어, 엄마 오늘 물고기 사러 가기로 했잖아."

"그래, 가방 집에 두고 가자."

은영은 혼자 마트에 가면 자전거를 타고 가거나 걸어서 가도 되지만, 소라와 같이라서 마을버스를 타러 정류장으로 향했다. 편의점을 운영하는 승현이 엄마를 만났다.

"소라야 어디 가니?"

"물고기 사러 가요."

"와! 소라 물고기 좋아하는구나."

"네! 소라 물고기 엄청 좋아해요."

"예쁜 물고기 사와."

소라는 승현이 엄마에게 손을 흔들어 주고 깡충깡충 뛰기 시작했다.

몽블랑 바깥에는 가로수로 포플러 나무가 서 있다. 은영은 가끔 포플러 나무를 바라보며 시간을 보냈다. 고객이 없을 때는 바람도 쐴 겸밖으로 나가서 나무를 쓰다듬었다.

두 그루의 나무 허리를 중심으로 왕거미가 집을 지었다. 길이와 높이를 가늠해보면 어렵게 둥지를 틀었다. 그런데도 거미는 한가하게 포플러 나무 사이를 산책하고 있었다.

은영은 거미의 일상이 궁금해서 일부러 밖으로 나갔다.

폰으로 사진을 찍는 소리가 찰칵 나는데도 꼼작 안 하고 자는 모습을 보면 괜히 웃음이 나왔다.

출근길에 거미가 밤새 어떻게 지냈는지 궁금해서 가보면 거미는 먹이를 기다리며 이슬이 묻어 있는 거미줄을 바라보고 있었다. 너무 귀여워서 손가락으로 톡 건들고 싶은 충동이 일어났으나 애써 참았다. 하지만 그 다음 날 출근을 하면서 살펴봤더니 거미줄이 보이지 않았다. 누군가 빗자루로 거미줄을 없앤 흔적이 보였다.

우울한
콘셉트

몽블랑은 아침 7시에 오픈을 한다.

은영이 출근을 할 시간쯤이면 아침 빵이 끝나고 오전 간식 빵이 나올 무렵이다. 매장 뒤쪽에 붙어 있는 베이킹에서 빵 굽는 냄새가 풍겨오고 직원 경호는 능숙한 손놀림으로 먹음직스럽게 빵을 진열했다.

야채, 크림, 아몬드 등이 붙어 있는 빵은 눕혀 놓는다. 고로케나 크림빵은 세워 놓아야 잘 팔린다. 벽 쪽으로는 과자세트가 있다. 과자의 종류도 다양하다. 곰돌이, 양, 토끼를 닮은 모양도 있다. 냉장고에는 무지개색의 음료수를 채워 넣었다.

빵 진열은 나름대로 규칙이 정해져 있다. 고객들은 필요한 메뉴를 선택하느라 눈으로 보면서 손에든 집게로 빵을 쟁반에 담는다. 취향이 다 다르듯 빵을 고르는 스타일도 다르다.

다양한 모양의 빵들, 집게와 쟁반의 움직임들, 카운터 옆에는 원두

커피 기계가 놓여 있다. 주문을 받으면 기다렸다는 듯이 윙하는 소리
와 함께 원두 콩이 가루로 부서진다.

"초는 몇 개 드릴까요?"

은영은 케이크를 들고 오는 고객이 있으면 반드시 초가 필요한지
묻는다. 은영이 말을 하지 않으면 고객도 깜박 잊고 그냥 가는 수가
있다. 성격이 급한 고객은 직원이 초를 안 챙겨줬다고 욕을 하기도 했
다. 그럴 때는 꼼짝없이 죄송합니다, 라는 말을 연발해야 했다. 그런
고객과 통화를 하고 나면 빵집을 그만두고 싶은 충동이 일어나기도
했다. 하지만 바닷가에 빵집을 지을 생각을 하면서 참았다.

축하용 고깔모자를 찾는 고객도 있다. '샴페인은 안 필요하세요?'
라고 묻기도 한다. 고깔모자를 찾는 고객은 생일 케이크다. 그럴 때는
매출을 올리기 위해 샴페인까지 끼워 팔아야 한다. 은영은 그런 것들
이 눈에 보이지 않는 상술이자 노하우라고 생각한다.

은영은 가끔 매장에 흐르는 음악 볼륨이 높아서 귀마개를 하고 싶
을 때가 있다. 집이라면 마음대로 볼륨을 조절하겠지만, 마음대로 조
절할 수 없는 공간이라서 참을 수밖에 없다.

고객이 빵을 골라오면 은영은 카운터에서 스캐너로 빵에 붙은 라
벨을 스캔한다. 삑 소리를 내면서 컴퓨터 화면에 가격이 입력된다. 은
영은 고객에게 금액을 말한다.

"할인카드나, 적립카드 있으세요?"

은영은 계산이 완료되면 봉투에 빵을 담아준다. 때로는 포인트로
계산을 하는 고객도 있다.

맴버쉽 적립카드는 중요한 재원이다. 젊은 고객들은 포인트가 늘어가는 재미에 일부러 찾아오는 경우가 많다.

은영이 바쁠 때는 가끔 경호가 계산을 하는 경우도 있다. 은영은 같은 직원이라서 경호를 믿었다.

"경호 너 잠깐 이리 와 봐."

김 사장이 매장에 나와서 고객을 맞이하다가 경호를 불렀다. 경호를 노려보며 베이킹으로 들어갔다.

"너 방금 나간 여자 고객 포인트 누구 앞으로 했어?"

"여자 고객 누구요?"

은영은 베이킹에서 새어 나오는 김 사장의 목소리가 크게 들려서 자신도 모르게 귀를 기울였다.

"청바지에 파란색 티셔츠 입은 고객."

"그 고객 앞으로 했는데요."

"포인트 카드 내놔봐, 지금 조회해 보면 알겠지."

"죄송합니다. 사장님 사실은 제 앞으로 했습니다."

"사과할 필요 없어, 너 같은 놈하고 같이 근무하기 싫으니까 당장 나가."

"사장님 잘못했습니다. 한번만 용서해 주십시오."

은영은 더 이상 엿들을 수가 없었다. 경호가 잘못하기는 했지만 고객이 부르는 바람에 카운터를 지키지 못한 자신의 책임도 크다고 생각했다. 하지만 가게에 손해를 끼친 것이 아니라서 김 사장이 용서해 줄 것으로 믿었다.

"누나, 죄송해요."

한참 후에 경호가 베이킹에서 나왔다. 경호는 풀이 죽은 얼굴로 은영을 바라봤다.

"왜?"

은영이 모르는 척 물었다.

"저 오늘 여기서 그만두기로 했어요. 사정은 말 못하겠네요."

은영은 뭐라고 말을 할 수가 없었다. 경호가 잘못했다는 것을 알면서 김 사장에게 부탁을 할 수 없어서 더 이상 묻지 않았다.

경호는 포인트 겨우 천오백 원 가로챈 걸 가지고 해고를 당하니까 억울했다. 너무 억울해서 이대로 집에 갈 수 없다고 생각했다. 거리에서 몽블랑 간판을 노려보다 회심의 미소를 지으며 지나가는 남학생을 불렀다.

"부탁 좀 하자, 몽블랑에서 빵 좀 사다 줄래?"

"직접 사시지 그래요?"

고등학생이 기분 나쁘다는 얼굴로 빈정거렸다.

"그럴 사정이 있어, 심부름 값은 줄게."

남학생은 경호가 심부름 값을 준다는 말에 빵 값을 받았다.

남학생은 경호가 시키는 대로 빵을 골고루 사 왔다. 수고비를 주니 환한 미소를 지으며 멀어져 갔다.

경호는 빵을 들고 집으로 갔다. 빵에다 개미를 집어넣어서 다시 전자레인지로 덮혔다. 그것을 사진으로 찍어서 구청 보건과에 신고를 했다.

아침에는 구름이 하늘을 덮었었는데 오후로 접어들면서 푸른 하늘이 보였다. 은영은 고객이 없는 틈에 유리창을 닦고 있었다. 남자 두 명이 말없이 가게 안으로 들어섰다.

"사장님 계십니까?"

은영은 그들의 말에 베이킹 안에 있는 김 사장을 불렀다. 김 사장은 빵을 만들다 말고 밖으로 나갔다.

김 사장이 보기에 남자들은 고객처럼 보이지는 않았다.

"구청 위생과에서 나왔습니다."

두 명 중에 나이가 적어 보이는 남자가 김 사장을 바라보며 말했다.

"왜요, 무슨 일로?"

김 사장은 불길한 예감이 들었다.

"신고가 들어왔습니다."

"무슨 신고를 했다는 거죠?"

"점검 좀 하겠습니다."

위생과 직원들은 대답하지 않았다. 베이킹 안으로 들어가서 반죽 기계며 계량기, 저울, 작업대, 주방 등을 꼼꼼하게 살피기 시작했다.

"우린 깨끗한데, 어떤 놈이 신고를 한 거야?"

김 사장이 오븐기 기계를 살피는 두 사람을 향해 쏘아붙였다.

"그건 말씀 드릴 순 없습니다."

베이킹을 점검한 후에 일주일 만에 영업정지 15일과 벌금 2백만 원이 나왔다. 김 사장은 길길이 날뛰며 화를 냈지만 어쩔 수가 없었다.

은영은 몽블랑이 문 닫은 동안 겨울잠을 자는 다람쥐처럼 문밖출입을 안했다. 아침에 소라를 유치원 차에 태워 보내고, 제 굴로 들어가는 다람쥐처럼 집으로 들어갔다.

마트에 갈 때 서준이 엄마에게 전화를 하거나, 꽃집에 들러서 꽃구경을 하기도 했다. 요즘은 집에 바쁜 일이라도 있는 것처럼 곧장 집으로 숨어들었다.

"주말에 롯데월드 갈까?"

민준이 퇴근하기 전에 은영에게 전화를 했다.

"그럴까? 소라도 좋아하겠지."

"그럼, 내가 예약한다."

"직접 가서 티켓 구입해도 되잖아."

"예약하면 편하잖아."

은영은 소라가 오면 깜짝 놀래줘야지, 하는 생각을 하니까 즐거웠다. 시급이라고 출근을 하지 않으면 돈을 못 받는다. 그래서 요 며칠 기분이 착잡했었는데 소라가 기뻐할 것을 생각하니까 콧노래가 나왔다.

은영은 15일 만에 몽블랑에 출근을 했다. 김 사장은 보름 만에 가게를 열었는데도 얼굴이 밝지가 않았다.

"가게 월세와 재료 값 때문에 마을금고에서 대출을 오백만 원이나 받았어."

"어머, 은행에서 받지 그랬어요. 은행은 이자가 싸잖아요."

김 사장이 빵을 진열하면서 퉁퉁 부은 얼굴로 하는 말에 은영이 토를 달았다.

"우리 같은 영세업자한테 대출해주는 은행은 우리나라에 없어. 가만히 생각해 보니까, 경호 그 자식이 보건소 위생과에 찌른 거 같아. 은영 씨 생각은 어때?"

"글쎄요."

은영은 빵에서 벌레가 나왔다는 고객을 보지 못했다. 경호가 억하심정에 그랬을 수도 있겠다고 생각하면서도 반문했다.

"빵에 벌레가 들어가면 가게 문 닫아야 한다구, 내가 얼마나 청결하게 하는지는 은영 씨도 알잖아."

"그건 그래요."

"이 자식이 집에 없더라구."

"경호 씨 집에 찾아갔었어요?"

"손해가 얼마나 났는지 알아? 장사 못하고 벌금내고 가게 세 까지 딱 오백만 원 났다구, 깡패들을 데리고 갈까 하다가 혼자 찾아갔었지."

사장이 입에 거품을 물고 주먹을 불끈 쥐었다. 당장 경호를 잡으러 부산으로 내려갈 것 같은 표정으로 밖을 노려봤다.

"그랬더니요?"

"이 자식이 꿀리는 데가 있는지 부산으로 튀었더라구. 그 자식이 부산에 왜 갔겠어? 그 새끼는 부산에 연고가 없거든."

"그래도 사장님이 얼마나 잘해주셨는데 설마요."

"하여튼 은영 씨는 너무 착해서 탈이야, 이 험한 세상을 어떻게 살아가려고."

김 사장은 딱하다는 얼굴로 은영을 바라보다 베이킹으로 들어갔다.

은영은 경호가 일부러 개미를 집어넣었을 거라는 생각이 들었다.

그래도 그렇지, 김 사장도 보통 사람은 아닌 것 같았다. 조금 전의 표정을 보니까 만약 경호를 만났으면 주먹질을 했을 것이다. 일 년 넘게 데리고 있던 직원을 포인트 때문에 매몰차게 내보내는 걸 보더라도 조심해야 할 대상이라는 판단이 들었다.

점심시간에는 직장인들이 커피를 사러 오는 경우가 많다. 은영은 예전에 외국 영화에서 보았던 커피를 들고 걸어가는 모습이 신기하고 멋있어 보였다. 커피를 파는 입장이 되고 보니까 커피 잔을 들고 걷는 모습이 멋있어 보이지는 않았다. 평범한 일상이나 거리의 풍경으로 보일 뿐이었다.

은영은 오후 4시가 되면 일이 끝난다. 퇴근을 해서 옥수수식빵을 만들기로 했다.

마트에 들렀다. 몽블랑에서 베껴 온 레시피에 필요한 재료들을 구입해서 가벼운 마음으로 집으로 갔다.

레시피대로 이스트와 소금이 섞이지 않게 따로따로 밀가루에 첨가를 했다. 밀가루를 잘 섞어서 계란과 물을 넣고 반죽을 시작했다.

반죽은 주걱으로 잘 섞다가 한 덩어리로 뭉쳤다. 맛있는 빵은 밀가루의 성분인 글루텐이 잘 뭉쳐져야 한다. 어느 정도 반죽을 하다가 버터를 넣고 다시 반죽을 했다. 반죽이 너무 마르지 않도록 겉 표면에 포도씨유를 살짝 발랐다.

반죽은 1시간 정도 발효를 해야 한다. 소라가 집에 오려면 2시간 정도 있어야 한다. 간단하게 청소를 하고, 저녁 준비를 하는 동안 1시간이 지났다. 1차 발효가 끝난 반죽을 두 덩어리로 만들어 10분 동안 중간발효를 했다.

빵은 발효가 생명이다. 얼마나 발효를 하느냐에 따라서 식감과 맛이 달라진다. 은영은 발효 시간을 정확하게 지키기 위해 몽블랑처럼 주방용 시계 대신 스마트폰의 알람을 이용했다.

소라가 빵을 맛있게 먹을 것을 생각하니까 힘이 들지 않았다. 반죽을 위아래로 접어, 긴 방향으로 돌돌 말아서 팬에 넣었다. 반죽이 들뜨지 않게 살짝 눌러주고 따뜻한 곳에서 2차 발효를 40분 정도 했다.

발효가 완료된 반죽을 가정용 오븐기에 넣었다. 온도를 175도로 맞추어서 25분간 구웠다.

은영이 바쁘게 움직이다 보니 소라가 올 시간이 되었다. 앞치마를 벗어 걸이에 걸고 손을 씻은 뒤 집을 나섰다.

"왜 이제 오는 거야?"

서준이 엄마가 테이크아웃 커피 두 잔을 들고 있다가 한 잔을 내밀었다.

"고마워, 다음에는 내가 살게. 빵 좀 만들어 보느라 시간 가는 줄 몰랐네."

"어머머, 자기 판매만 하는 것이 아니고 빵도 만들어?"

아무 생각 없이 커피를 마시던 서준이 엄마는 은영의 말에 깜짝 놀랐다. 자신도 모르게 뜨거운 커피를 홀짝 마셨다. 속이 타는 것 같았다. 가슴을 문지르며 놀란 얼굴로 물었다.

"아냐, 판매만 하는데 배워두면 괜찮을 거 같아서 조금씩 배우고 있거든."

"자긴 좋겠다. 요즘 집에서 빵 만드는 것이 유행이라고 하잖아. 내 친구 중에 제과학원에 다니는 애가 있거든."

"무료로 배울 수 있잖아."

"그래, 학원인데 무료로 수강한단 말이야?"

"정부에서 보조금을 준대, 취업 알선 명분으로, 나도 빵가게 그만두면 좀 배워볼려구."

"그럼 우리 같이 다니자."

"빵가게를 그만두면."

"그게 언젠데?"

"글쎄 한 일 년?"

말이 씨가 된다는 말이 있다. 은영은 기간을 너무 길게 잡으면 서준이 엄마가 실망하게 될까봐 일 년이라고 말했다.

유치원 차가 멈췄다. 소라가 은영에게 달려와 안겼다.

"소라야, 배고프지. 엄마가 맛있는 간식했다."

은영은 소라의 가방을 받아 들고 손을 잡았다.

"간식, 뭔데?"

소라는 궁금하다는 듯 은영을 바라봤다.

"뭘까, 소라 알아맞춰봐."

얘기를 나누는 사이 문 앞에 도착했다. 소라가 까치발을 들고 현관 비밀번호를 꾹꾹 눌렀다.

"엄마, 고소한 냄새나! 빵 만들었어?"

은영은 소라를 바라보며 미소를 지었다.

"맛있는 빵 냄새가 나는데?"

"우선 씻어야지."

소라는 다른 날보다 빠르게 목욕탕으로 들어가 손을 씻었다. 유치원 옷을 벗어 버리고 집에서 입는 옷차림으로 나왔다.

"소라야 빵 먹어."

은영이 따뜻한 빵을 우유와 함께 식탁 위에 올리며 말했다.

"이거 진짜 엄마가 만든 거야?"

소라가 믿어지지 않는다는 얼굴로 물었다.

"엄마 빵가게에 다니잖아."

"엄마가 거기서 빵도 만들어?"

소라가 빵을 먹으며 눈을 반짝거렸다.

"어깨너머로 배웠지."

"맛있다."

"소라야, 빵 맛있어? 엄마가 자주 만들어줄게."

"엄마 최고!"

빵을 먹은 소라는 저녁을 먹지 않겠다며 텔레비전을 보기 시작했다. 은영은 남편을 위해서 저녁을 지어야겠다고 생각했다.

뭘 할까 생각하다가 카레라이스를 만들려고 양파, 감자, 당근, 버섯, 소고기를 꺼냈다. 양파 껍질을 벗기고 감자를 깎고 있을 때 벨 소리가 났다.

"아빠다."

소라가 텔레비전을 보다가 벌떡 일어나 문을 열었다.

은영은 카레라이스와 함께 옥수수빵도 내놓았다. 지금까지 음식과 빵을 같이 먹어본 적은 없었다. 식탁에 빵을 내놓으니까 이국적으로 보여서 혼자 웃었다.

"정말 이 빵 자기가 만든 거야?"

민준은 믿을 수가 없다는 표정으로 빵을 맛있게 먹었다.

"엄마! 우리 아침에도 빵 먹으면 안 돼?"

소라도 옥수수빵이 따끈따끈해서 또 먹어도 맛있다 했다.

"아침에는 밥을 먹어야지."

"자기가 몽블랑에서 배워 만든 거야?"

"몽블랑에서 레시피를 빼왔지, 스파이처럼."

"천부적인 솜씨가 있네. 이 정도면 매장에 내놔도 대박 나겠어."

민준은 은영의 등을 두드려 주며 엄지손가락을 세워 흔들며 웃었다.

"엄마."

"소라 왜?"

"코스모스 축제한대."

소라가 텔레비전 화면을 가리키며 웃는 모습이 코스모스를 닮았다.

"소라야 코스모스 보러 가고 싶어?"

소라는 텔레비전에 눈길이 머물러 있다.

"그래, 주말에 가면 되겠다. 자기 시간 돼?"

은영이 민준에게 물으며 소라를 바라봤다. 텔레비전 화면에서는 코스모스, 해바라기가 보였다. 나비가 날아가는 광경에 소라의 시선도 따라가고 있다.

"바쁜 일은 없어."

은영은 시간적 여유가 있을 때마다 빵을 만들었다. 만들어 놓은 빵은 민준과 소라가 좋아했다.

2주마다 한 번씩 쉬는 주말이다. 코스모스 축제를 보러 가족 나들이를 가기로 한 날이다.

가을 하늘은 높고 청명하다. 소라는 들뜬 목소리로 동요를 흥얼거린다. 민준은 내비게이션이 안내하는 곳으로 이동을 했다. 모두 약속이나 한 듯 축제를 즐기고 있었다.

"판매소 소장님이 그러는데 젊었을 때는 부지런히 놀러 다녀야 된다는 거야, 애들 크면 놀러가고 싶어도 못 간대."

민준이 운전석에 앉아서 안전띠를 매며 말했다.

"그럴 수도 있을 거야, 학비가 점점 많이 들어가잖아."

"애들이 안 따라간대."

민준이 부드럽게 차를 출발시키면서 말했다.

"맞아, 애들도 머리가 크면 지들끼리 가려고 하겠지."

"엄마, 나는 어른이 돼도 엄마하고 아빠하고 같이 여행 다닐 거야."

뒷자리에 앉았던 소라가 조수석과 운전석 사이에 얼굴을 내밀며

끼어들었다.

"엄마도 소라 나이 때는 그렇게 말했지, 하지만 아빠 만나고는 안 다녔어."

"아빠, 엄마 사랑해?"

소라가 갑자기 생각났다는 얼굴로 눈을 빛내며 물었다.

"사랑?"

"응, 남자하고 여자하고 뽀뽀하는 것이 사랑이라고 했어."

"얘 좀 봐, 누가 그런 말을 하는데?"

은영이 놀란 얼굴로 소라를 바라봤다. 민준은 재미있다는 얼굴로 룸미러를 바라보며 조용히 웃었다.

"서준이가."

"그럼, 너 서준이하고 뽀뽀했단 말이니?"

"난 서준이 사랑 안 하기 때문에 안 했어."

"그럼 누구 사랑하는데?"

민준이 정면을 보면서 재미있다는 얼굴로 물었다.

"아인이."

"그럼 아인이하고 뽀뽀했어?"

"아인이는 나 안 사랑한대."

"소라야, 뽀뽀는 엄마하고 아빠처럼 결혼할 사람하고 하는 거야, 알겠지."

"결혼? 서준이 나하고 결혼하자는데."

"결혼은 대학교 졸업하고 하는 거야."

"알았어."

소방서 자동차가 경관등을 번쩍이며 지나갔다. 소라가 창문으로 바짝 붙으며 와! 불자동차, 라고 소리쳤다.

코스모스축제장 입구로 들어서니 볼거리, 즐길 거리, 살거리, 먹거리들로 풍성했다.

아이들이 좋아하는 과자 만들기도 있다. 병원체험, 소방체험, 핑크빛 드레스 룸에서 사진 찍는 장면도 있다.

"엄마, 과자 만들어볼래."

소라는 과자 만드는 코너로 먼저 뛰어가며 말했다.

"그래, 만들어봐 맛있겠다."

소라는 초콜릿이 들어가는 쿠키를 만드는데 재미있어 했다. 쿠키를 만들고 완성되기까지 기다림의 시간이 있다. 한 시간 지난 후에 찾으러 오라 했다.

소라는 필통도 만들어 보고 싶어 했다. 필통 색을 블루 색으로 선택하고 필통 위에 스티커를 섬세하게 본드로 붙이는 작업이다. 하나의 완성된 필통이 나왔다. 밋밋했던 필통에 생기가 더해졌다. 자신의 손길이 닿아서 작품으로 완성되는 마음이 뿌듯하다. 도자기를 굽는 곳도 있다. 볼펜꽂이나 작은 접시를 만드는 비용은 삼천 원이다.

"자기, 도자기 한번 만들어봐."

은영이 민준을 바라보며 도자기 만드는 곳에서 멈췄다.

"그럴까."

민준은 차례를 기다리는 사람들의 뒤에 섰다. 아이들의 귀여운 손으로 만드는 모습을 보니 정다웠다. 물레를 발로 밟고 있으면 원형의 판이 돌아간다.

"부드럽게 만져야 합니다."

도예 사범이 민준에게 착지법을 가르쳐 주었다.

"쉽지 않네요."

민준은 양손으로 부드럽게 흙을 둥글게 만들었다. 이어서 손가락으로 홈을 팠다. 물레가 돌아가면서 볼펜꽂이 형태의 도자기가 만들어지기 시작했다.

도자기가 마를 때까지 다른 체험장으로 발걸음을 옮겼다.

음악 소리가 크게 들렸다. 은영은 음악소리가 나는 쪽으로 시선을 돌렸다. 무대에는 3인조 트로트가수가 율동과 함께 열창을 하고 있다.

그곳을 지나 코스모스가 피어 있는 곳으로 가는 길에 사람들이 모여 있다. 하늘에 닿을 듯한 해바라기가 보였다. 해바라기 꽃은 은영의 얼굴보다 더 크게 보였다. 해바라기 옆에서 사진을 찍는 사람들도 있다. 그 곳을 지나 코스모스가 피어 있는 길로 향했다. 끝없이 펼쳐져 있는 모습이 바다 같았다. 넓고 긴 꽃길을 바라봤다.

민준은 은영의 표정이 점점 코스모스처럼 화사하고 예쁜 모습으로 닮아 가는 것 같아 기분이 좋았다. 야외로 잘 나왔다는 생각이 들었다. 가끔 힐링의 시간을 보내야겠다고 생각했다.

은영과 소라는 나무 아래 돗자리를 펴고 앉았다. 신발을 벗고 앉아서 청명한 하늘을 바라봤다.

"자기도 여기서 추억 하나 만들어봐."

"뭘 해볼까?"

"소라하고 백일장 대회 참여해볼까?"

"그거 좋은 생각인데."

백일장에 참여하려면 원고지를 받으러 가야 한다. 은영과 소라가 원고지에 시를 쓰느라 생각하는 모습을 민준은 휴대폰으로 찍었다.

방송이나 뉴스에서는 환경이 주는 영향이라고 떠들고 있다.

백일장이 열리는 장소는 강변이다. 민준은 강을 바라본다. 자전거가 지나가고 저 멀리 갈매기가 날아가고 있다.

시제 중에서 은영은 '코스모스'를 제목으로 정했다. 소라는 '달'로 제목을 정하고, 시어들을 모아 시를 생각하는 표정이 복숭아를 닮은 듯 예뻤다. 원고지를 마무리하고, 두 시간 전에 만들어둔 쿠키와 도자기를 찾으러 갔다.

"쿠키 찾으러 왔어요."

소라가 방긋 웃으며 말했다.

"이름이 뭐에요?"

"박소라입니다."

직원은 소라가 만든 쿠키를 찾는다.

"쿠키가 예쁘게 잘 나왔네요."

"우와, 너무 예쁘다."

소라는 좋아하며 까르르 웃었다.

"엄마, 내가 만든 거야. 잘했지?"

"우리 소라 잘했어 축하해."

은영과 민준은 박수를 쳤다.

소라가 만든 쿠키가 맛깔스럽게 잘 나왔다. 소라는 자신이 만든 쿠키가 완성되어 나온 것을 보니 신기한 느낌이 드는지 좋아했다.

은영은 민준과 소라의 손을 잡고 도자기를 찾으러 갔다. 주변에는 인파들로 북적였다. 도자기 옆에는 이름이 나란히 적혀 있었다. 두 시간이 지났는데도, 완전히 마르지는 않아 조심히 비닐봉지에 넣었다. 승용차에 올랐다. 창밖에서 들어오는 바람이 싱그러웠다. 하루의 일정을 달콤한 시간들로 보낸 것 같아 기분이 좋았다.

월요일이다.

단골고객 중에 은근히 은영을 마음에 두고 있는 사내가 있다. 그는 순전히 은영을 보기 위해 몽블랑 문을 열었다.

은영은 남자 고객이 매일 사가는 빵을 다 먹는지 궁금했다. 생크림이 들어 있는 빵을 사가는 이유가 있을까.

남자 고객은 은영이 근무하는 주중에만 모습을 드러냈다. 은영은 그가 매일 오는 걸로 생각하고 있었다.

남자고객은 말이 없었다. 빵을 골라 카푸치노 한 잔을 시킨다. 테이블에 앉아 창밖을 바라보며 생각에 잠겼다가, 때로는 은영을 바라보면서 미소를 짓는다.

퇴근 무렵이 되었다. 은영은 서둘러 집으로 향했다. 오늘따라 유난히 눈꺼풀이 무거워지는 것 같다. 매장에서 긴장했던 마음이 풀어져서일까, 일찍 자고 싶었다.

은영은 아파트로 들어섰다. 신발을 벗어서 신발장에 넣었다. 신발장에 달려 있는 거울을 바라봤다. 얼굴에 엷게 미소가 번졌다. 늘 집에 도착하면 기분이 좋다.

종일 힘들게 노동을 하는 것은 아니다. 고객을 상대하다 보면 정신적 피로가 누적이 된다. 집에 오는 순간 거짓말처럼 피곤이 녹아드는 것을 느낀다.

은영은 행복의 크기는 손바닥만 하다고 생각하며 거실로 들어섰다. 아침에 청소하고 간 그대로 정물처럼 움직이지 않는 거실에서 아늑한 분위기가 물씬 풍기는 것을 느끼며 안방으로 들어갔다.

어떤 사람들은 행복은 마당만큼 커야 느낄 수 있다고 말한다. 은영은 이 세상에는 손바닥만 한 행복을 느끼지 못하며 사는 사람들도 많을 것이라고 믿었다. 아파트 가격은 계속 오르고 있다. 지금 시세로 팔아도 바닷가에 아름다운 빵집을 차릴 정도는 된다. 그리고 민준은 열심히 저축을 하고 있다.

은영도 몽블랑에 취직이 되면서 월 백만 원씩 불입을 하는 적금에 들었다. 소라가 초등학교 들어갈 무렵이면 제법 목돈이 될 것이다. 꿈을 그린다는 것은 현실을 아름답게 채색하는 것과 같다.

"엄마, 나도 동생 갖고 싶어."

은영은 안방 거울 앞으로 문득 시선을 돌렸다. 서른 중반의 몸매는 아직 실루엣이 있다. 내후년쯤이면 소라 동생을 계획하고 있지만 욕심을 부리고 싶지는 않다. 소라가 혼자지만 부모가 잘해주면 얼마든지 행복하게 살 수 있을 것이다. 그런 기다림도 행복이다.

꿈속에서 앞치마를 두른 은영은 어떤 남자에게 납치가 되었다. 화장실을 간다는 말에 다행이도 남자는 순순히 허락을 해주었다. 그래서 화장실을 가는 것처럼 걸어갔다. 남자화장실과 여자화장실 사이에 파출소가 보였다. 빠르게 파출소로 들어갔다. 파출소 문이 열려 있어 다행이다. 파출소 안에는 웅성웅성 여러 경찰관과 사람들이 있었다.

"깡패처럼 생긴 남자가 저를 따라와요."

은영은 책상 밑으로 들어가다시피 몸을 숨기고 있었다. 시간이 얼마 지나지 않았다. 놈들은 파출소로 잡혀 들어왔다. 은영은 얼굴과 몸 전체를 담요로 감추었다. 그들은 아직 은영이 책상 밑에 숨어 있다는 것을 모르고 있는 것 같다. 은영은 몸을 작게 말았다.

"이 아이디어를 저 은영분이 줬어요. 책 속에 내용을."

파출소 소장으로 보이는 분이 책을 봉하면서 말했다. 조사를 받는지, 상담을 하는지, 말소리가 귓전에서 윙윙거렸다.

경찰이 자리를 잠깐 비웠다. 그 순간 배가 너무 고팠다. 무엇을 어떻게 해야겠다는 생각은 떠오르지 않았다.

경찰은 은영을 데려다 주고 집을 나갔다. 은영은 음식을 직접 사러 가는 것도 두렵고, 혼자 남겨지는 것도 무서워서, 온 몸에 소름이 돋았다. 심장은 두근거리고 있었다. 빨리 와야 할 텐데 마음이 편하지 않은 상태. 그들은 은영을 감시하고 미행을 계속하고 있었는지, 은영이 혼자 있는 것을 틈타 은영 앞에 나타났다. 이제 저들이 중국으로 팔아넘길 건가, 이제 죽은 목숨인가, 생각의 꼬리들이 이어지고 있었다. 창밖을 보니 경찰이 그들에게 포위되고 있었다. 저들에게서 빠져나와 은영을 구해줘야 할 텐데 하며 바라만 보고 있다.

놀이공원이다. 경찰의 보호가 있었지만, 그들은 은영의 주변을 그림자처럼 따라왔다. 위협의 대상이다. 시간이 흐를수록 저들은 은영을 주시하면서 주변을 빙글빙글 돌았다. 은영의 모습이 저들에게 노출이 되고 말았다.

"이제 어떡하죠, 저들이 나를 봤어요."

은영의 목소리는 떨렸다.

"누구에게 부탁을 해서 도망을 가세요."

경찰이 작은 목소리로 말했다.

"집이 어디세요? 나를 좀 데리고 가줘요. 나를 죽이려고 해요. 중국으로 팔려고 해요."

은영은 아기를 데리고 있는 젊은 여자에게 애원을 했다.

"알았어요."

"차가 어디 있어요?"

은영은 풀들이 우거진 뒤쪽으로 걸어가며 주변 눈치를 살폈다.

"뒤에 따라 오는 사람 없죠?"

은영은 마음이 급해졌다.

"예, 없어요."

은영은 차 있는 쪽으로 향하고 있었다. 은영은 꿈속에서 현재 살고 있는 집에서 이사를 해야겠다고 생각했다. 나쁜 남자들이 언제 들어 닥칠지 모른다. 집을 알고 있는 이상 언제고 나타날 것이다. 이사 갈 때는 누군가에게 부탁을 해서 밤에 짐들을 옮겨야겠다는 생각을 하면서 걸었다. 갑자기 김 사장이 앞을 가리고 나타나서 큰 소리로 웃었다.

은영은 알람 소리에 잠이 깼다.

은영은 꿈이 잊혀지지 않았다. 꿈이 생각나서 커피를 타 들고 소파에 앉았다. 꿈이 생생하게 떠올라서 피곤했다.

"자기 밤에 뒤척이더니 꿈꿨어?"

민준은 멍하게 앉아 있는 은영을 보면서 걱정스럽게 묻는다.

"응, 요즘 꿈이 자꾸 찾아와."

"힘들면 직장 그만두는 건 어때?"

"아냐, 아직은 그만둘 시기가 아냐."

"그게 언젠데."

"빵 만드는 기술을 익히고 나서."

"너무 무리하지 마, 모든 일에는 순리가 있어."

민준은 오늘 고객과 약속이 있다며, 아침도 먹지 않고 출근을 했다.

"소라야 일어나, 유치원 가야지."

은영은 소라 방에 들어가서 소라를 깨웠다.

"엄마, 졸려."

은영은 소라를 일으켰다. 방 밖으로 나왔다. 소라는 욕실로 들어갔다. 은영은 토스트와 우유를 준비했다. 욕실 문 열리는 소리가 났다.

"소라야 토스트 먹자."

"응, 엄마."

소라가 식탁 의자에 앉았다. 방금 일어나 입맛이 없는지, 몇 입 먹더니 그만 먹는다고 했다. 은영이 아침에는 가족이 좋아하는 밥을 해야겠다고 생각 했다. 소라를 유치원 보내고 은영도 출근 준비를 서둘렀다.

은영은 몽블랑이 또 다른 둥지다. 아파트에서 몽블랑, 몽블랑에서 다시 아파트로 매일매일이 시계추처럼 일정한 것 같지만 세월은 흐른다.

김 사장은 오늘도 부지런히 빵을 만들고 있다. 은영이 볼 때 김 사장도 빵집을 운영하고 있기는 하지만 집과 몽블랑을 시계추처럼 매일 왔다 갔다 하며 살고 있다. 도시에 사는 모든 사람들이 김 사장처럼 살고 있을 것이다.

김 사장은 다람쥐 쳇바퀴 도는 인생을 살고 있다고 가끔 말한다. 김 사장의 꿈은 부지런히 돈을 많이 벌어서 더 큰 빵가게를 운영하는 것이다.

"직원이 스무 명쯤은 돼야 할 거야. 그럼 매상이 한 달에 이삼 억 정도는 나오겠지?"

"사장님두, 기술자 월급이 얼만데요? 삼백만 원은 주지 않나요?"

언젠가 김 사장이 점심을 같이 먹으면서 슬그머니 꿈을 밝혔다. 은영이 부럽다는 표정으로 물었다.

"이 바닥 월급이 박해, 나는 월급도 못 받고 기술만 배웠어. 빵은 원 없이 먹었지."

"사장님하고 같이 기술 배우던 친구 중에 가장 성공한 분이 누구세요?"

"대구 동성로에서 프랑스제과점을 하는 친군데, 밀가루 안 묻히고 벤츠 타고 다녀, 내 롤 모델인 셈이지."

"장인은 죽을 때까지 빵을 만든다고 하던데요."

"물론 나는 빵을 만들어야지. 요즘 은영 씨는 볼 때마다 예뻐지는 거 같아."

김 사장은 슬그머니 화제를 바꿨다. 은영도 더 이상 물어보지 않고 물 컵을 들었다.

다른 날처럼 고소한 빵 냄새를 맡으며 카운터 앞에 서 있었다. 계산만 하는 것은 아니다. 청결을 유지하기 위해 꼼꼼하게 여기저기 살피며 신경을 써야 한다.

빵이 어떤 맛인지 전 품목은 다 알 수는 없지만, 신제품이나 몇 가지를 그날, 그날 맛보기로 작게 썰어 놓는다.

궁금하면 먹어보고 구입하라는 작은 메시지가 담겼다. 하나만 먹어도 될 걸 뚱뚱한 아주머니는 썰어 놓은 맛보기를 혼자 다 먹었다. 배고픈 하이에나 같다. 보통 한 개의 빵을 썰어 놓는데, 배가 고팠는지, 식탐이 많은 것인지 그것을 다 먹어 치웠다.

'한 개씩만 맛보세요.'라는 문구를 써 놓는 것도 웃기다. 얄미운 생각이 들었다. 그러한 사람은 싫은 내색을 했다가는 소문만 무성하게 퍼트릴 것 같아 바라보고만 있었다.

뚱뚱한 여자는 무슨 빵을 사려나, 쟁반을 들고 한 바퀴 돌다가 미안한 마음이 들어서인지 마늘 바게트 빵 하나를 들고 왔다. 주머니에서 구겨진 천 원 몇 개를 꺼내며 계산을 했다. 아주머니는 가끔 오는데, 반갑지 않은 고객이다.

은영이 바쁘게 일을 하고 있는데, 누군가가 보고 있다는 느낌이 들었다. 그림자처럼 은영의 주변을 서성이는 남자는 쟁반을 들고 빵을 고르는 중이다. 엄마와 딸이 빵을 고르는 모습을 보면서 유치원에 있는 소라 생각이 났다.

"계산요."

은영은 습관적으로 웃으며 고객을 바라봤다.

"예."

은영은 빵 봉지에 있는 스티커를 바코드로 찍었다. 계산을 끝내고, 다음 고객 계산이 이어졌다. 사람들은 시간을 바라보며 행동을 옮기는데 때로는 시간에 쫓기며 시계가 사람을 이끈다는 생각을 할 때도 있다.

노랑색으로 염색을 한 이십대로 보이는 남자가 카운터 쪽으로 오고 있다.

"사장님 심부름 왔는데요."

"무슨 일로 오셨어요?"

"사장님이 접촉 사고가 나서 합의하신다고 십만 원 가지고 오라고 했어요."

"사고요? 크게 났어요?"

은영이 깜짝 놀라서 물었다.

"아뇨, 작은 접촉사고라고 하던데요."

"다행이네요. 어디서 났어요?"

"빨리 가봐야 하는데, 주세요."

"그런데 처음 보는 사람인데 어떻게 줄 수 있어요. 확인해봐야 될 것 같아요."

은영이 전화를 걸려고 들었다.

"사장님 주민등록증 여기 있습니다."

노랑머리는 지갑에서 주민등록증을 꺼내 은영에게 내밀었다.

"사장님 기다리시는데."

의심이 들기도 하지만, 주민등록증에 있는 사람은 김 사장이 분명하다. 은영은 십만 원을 주었다.

노랑머리는 무슨 죄를 지은 것처럼 은영의 시선을 피하며 서 있었다. 은영에게 돈을 받자마자 도망을 치듯 밖으로 뛰어 나갔다.

은영이 퇴근할 무렵에도 김 사장은 나타나지 않았다. 김 사장에게 전화를 했지만, 신호음은 가는데 받을 수 없다는 멘트가 나왔다. 보람에게 인수인계를 하고 퇴근을 했다.

은영은 출근하자마자 베이킹 안으로 들어갔다. 김 사장의 모습이 보이지 않았다. 어제 교통사고가 났다며 십만 원을 받아 간 노랑머리 얼굴이 떠올랐다.

"사장님 출근 안 하셨어요?"

"조금 전에 계셨는데요."

오븐기에서 빵을 끄집어내고 있던 제빵사 종석이가 두리번거리며 중얼거렸다.

은영은 매장으로 나갔다. 김 사장이 매장에서 빵을 정리하고 있었다.

은영은 사장을 보자 인사를 했다.

김 사장은 무뚝뚝하게 표정 없이, 하는 일에 몰두하고 있다.

"사장님, 어제 심부름 온 사람에게 십만 원 줬는데, 합의는 잘 하셨어요?"

"십만 원이라니?"

김 사장이 장갑을 벗으며 은영을 바라봤다.

"어제 교통사고 안 났어요?"

은영이 불길한 예감이 덮쳐 오는 것을 느끼며 물었다.

"어제 친구 만나서 술 마셨는데."

"어떤 청년이 사장님 주민등록증을 보여주길래?"

은영이 불길한 예감이 현실로 다가오는 것을 느꼈다. 카운터 서랍 안에 보관하고 있던 주민등록증을 꺼내 김 사장에게 내밀었다.

"어! 이게 왜 거기서 나오지?"

"어제…."

은영은 사기 당한 기분이 들었다. 노랑머리에게 십만 원을 내밀었던 상황을 더듬거리는 목소리로 말했다.

"그런 일이 있었으면 연락을 하지 그랬어요."

김 사장은 은영의 전화를 의식적으로 받지 않았었다. 어이가 없다는 얼굴로 은영을 바라봤다.

"은영 씨는 너무 착해서 탈이야. 내 걱정해 주는 것은 고마운데, 그런 일이 있으면 내가 직접 오지 알지도 못하는 애를 보내겠어?"

김 사장이 답답하다는 표정으로 은영의 얼굴을 바라보며 곁으로 갔다.

"그렇지 않아도 느낌이 안 좋았어요."

은영은 화가 나다 못해 눈물이 났다. 십만 원은 적은 돈이 아니다. 이틀 동안 일을 해야 벌 수 있는 돈이다.

"사람이 하는 일에 완벽할 수는 없잖아, 다음부터 조심하라구. 좋은 경험했다고 생각해."

김 사장은 지갑에서 미리 준비한 오만 원짜리 두 장을 꺼냈다. 카운터 위에 올려놓고, 은영의 등을 토닥거려주었다.

"아니에요, 지난번에도."

은영은 얼른 돈을 김 사장에게 내 밀었다.

"아냐, 막내 동생 같아서 주는 돈이니까 받아."

김 사장은 돈을 들어서 은영의 손에 쥐어 주었다. 은영의 손가락이 나긋나긋하다. 생각 같아서는 살짝 껴안아 주고 싶었다. 이상하게 손이 떨어지지 않아서 계속 잡고 있었다.

"아니에요, 이 돈은 받을 수가 없어요."

은영은 김 사장이 자기 손을 잡고 있는 걸 의식하지 못했다. 너무 고마워서 눈물을 흘리며 김 사장을 바라봤다.

"그럼 이렇게 하기로 하지, 요즘 장사도 잘 안 되잖아, 30분씩 연장 근무 좀 해줘. 나중에 장사가 잘 되면 그 때는 다 지불을 할 테니까."

"보람 씨는요?"

은영은 차마 거절을 할 수가 없었다. 슬그머니 김 사장이 잡은 손을 빼며 물었다.

“보람에게는 내가 말해 둘게.”

“알겠어요, 하지만 이 돈은 받지 않겠어요.”

“그럼 주민등록증을 잃어버린 나도 잘못이 있으니까 절반씩 부담하기로 하자.”

“감사해요.”

은영은 차마 거절을 할 수가 없었다.

“가족끼리 어려울 때일수록 도와야지, 부담 갖지 말고 기분 좋게 일하라구.”

김 사장은 은영의 등을 부드럽게 쓰다듬어 주고 돌아섰다. 너무 좋아서 노래라도 부르고 싶은 걸 꾹 참고 베이킹으로 들어갔다.

은영은 김 사장에게 내일 출근하지 못한다고 말했다.

내일은 유치원에서 인사동에서 전시하는 ‘박물관은 살아 있다.’라는 곳에 가는 날이다.

“이번은 봐주지만 다음에는 곤란합니다.”

김 사장이 유난히 말끝에 힘을 주며 말했다.

“죄송해요, 자주 있는 일이 아니어서요.”

“은영 씨가 안 나오면 내가 가게를 봐야 하니까 하는 말입니다. 하루 전에 갑자기 안 나오겠다면 배짱을 부리는 것도 아니고.”

김 사장은 이번 기회에 은영이 군기를 잡아야겠다는 생각에 굳은 얼굴로 말했다.

“미리 말씀을 드려야 하는데 죄송해요. 다음부터는 미리 말씀드릴게요.”

은영은 김 사장의 말이 맞다고 생각했다. 자신이 가게 주인이라도 직원이 갑자기 안 나온다면 황당할 것이다. 진심으로 사과를 했다.

김 사장은 일부러 은영의 말에 대꾸를 하지 않고 베이킹 안으로 들어갔다.

은영은 십만 원 사기당한 것이 자꾸 생각이 나서 그냥 집으로 가고 싶지 않았다. 서준이 엄마에게 전화를 해서 아파트 근처 커피점에서 만나자고 약속했다.

준우 엄마도 와 있었다. 5시면 일반 직장인들은 아직 근무시간이라서 커피점은 한가했다. 구석에서 대학생으로 보이는 여자가 노트북을 보고 있을 뿐이다.

“차 뭐 드실래요?”

준우 엄마가 한턱낸다며 웃었다.

“난 망고주스, 대신 조각케이크와 쿠키는 내가 살게요.”

은영이 가격표를 보고 좀 비싸다는 생각을 했다.

“망고주스, 준우 엄마는 뭐 드실래요?”

“난 비엔나.”

주문한 커피를 마시며 시계를 들여다봤다.

“소라 엄마 낼 뭐 준비해 갈 거야?”

서준이 엄마가 궁금한 표정으로 말했다.

“김밥, 토스트, 과일, 과자, 음료수 등 이렇게 생각하는데.”

“커피 마시고, 마트에 같이 갈까?”

"오케이."

"준우 엄마도 같이 갈래요?"

"소라 엄마 오늘 안 좋은 일 있어?"

은영을 가만히 바라보고 있던 서준이 엄마가 물었다.

"돈 벌고 왔잖아."

은영은 억지로 웃었다. 십만 원 사기당한 걸 말해 봤자 칭찬은 못 듣는다. 경찰에 신고를 해봤자 시간만 허비할 뿐이다. 잊어버리는 것이 좋겠다고 생각했다.

"그럼 갈까?"

"가요."

준우 엄마가 지갑을 들고 일어서며 대답했다.

"서준이는 신발 산지 한 달 됐는데, 발이 커져서 또 사야 돼요."

"그렇죠, 아이들 발이 금방 커지죠?"

"키가 커지니까 그런가 봐."

"준우는 한 달에 한번 벽에 서서 키를 재고 눈금을 그려요."

"그래요? 소라는 병원에 갈 때 한 번씩 체크 하는데."

"서준이와 준우는 음식 골고루 잘 먹나요? 소라는 편식하는데."

"서준이는 아빠를 닮아서인지 골고루 잘 먹어, 아침에도 삼겹살 구워 달라고 할 때도 있어."

"잘 먹는구나!"

"준우는 좋아하는 것만 골라서 먹으니 편식하는 거죠."

조각 케이크와 쿠키, 커피를 마시며 여자들의 수다는 시간이 빠르게 지나갔다. 오래 앉아 있을 수도 없다. 소라가 유치원에서 올 시간 맞춰서 마트에 가야 한다.

"소라 엄마 김밥 맛있게 만든다고 하던데."

"그래? 누가 그랬지."

"저번에 유치원에서 놀이공원 갔을 때, 아이들이 먹었다고 하던데."

"아, 그때 내일은 더 많이 준비해야겠다."

여자들의 수다는 끝이 없다. 시간 가는 줄 모르게 흐른다. 은영이 생각할 때 서준이 엄마는 화장품 가게 운영하는 것이 적성에 잘 맞는 것 같다. 다른 사람들과 대화하는 것을 즐기는 성격이다.

서준이 엄마는 은영의 커다란 눈이 예쁘다며, 눈동자 속으로 빨려 들어가는 매력이 있다고 했다.

"소라 아빠도 예쁜 눈에 반했나?"

"부끄럽게 왜 그래."

"소라 엄마 눈 예쁘죠, 부러워."

조용하던 준우 엄마가 은영의 눈을 빤히 바라보면서 말했다.

"그래요, 담에 커피 살게요."

커피점을 나와 수다를 떠는 사이에 마트에 도착했다. 장바구니를 하나씩 들고, 필요한 것을 바구니에 담아 계산을 하고 마트를 나왔다.

"내일 만나요."

은영이 손을 흔든다.

"예, 조심히 가요."

서준이 엄마와 준우 엄마가 합창을 했다.

은영은 6시에 일어났다. 창문을 열고 하늘을 바라보는 것이 일상이 되었다. 문득 달이 어떻게 떠 있는지 궁금했다. 요즘 며칠 동안 미세먼지가 극성이라고 텔레비전에서 떠들어서인지 달의 형체는 보이지 않는다. 별마저 안 보인다. 미세먼지가 두려워 숨어버렸나, 은영은 달이 변해 가는 모습을 보며 미소가 지어지기도 했다. 며칠간 캄캄하기만 해서 서운한 생각이 들었다.

소라는 김밥에 시금치와 당근은 넣지 말고, 단무지와 햄만 넣고 꼬마 김밥으로 만들어 달라고 했다. 밥에 참기름과 맛소금을 넣어 주걱으로 살금살금 뒤적이고 깨를 뿌려 김밥을 말고, 프라이팬에 두 바퀴를 굴리고 썰어서 통에 예쁘게 담는다. 소라의 친구들도 맛있다고 하니 넉넉하게 담았다. 민준도 김밥으로 아침을 대신하고 출근을 했다.

은영은 소라와 같이 유치원으로 향했다. 유치원에 도착하니, 반가운 얼굴들도 보였다. 선생님이 인원 체크를 했다. 선생님이 인솔을 하고, 학부형들도 아이들을 보호하며 따라가고 있다.

아이들은 병아리같이 노란 색깔로 똑같은 트레이닝복을 입고, 그 위에 본인의 외투를 입었다. 표를 단체로 구입하고, 개찰구로 들어갔다. 전철이 오기를 기다리며 두 줄로 줄을 서 있었다. 전철은 따르릉, 따르릉 비켜나세요. 라는 노래를 부르며 들어오고 있다.

아이들은 그 멜로디가 좋은지 따라 부른다.

"얘들아, 발 조심하고 타자."

선생님이 아이들을 인솔했다.

아이들은 뭉게구름을 쫓아가듯 신바람이 난 듯했다.

아이들은 재잘, 재잘 할 말이 많아 보였다. 공공장소이니까 선생님이 손가락으로 쉿! 하는 표정을 짓고 있다.

아이들은 들뜬 마음에서인지, 유치원 밖이라 그런지, 달님반 아이들은 조용한 편인데, 해님반 아이들은 선생님 말을 들은 척도 안 했다.

'이번 역은 종각역'이라는 안내멘트가 나왔다. 종각역에서 내렸다. 그리고는 목적지를 향해 걸었다. 먼 거리는 아니지만, 처음 가는 낯선 장소라 위치를 확인 하면서 이동을 했다.

입구에 들어서면서 캐릭터들이 아이들을 유혹하고 있었다. 그 앞에서 휴대폰으로 사진을 찍기도 했다.

은영은 공룡을 바라봤다. 몇억만 년 전, 그 당시 공룡이 살아 있었다는 것이 사실일까, 전시장에는 다양한 볼거리들이 아이들을 유혹하며 기다리고 있었다. 학부형들도 재미있다며 캐릭터 앞에서 포즈를 취하고 사진을 찍어달라고 했다. 설레는 마음은 아이들과 같은 것 같다.

모형으로 만든 공룡이 움직이고 있다. 어느새 주변에는 아이들이 몰려들었다. 신기한 보물을 발견 한 듯 아이들의 눈동자는 빛났다. 새로운 것을 보고, 느낄 때 창의력과 원동력이 생기는 것 같다. 은영은 자신이 공룡이 된 것 같았다.

점심시간이 되었다. 휴게실에서 모두 준비해온 도시락을 꺼냈다.

은영도 도시락을 꺼냈다. 김밥은 식었지만, 준비해온 따스한 국물과 같이 먹으니 괜찮다. 과일, 과자, 샌드위치를 꺼내 놓고, 다른 사람들이 준비해온 음식들과 어우러지니 뷔페가 따로 없다. 몇 시간을 구경했다. 재미에 푹 빠져 시간가는 줄 모르게 시간은 흘렀다. 아이들은 배가 고팠는지, 먹는 모습이 사랑스럽다.

은영의 시댁 제삿날이다.

은영은 민준과 같이 마트에 들러 장을 본 후 시댁으로 향했다.

제사 준비는 시아주버니가 주체가 되어야 하는데 늘 바쁘다는 핑계로 은영이 준비를 한다.

은영은 잘은 못하지만 시어머니가 시키는 대로 하거나, 물어보면서 했다. 달력에 동그랗게 그려진 제사 날은 유난히 크게 보였고 빨간 펜으로 표시된 붉은색은 영원히 지워지지 않을 것 같았다. 언젠가부터 제사준비가 은영의 몫이 되어버렸다. 시아주버니와 형님은 다양한 핑계를 대며 늦게 오는 날이 점점 늘어갔다. 형님은 다 해놓으면 늦게 나타나 시장 본 비용이라며, 은영에게 십만 원을 내민다.

은영이 형님이 준 돈을 식탁 위에 올려놓았다.

민준은 식탁 위에 있는 돈을 바닥에 내팽겨치고는 밖으로 나갔다.

은영은 시어머니를 방으로 들여보낸 후 주방으로 갔다. 제사 음식을 준비하려면 서둘러야 한다. 식탁위에 놓여진 장바구니에서 사과 하나가 널브러져 있다. 은영은 사과를 집어 던져버리는 흉내를 냈다. 피식 웃음이 새어나왔다. 한 번 내뱉은 웃음은 멈추질 않았다. 시어머니가 들어 간 안방 문은 굳게 달혀 있고 문틈으로 기침 소리만 간간히 새어 나왔다.

형님은 은영에게 시장 본 비용이 얼마나 들었는지, 고생이 많았다

든지 그러한 말을 하는 것도 아니다. 사업을 한다는 핑계를 댄다. 매장을 맡아 대리점 형식으로 한다고 했다. 은영이 가본 것은 아니지만 이익이 안 나서 폐업을 하려는 생각이라고 했다. 그 일을 하기 전에는 일수를 했다는 얘기를 시누이에게서 들었다.

일수는 아무나 하는 것은 아닌 것 같다. 돈을 떼어먹고 도망갔다는 사람도 있다던데 형님은 촉이 좋아 느낌으로 알 수 있어 걱정 없다고 했다. 돈 떼어먹고 도망간 사람은 한 명도 없었다고 했다.

제사 때나 명절에 시어머니가 계시는 곳에서 형님네 가족, 남편이 직업군인인 시누이 가족이 참석했다. 형님네 아이들은 영어 경진대회 나가서 상을 받았다고 자랑을 했다.

큰 조카는 체격이 얼마나 좋은지 초등학생이 입을 수 있는 브랜드는 사이즈가 안 맞아 아저씨 브랜드에 가서 옷을 산다고 했다. 공부는 둘째 조카가 더 잘하고, 영어 실력도 더 뛰어나다고 했다.

소라는 조카들을 보면서 오빠! 라고 부르며 같이 어울리는 모습이 귀엽다. 조카가 소라에게 동화책에서 나오는 이야기도 해주고, 놀이도 하는 동안 어른들도 방에 모여서 이야기를 나누고 있었다.

"매제는 왜 안 오냐?"

"비상근무래요."

"진급은 안 하냐?"

"진급, 이번에 할 거예요."

"오빠, 오늘 제사 일찍 지내면 안 돼? 여덟 시쯤."

"왜, 무슨 일이야?"

"내 친구 미선이 알지? 내가 친정 온다고 했더니 만나자고 해서."

"요것 봐라."

"오빠."

시누이는 코맹맹이 소리를 냈다.

"오빠, 잠깐 나갔다 올게."

"제사 밥은 먹고 나가야지."

제사를 지내고 은영은 설거지를 시작했다. 설거지하는 동안 웬 그릇이 이렇게 많은 거야, 이 많은 그릇들을 언제 다 씻고, 정리하지, 누가 좀 도와줄 수 없나요. 하는 생각이 들었지만, 늘 혼자 자포자기 하고 설거지를 했다.

은영은 깨끗하게 정리를 한 뒤, 거실 정리 정돈해놓고, 믹스 커피를 탔다.

무슨 얘기를 하는지 몰라도 깔깔거리는 웃음소리가 거실로 새어 나왔다. 어쩌면 시누이가 바람피운 이야기를 하고 있는지도 모르겠다.

시누이의 신랑은 직업군인이라 매일 집에서 출퇴근하는 사람이 아니다. 강원도에서 근무를 하고 있다.

그날 시누이의 얼굴은 도깨비처럼 진한 화장을 하고 긴 파마 스타일은 밤무대와 잘 어울릴 것 같은 모습이었다. 세 살 된 조카는 시어머니가 데리고 잔다고 했다.

"소라 엄마, 혹시 전화 오면 나 잔다고 해요."

민준이 질서를 잡아주면 좋겠는데, 팔은 안으로 굽는다는 말이 어울린다. 시어머니가 언니라고 부르라고 해도 은영에게 시누이는 무슨 심보인지, 언니라고 부르지는 않는다.

"알았어요."

시누이가 나가는 것을 보면 3살 된 아이라 따라가겠다고 떼를 쓸까봐, 시어머니가 다른 방으로 데리고 갔다.

시누이는 한껏 멋을 부리고 외출을 했다. 모두가 잠든 밤 12시에 전화벨이 울린다.

"여보세요."

소라 고모부의 차분한 목소리가 전화선을 타고 들었다.

"안녕하세요."

은영은 인사를 하면서 머릿속으로는 거짓말을 해야 할 순서라는 것을 알고 있다.

"집 사람 좀 바꿔주시겠어요?"

"지금, 자고 있는데요. 왜 그러세요?"

"핸드폰을 안 받아서요."

은영은 차마 시누이가 친구를 만나러 나갔다는 말을 할 수가 없었다.

"네, 알겠습니다. 오늘 제사 준비하시느라 고생 많았죠."

"아니에요, 시누가 많이 도와줬어요."

"다음에 제가 맛있는 거 사드릴 테니 형님하고 나오세요."

"아니에요, 당연히 해야 할 일인데요."

"하여튼 형님은 진짜 결혼 잘했어요. 그럼 주무세요."

은영은 전화를 끊고 생각에 잠겼다. 소라 고모부는 왜 전화를 했을까, 무슨 예감 같은 것이 스쳤을지도 모르겠다. 시누이가 제삿날이라 친정에 간다고 해서 정말로 갔는지 확인하고 싶었는지도 모르지. 그 날 밤에 들어오지 않은 시누이는 까만 밤을 어떻게 보냈을까.

봄 향기에는
꽃씨가 숨어 있고

은영은 소라가 좋아하는 딸기케이크를 살 생각으로 뉴욕제과로 들어갔다. 돈을 벌기 위해서 몽블랑에 들어갈 때와 고객의 입장으로 제과점에 들어갈 때의 기분은 확실히 달랐다. 몽블랑 직원으로 볼 때는 고객 얼굴만 보이지만, 고객의 입장은 직원 얼굴보다는 케이크만 보였다.

크리스마스라고 매출이 올라 기분이 좋은지 유니폼을 입은 뚱뚱한 여직원하고 사장이나 매니저로 보이는 남자가 춤을 추고 있었다. 실내에 퍼지고 있는 음악은 빠르고 경쾌했다.

트리의 조명이 유난히 반짝거렸다. 나무에 지팡이, 장갑, 모자, 종들이 매달려 밤하늘에 무수히 많은 별똥별이 떨어지는 것 같다. 반짝거리는 분위기가 크리스마스 분위기를 자아내려고 하지만, 저작권 부담 때문에 캐럴송이 거리를 누비지 않으니까, 분위기가 조용하다. 화이트 크리스마스라고 했는데, 눈도 내리지 않는다.

은영은 고객이 왔는데도 춤을 멈추지 않는 그들이 이상하게 보였다. 얼마나 기분이 좋으면 매장에서 대놓고 춤을 추는지, 로또라도 맞은 것인지 하는 생각을 하며 기다렸다.

"고객님, 무슨 케이크를 드릴까요?"

은영이 케이크가 진열된 냉장고 안을 바라보고 있었다. 뚱뚱한 여직원이 은영을 발견하고 민망하게 물었다.

"네, 딸기 케이크로 주세요."

"크리스마스 이벤트로 주는 선물이에요."

뚱뚱한 여직원이 작은 인형을 내밀었다.

"감사합니다."

은영은 인형을 보면서 소라가 좋아하겠구나, 하는 생각에 미소가 번졌다.

"초는 몇 개 드릴까요?"

"큰 걸로 하나만 주세요."

"할인카드나 포인트 카드 있으세요?"

"예, 적립카드는 있어요."

은영은 포인트 적립카드를 내밀며 결재를 하고 뉴욕제과를 나섰다.

횡단보도를 건너 집으로 향했다. 찬바람에 케이크의 형태가 흐트러지면 안 되니까 케이크를 들은 손은 조심스러웠다. 집에 도착한 은영이 식탁 위에 케이크를 올려놓고, 소라의 방문을 열었다.

"소라야 뭐해? 딸기 케이크 사왔어, 선물로 인형도 주던데."

은영은 소라에게 인형을 내밀었다.

"엄마, 너무 예뻐."

소라는 인형을 가슴에 껴안으며 팔짝팔짝 뛰었다. 은영은 나중에 빵집을 하게 되면 작은 선물을 증정해주는 것도 괜찮다고 생각했다.

"소라야, 케이크는 저녁에 아빠 퇴근하면 먹을까?"

"응, 초 켜고 소원 빌어야겠다."

"소원이 뭘까?"

"비밀!"

"혹시 유치원에 좋아하는 친구 생긴 거 아냐?"

은영은 장난스럽게 말하며, 소라를 바라봤다.

"아니야."

소라는 손 사례를 쳤다.

"엄마, 친구 서영이는 일본 여행간대."

소라는 부러운 표정이다.

"그래, 소라도 여행 가고 싶구나?"

"우리도 갈 거야?"

소라의 눈빛이 가고 싶다고 말하는 것 같았다.

"아빠 퇴근하면 얘기해보자."

"와, 신난다."

"소라야, 그렇게 좋아?"

"응, 좋아 비행기 탈 수 있잖아."

은영은 소라 머리카락을 뒤로 넘기며 안아주었다. 소라가 부쩍 컸다는 생각이 들었다.

은영은 쉬는 날도 평범하게 보낸다. 휴일이라서 특별히 갈 데가 있는 것도 아니다. 집안 청소나 빨래 같은 것은 출근하는 날도 충분히 소화를 할 수가 있다. 휴일은 집에서 그냥 책을 읽거나 드라마를 보며 시간을 보냈다.

가끔은 서준이 엄마가 놀러오면 같이 점심을 해 먹거나, 수다를 떠는 것이 유일한 즐거움이다. 오늘은 외출할 생각으로 화장대 앞에 앉았다. 기초화장을 하고 색조 화장을 시작했다.

화장을 하고 나면 잠에서 깨어난 것 같다. 분위기를 내고 싶을 때는 볼에 펄로 터치를 하기도 했다.

화장을 끝내고 옷장을 열었다. 평소 아껴 입던 감색스커트에 흰 재킷이 세트인 투피스를 꺼내 입었다. 핸드백도 분위기 있게, 신발도 굽이 오 센티인 하이힐로 구색을 맞췄다. 전신 거울을 보고 집을 나섰다.

비석공원을 지나, 편의점 모퉁이를 돌아 사거리로 향했다. 어디서 본 사람이 은영 앞으로 걸어오고 있었다. 예전에 다녔던 직장 상사였던 김 부장이다. 김 부장과 동네에서 마주치다니, 세상은 넓고도 좁다고 한 말이 이 상황을 두고 하는 말 같다.

"안녕하세요, 여기는 어떻게 오셨어요?"

은영은 김 부장 앞에서 걸음을 멈추고 반갑게 인사를 했다.

"저도 그 회사 그만뒀습니다."

"어머, 그래요?"

은영이 놀란 얼굴로 반문했다. 부장까지 진급을 하던 직장을 그만 둘 때는 그만한 이유가 있을 것 같았다.

"작지만 제 회사 하나 차렸습니다."

"축하드려요!"

은영은 상상으로 그리던 바닷가 빵집을 떠 올리며 활짝 웃었다.

"회사가 이 근처에요. 지금 공영주차장에 차 가지러 가는 중입니다."

은영은 고개를 끄덕였다.

"은행 옆에서 세 번째 건물 오층이 사무실이에요."

"아, 그렇구나."

약속도 없이 아는 사람을 길에서 만나니 반가웠다. 동네라고 대충 꾸미고 집 밖을 나왔다면 어떻게 되었을까, 보는 순간 뒤돌아서서 도 망쳤을 것 같은 생각이 들었다.

예전에 같은 직장 다닐 때는 부장의 직책이었는데, 일본 연수 갔을 때도 7명을 인솔했었다. 일본말을 잘해서 멋있게 보였었다. 백화점 시 장 조사를 하고, 일본 본사에서 품평회를 한 후, 백년 된 호프집에서 열렸던 대게 파티는 지금 생각해도 즐거웠었다.

오전 6시 30분 알람이 울렸다. 은영은 일어나 양치를 하고 창문을 열었다. 검은 커튼을 드리운 시각, 옆 동 아파트에서 불빛이 새어 나 왔다.

저 사람들도 나처럼 이른 하루를 시작한 것일까, 창밖을 바라봤다. 며칠째 달은 보이지 않는다. 아침에 일어나 책을 보거나 신문을 보면 참으로 좋겠는데, 주부들은 대부분 아침을 준비하거나, 살림에 도움이 되는 무엇인가에 열중해야 한다.

민준이 출근을 하고, 소라가 유치원을 가면, 은영은 출근 준비를 서두른다. 아르바이트를 안 할 때는 신문을 보고 스크랩을 하며, 시간을 보내기도 했지만, 아르바이트를 나가면서 신문 볼 여유가 없어 요즘은 신문이 며칠씩 밀려있다.

은영은 아르바이트를 하면서 제빵 기술을 배우러 다닐 생각을 하고 있다. 집과 멀지 않은 곳에 학원이 있어 몇 개월의 시간을 투자하면 자신이 해야 할 일, 멋진 미래의 그날을 향하는 통로이니까, 시간을 촘촘히 나누어야겠다는 생각을 했다.

은영은 몽블랑에 출근을 했다. 오픈된 공간에는 누구나 들어올 수 있다. 빵을 사러오는 사람, 커피를 사러 오는 사람, 문 하나를 사이에 두고, 많은 사람들이 오고 간다.

빵을 빠르게 고르는 사람도 있고, 빵을 천천히 생각을 하면서 고르는 사람도 있다. 각자의 취향이니까, 본인만의 개성으로 빵을 골라 쟁반에 담아 포스대로 오면, 빵을 스캔하고 금액을 말한다.

"만 오천 원입니다. 할인카드나 적립카드 있으세요?"

"카드는 없는데, 현금 줄 테니 할인 좀 해주세요."

"고객님, 정찰제입니다."

"그건 아는데, 빵이 너무 비싸요. 하나는 서비스로 줄 수 있죠? 또 올게요."

"그건, 곤란합니다."

"까칠하네, 안 사고 그냥 갈게요."

흥정을 시도하다가 본인 마음대로 안 되니까 빵을 두고 나갔다.

고객이 두고 간 빵을 은영은 원래 있던 위치에 갖다 놓는다. 그 위치에 가격도 표시되어 있는데, 본인이 어느 정도 금액이 나올 거라는 생각을 했어야지. 혼자 중얼거리며 빵 정리를 하고 있다.

"은영 씨, 사회 생활하다 보면 별의별 사람 다 있어요."

은영은 작게 말했다고 생각했다. 언제 왔는지 김 사장이 한마디 하는 말에 깜짝 놀랐다.

은영은 멋쩍게 웃었다.

은영은 빵 정리를 하고, 물을 마셨다. 밖으로 시선을 돌렸다. 바람결에 나무에 남아 있는 잎이 흔들리는 것을 바라봤다.

은영은 갑자기 목 주변이 당기며, 현기증이 났다. 똑바로 서 있기가 힘들다. 곧 쓰러질 것 같았다. 김 사장을 부르지 않고 혼자서 진상 고객을 해결하려고 한 것이 문제였다. 등의 근육이 당기는 통증이 심해졌다.

"사장님, 약국 좀 다녀오겠습니다."

"안색이 안 좋아 보여요. 어서 갔다 와요."

은영은 지갑만 챙겨 제과점에서 가까운 거리에 있는 약국으로 향했다. 햇볕은 좋은데 바람이 찼다. 고개를 숙이고 부지런히 걸었다. 문을 열고 들어서니 '어서 오세요.'라고 했는지, '안녕하세요.'라고 하는지 약국 직원이 하는 인사가 통증 때문에 또렷하게 분간이 안 갔다.

은영이 순서를 기다리느라 무표정하게 의자에 앉았다. 약 처방 받고 설명 듣는 사람이 있었다.

"어떻게 오셨어요?"

앞 사람 설명이 끝난 후 약사가 은영에게 물었다.

"갑자기 목 주변 어깨가 당기며, 현기증이 나서요."

의자에서 일어서며 엉거주춤 목을 잡고 약사 앞으로 갔다.

"언제부터 그랬어요?"

"조금 전 갑자기요."

"스트레스 받는 일 있으셨어요?"

"예, 갑자기 신경을 썼더니요."

"급성 담이 온 것 같아요. 두 알 먹으면 졸릴 수 있으니 한 개는 지금 드시고, 한 개는 네 시간 후에 드세요."

은영은 약국에 있는 정수기의 물을 컵에 받아 떨리는 손으로 약을 꿀꺽 삼켰다. 스트레스가 이렇게 무서운 거구나, 마음을 가다듬고 어떠한 고객이 와도 차분하게 해결을 해야겠다는 생각을 했다.

알약은 금방 몸 전체에 퍼졌는지 목 뒤를 잡아당기는 것과 현기증 나는 증상이 가벼워지는 것 같다. 은영은 약봉지를 들고 약국을 나섰다.

몽블랑에 도착하니 고객들이 빵을 고르고, 계산대에는 계산이 이루어지고 있었다.

"몸은 어때요?"

방금 고객의 계산을 마치고 봉투에 빵을 담으며 김 사장이 말했다.

"급성 스트레스를 받으면 그런 증상이 나타난대요. 약 먹었어요."

"마음 편히 가져요."

"예."

할 일들을 조금씩 마무리하고 퇴근 시간이 되어 갔다.

오늘은 힘든 하루였다. 사람에게서 받는 스트레스를 어떻게 잘 해결해야 할까, 감정노동을 하는 직업, 별의별 사람이 다 있는데, 건강해야 일도 하고, 꿈을 향해 나아갈 수 있겠다는 생각을 했다.

은영은 힘없는 모습으로 몽블랑을 나섰다.

몽블랑 뒤 음식점 거리에 새로운 찐빵가게가 오픈을 했다. 거리를 지나갈 때마다 김이 모락모락 나는 모습에 먹고 싶다는 생각을 했었다. 찐빵을 사가면, 민준도, 소라도 좋아하겠지. 야외를 나갈 때 보았던 그 찐빵인데, 그 맛일까 하는 생각이 들었다. 몇 번을 바빠서 지나치다가 오늘은 꼭 사야겠다는 생각을 했다.

"저기요."

텔레비전 화면에 시선이 고정되어 있는 파마머리 여자를 은영이 불렀다. 드라마 내용이 심각한지 여자는 화면 속으로 빨려 들어갈 듯했다.

"네가 주인이야?"

은영의 목소리가 작아서인지, 도로의 차들이 목소리를 삼켰는지 세 번쯤 크게 불렀을 때, 파마머리가 밖에 있는 은영을 보고 걸음을 옮겼다. 그녀는 예전에 다녔던 직장 동료였다.

"내가 차렸어, 들어와."

은영은 가게 안 테이블에 앉았다.

"오랜만이네, 반갑다."

은영은 언젠가 빵 가게를 낼 생각으로 실내를 둘러보았다. 아기자기한 인테리어가 마음에 들었다.

"잘 지냈어?"

"찐빵하고 만두 사러 왔어."

"금방 찐 거라 맛있을 거야, 집에서 전자레인지에 오 분 데우면 돼."

"알았어."

"시간 될 때 놀러와."

"또, 올게. 수고해."

은영은 다시 한 번 실내를 둘러보고 밖으로 나갔다. 소라가 올 시간이라서 찬바람 속을 빠르게 걸었다.

아파트 앞에는 벌써 여자들 몇 명이 웅크리고 서 있었다. 은영도 그녀들 틈에 섞여서 유치원 차가 오길 기다렸다.

공원에 보이는 그네를 바라봤다. 추워서인지 공원에서 노는 아이들은 없었다. 배드민턴 라켓을 들고 볼을 치는 중학생 정도 되어 보이는 남학생이 코치로 보이는 아저씨와 연습 동작을 익히는 것 같다. 앙상한 나뭇가지들을 바라보다가 유치원 차가 오는 것을 봤다.

"엄마!"

소라가 은영을 향해 뛰어왔다. 은영은 웃으며 소라의 손을 잡았다.

"소라야, 만두랑 찐빵 샀어."

"그래?"

집에 도착해 은영과 소라는 편안한 복장으로 갈아입었다. 소라는 식탁에 앉아 음료수를 마시고 있다.

"소라야, 먹어봐."

은영은 전자레인지에 5분 돌려 접시에 담아 식탁 위에 올렸다.

은영도 만두 하나를 먹어 본다. 맛이 없다.

"엄마, 안 먹을래."

소라는 찐빵 한 입 먹더니 안 먹는다 했다.

"맛없어? 만두 먹어."

"싫어, 엄마가 해준 식빵 먹고 싶다."

"지금?"

"소라야, 오늘은 엄마 몸이 아파서 다음에 해줄게, 미안."

"엄마, 아파?"

"응, 조금"

"알았어."

"볶음밥 해줄까?"

"아니, 자장면 먹고 싶어"

"엄마가 계란도 올리고, 맛있게 해줄게."

"싫어, 자장면 먹고 싶어."

"못 말려, 소라가 아빠한데 전화해볼래?"

민준이 퇴근을 하고 곧장 집으로 오는지, 소라에게 시간을 벌 수 있을 것 같아서였다.

소라는 미소를 지으며 전화기 버튼을 누른다.

"여보세요."

민준의 목소리가 소라의 귓속으로 파고들었다.

"아빠, 언제 와?"

"소라구나, 왜 아빠 보고 싶어?"

"아빠 자장면 먹고 싶어."

"그래, 지금 가는 중이야. 조금만 기다려."

"아빠 빨리 와."

은영은 소라를 바라보고 있다. 은영도 소라 나이 때, 자장면을 좋아했으나, 학창시절 간부들과 식당에서 자장면 먹던 날이었다. 자장면을 젓가락으로 비볐다. 소스의 맛 때문인지 맛있었다.

마지막 면을 젓가락으로 돌돌 마는데, 검고 작은 벌레가 보였다. 이게 뭐지? 젓가락으로 이리저리 살폈다. 파리였다. 맛있게 먹었던 기분이 사라지고 갑자기 속이 울렁거렸다. 파리만 안 보았어도 기분은 정말 황홀했었는데, 주변에 다른 학생들은 먹고 있는 중이었다. 내성적인 성격이라 아무 말도 하지 않았던 그날이 문득, 뇌리를 스쳐 갔다.

"엄마, 아빠 오는 중이래."

소라는 자장면 먹을 생각에 기분이 좋아보였다.

은영은 소라를 보며 미소를 지었다.

소라는 스케치북을 가져와 크레파스로 그림을 그리기 시작했다. 은영은 소파에 힘없이 앉아 텔레비전을 켰다.

민준은 은영이 부지런하고 생활력이 강해 보인다고 생각하고 있었다. 주부가 되고, 엄마가 되면 에너지가 생기는 것 같았다. 분명 취미라든가 배우고 싶은 것도, 하고 싶은 것도 많을 텐데, 오로지 가족을 위해 정성을 쏟는 것 같아 고맙다는 생각을 하고 있다.

지금보다 여유가 생기면 자신을 위한 시간을 가져보라고 말할 생각이다. 영화 보는 것도 좋아하지만, 생활에만 열중하며, 소라를 위해 정성을 쏟는 모습이 사랑스럽다. 천사 같은 마음을 가진 여자다.

자동차 세일즈를 하려면 필요한 운동이 있는데, 요즘은 골프를 배우는 중이다. 실내 골프장에서 연습을 하고 있다. 고객과의 미팅을 위한 것도 있고, 필요할 때 하는 것도 괜찮겠지만, 무엇이든지 꾸준하게 하는 것이 좋을 것 같다.

오랜만에 하니 몸의 근육이 유연하지가 않았다. 천천히 몸동작을 가다듬는다. 신발과 옷을 갈아 입고 운동하기 전에 스트레칭을 먼저 한다. 장갑을 끼고 자세를 바로 잡았다.

발의 보폭을 어깨 넓이만큼 벌리고 무릎은 살짝만 구부리고 등은 일자로 세우고 스윙을 했다. 그립을 손가락으로 잡는다. 왼손 바닥을 펴고 비스듬하게 놓고 왼쪽 검지와 중지 마디가 보이게 꽉 잡는다. 왼손 엄지가 안 보이게 오른손은 가볍게 왼손 엄지 위로 올려놓았다.

볼에 골프채가 닿을 때 소리를 들으면 잘 맞았는지를 알 수 있다. 정확하게 볼이 닿을 때는 투명한 기분 좋은 소리가 났다.

한파주의 문자가 왔다. 노약자, 어린이는 외출을 자제하고 외출을 할 때는 마스크와 장갑을 착용하라는 내용이다.

은영은 창문을 열려고 했다. 어제보다 더 꽁꽁 얼어 움직이지 않는다. 창문에 얼음꽃이 폈다. 물방울이 수직을 이루며 떨어지며 딱, 하는 소리가 났다.

베란다 테라스 천장에도 물방울이 얼어붙어 밤하늘의 별이 초롱초롱 빛나는 모습과 닮았다. 아침의 찬 공기도 겨울바람의 추위는 위력을 발휘하듯 살 속으로 파고들었다. 이렇게 기온이 내려가면 추위에 벌레들이 얼어 죽는다고 하던데, 그들의 형체가 상상으로 그려졌다.

추위에 나무들은 참고 견디는 대단한 의지를 가지고 있는 것 같다.

숨을 쉴 때 입김이 밖으로 나와 공기와 닿은 머플러 부분이 차갑게 피부에 닿는 것이 싫다.

은영은 작년에 민준, 소라와 같이 겨울이 지나가는 초봄에 남이섬에 갔다. 겨울에 얼은 얼음장 밑에서 얼음이 깨지는 소리를 듣기 위해서였다. 꽁꽁 얼은 때와, 날이 풀리는 온도에 따라 얼음이 깨지는 소리는 다르게 들리고 있었다.

"엄마, 무슨 소리가 들려?"

"얼음이 깨지는 소리야."

얼음은 꽁꽁 얼어 있는데, 보이지 않는 물속에서 얼음이 녹으면서 소리를 내고 있나 보다. 봄이 오는 소리다. 자연도 이렇게 자기만의 할 말이 있다는 것처럼 들린다. 은영은 그 이야기가 듣고 싶어 여행을 온 것이다. 얼음 깨지는 소리에 귀를 기울였다.

"엄마, 오늘 일기에 쓸래."

"소라야, 좋은 생각이다."

소라는 눈을 지그시 감고 감상하는 표정을 짓고 있다. 민준은 미소를 지으며 바라보고 있다.

"아빠, 얼음 깨지는 소리 신기하지?"

"신기하네."

민준은 소라에게 대답을 하고, 은영을 바라봤다. 은영은 무슨 영감이 떠올랐는지, 수첩을 꺼내 무엇을 적느라 바쁘다.

은영은 간단하게 방금 떠오른 '얼음 밑의 세상'이란 문구를 메모하고 소라를 바라봤다. 소라는 춥지도 않은지 신나서 뛰어다닌다. 민준은 소라를 향해 부지런히 카메라 셔터를 눌렀다. 가을이었다면 은행잎이 양쪽으로 나란히 마주보며 원근법을 그렸을 길을 헐벗은 나무들도 나름대로 괜찮은 풍경이다. '남이섬'의 글자가 새겨진 곳이 보였다. 소라의 폴짝 폴짝 뛰는 모습이 나비가 춤을 추는 것 같았다.

"엄마, 호떡 먹고 싶어."

김이 모락모락 나는 호떡을 든 연인들을 바라보며 소라가 입맛을 다신다.

"소라야, 배고파?"

"아니, 맛있게 보여서."

추워서인지 호떡을 먹고 있는 사람들이 따스하게 보이며, 맛도 있어 보였다. 가게에서 커피와 호떡을 세 개 샀다. 먹으면서 주변을 돌아본다. '남이섬'이 새겨진 돌 앞에서 사진을 찍는 사람들이 보였다.

"소라야, 사진 찍을까?"

은영이 소라 머리를 쓰다듬으며 말했다.

"자기도 같이 찍어."

민준이 환하게 웃었다. 은영과 소라는 돌 앞에 다소곳하게 앉았다. 민준이 사진 찍는 모습이 폼 나게 보였다. 사진을 찍고 일어나며 은영은 핸드백을 어깨에 걸었다.

"펜션 봐."

나무로 만들어진 운치 있는 구조를 바라보며 민준이 말했다.

"예쁘다."

펜션이 있는 풍경이 낭만적으로 보였다. 밤하늘의 운치는 어떨지, 야경의 분위기는 어떨까, 얼음 속에서 나는 소리는 낮과 밤이 다를 것 같았다. 배를 타러 나가는 길에 모닥불이 피워져 있었다.

"엄마, 저기 가보고 싶어."

소라는 모닥불이 활활 타는 곳을 가리켰다.

"가볼까?"

모닥불 앞에 사람들이 옹기종기 모였다. 모닥불의 열기로 몸이 따스해졌다. 모닥불이 저렇게 예쁜 색이었나, 활활 타오르는 모닥불 앞에서 색소폰 연주하는 모습을 감상했다.

겨울, 모닥불, 색소폰, 모여 있는 사람들, 모두 잘 어울리는 한 폭의 수채화 같았다.

"엄마, 배고파."

소라는 색소폰연주를 조금 듣더니, 색소폰연주가 재미가 없는가 보다.

"울 소라 배고파? 가자."

모닥불의 열기로 따스해진 몸을 일으켰다. 민준이 소라의 손을 잡고 걸었다. 은영은 모닥불 향기가 아직 식지 않은 것과 차가운 공기를 만나는 경계를 보면서, 얼음이 깨지는 소리가 희미하게 들려오는 것 같았다.

배가 들어오자, 사람들이 배 안 의자로 들어가는 사람도 있었다. 나무와 물과 자연에 셀카봉을 사용하며 사진을 찍는 사람도 보였다. 만약 셀카봉에 매달린 휴대폰이 실수로 물속으로 떨어진다면 어떻게 될까 하는 불안한 생각이 들었다.

강바람이 차가웠지만, 마음은 따스했다. 가족과의 나들이란 이름표를 달았다. 배는 처음 출발했던 곳에 데려다 주었다. 배에서 내려서 승용차를 탔다.

남이섬과 얼마 떨어지지 않은 곳에 음식점들이 여러 군데 있었다.

"우리 공주님 뭐 먹고 싶어?"

민준이 천천히 운전을 하면서 말했다.

"닭갈비 먹을래."

주변 간판에는 닭갈비 글자들만이 무성했다.

"닭갈비 먹을까? 자기는?"

"닭갈비 좋아."

언덕위로 보이는 곳에 차를 세우고 식당 안으로 들어갔다. 넓은 공간에 테이블이 많았다. 저녁 먹기에는 이른 시간이어서인지 사람들이 많지는 않았다. 두리번거리다가 창가 자리에 앉았다. 테이블 모서리에 붙어 있는 벨을 눌렀다.

"주문하시겠습니까?"

여자 직원이 주문서를 가지고 왔다.

"닭갈비 삼 인분 주세요. 콜라 하나랑."

민준이 주문을 했다. 물어보지 않았는데, 여자 직원은 오늘 출근 첫 날이라고 했다. 어쩐지 좀 서툰 모습이 이해가 갔다.

반찬을 먼저 테이블 위에 하나씩 올려놓고, 불판 위에 야채와 닭갈 비를 푸짐하게 올려줬다. 닭갈비가 익는 동안 메추리알 껍질을 까서 소라에게 주었다.

"소라야, 먹어봐."

익은 고구마와 가래떡을 소라의 접시에 놓아주며 민준이 말했다.

"응, 아빠."

소라는 소금에 찍어 먹는다.

민준은 불판 위에 있는 닭갈비와 야채를 뒤적이고 있다. 은영도 익 은 양배추를 먹는다.

"다 익었네, 맛있게 먹자."

민준이 몇 번을 주걱으로 뒤집고는 먹음직스럽게 익은 닭갈비를 은영과 소라의 접시에 올려 주었다.

"자기도 먹으면서 해."

은영이 닭갈비를 상추쌈 해서 민준의 입에 넣어줬다.

"맛있네."

"엄마, 나도 그거 먹고 싶어."

"소라도 상추쌈 해줄까?"

평소에 상추를 안 먹던 소라가 웬일이지, 은영은 생각하며 먹음직스럽게 만들어 소라의 앵두 같은 입에 넣어줬다. 소라는 잘 먹는다. 콜라도 한 모금 마셨다.

"소라 잘 먹네. 맛있니?"

"조금."

소라는 식탐이 별로 없다. 어느 정도 먹으면 더 이상 먹지 않는다. 식후에 먹을 수 있는 디저트로 입맛대로 골라 떠먹는 아이스크림이 있다. 소라는 딸기와 초코를 선택했다. 민준이 아이스크림을 떠서 소라에게 줬다. 은영은 딸기 맛을, 민준은 바닐라 맛으로 선택했다.

한파가 계속 이어지고 있었다. 날씨가 추워지면서 몽블랑 매상도 현저하게 줄어들었다. 김 사장은 요즘 부쩍 짜증을 많이 낸다. 은영은 김 사장이 공연한 일로 짜증을 낼 때마다 처음에는 무안해 했으나 요즘은 별로 신경을 쓰지 않는다.

빵가게는 가을과 봄에 매상을 많이 올려서 겨울에 부족한 부분을 메운다는 것을 얼핏 직원한테 듣고 난 후였다.

겨울의 새벽은 컴컴하고 바람도 얼어 있기 일쑤다. 밖과 맞닿은 창문은 손으로 열어도 꼼작도 안 한다. 차가운 바람은 창문 틈으로 방 안으로 들어왔다. 이렇게 기온이 내려갔을 때는 수돗물을 뜨거운 쪽 방향으로 손잡이를 돌리고 물을 틀어 놓아야 한다. 배수관이 얼면 동파로 이어질 수가 있다.

은영이 밤 11시쯤 잠을 자려고 목욕탕에 들어갔다. 뜨거운 물이 나오지 않았다. 놀란 얼굴로 목욕탕 문을 열고 민준을 불렀다.

"자기야, 뜨거운 물이 안 나와."

"그래? 큰일이네."

민준이 방에서 나왔다. 저녁에 물을 사용했었는데, 잠깐 몇 시간 사이에 온수가 안 나온다.

마음이 급해져 폰으로 인터넷 검색을 했다. 보일러통 아래 3번과 4번째 배수관에 드라이기로 열을 가하면 된다고 했다. 민준이 목장갑을 끼고, 보일러실로 갔다.

"뜨거운 쪽으로 물 틀어놔."

민준의 목소리가 은영의 귀에 닿았다.

"알았어."

민준은 드라이기로 열을 가하고 있다. 그러는 사이 은영은 수돗물을 보다가, 민준이 있는 쪽을 보다가 했다. 시간이 얼마나 지났을까, 30분 정도 흐른 것 같았다. 보일러 돌아가는 소리가 들렸다.

은영은 싱크대에서 나오는 물을 보면서 다행이다, 라고 생각하며

"자기야, 뜨거운 물 나와."

은영이 물소리에 반가워 목소리가 커졌다.

"물, 나온다고."

주방으로 들어온 민준이 수돗물에 손을 헹군다.

"자기, 춥지."

은영은 민준을 보며 방긋 웃었다.

"큰일 날 뻔했네."

그날은 밤새 수돗물을 똑, 똑 흐르게 했다.

제과점 안의
고래

뉴욕제과와 중앙제과는 몽블랑이 생기면서 하루가 다르게 매출이 줄어들었다. 그럴수록 몽블랑 김 사장의 눈에는 잔웃음이 늘어갔다.

뉴욕제과와 중앙제과는 몽블랑이 소리 없는 전쟁을 하고 있는 사이에도 세월은 조용히 흘러갔다.

악몽으로 밤새 뒤척거려도, 뜬 눈으로 밤을 새워도 아침은 아무렇지 않게 찾아온다. 사장과 직원이 춤추던 뉴욕제과는 가문 날의 풀처럼 하루가 다르게 바짝 여의어 갔다.

동네 빵가게 점주는 한 달의 매출로 제과점 월세를 낸다. 자녀 학비에 부모에게 효도해야 하는 책임감은 하루아침에 폐허가 된 일터가 될 수도 있다. 동네에서도 계속 뿌리를 내리고 영업을 하는 가게가 있는가 하면, 어떤 장소는 새롭게 인테리어를 하고 다른 업종으로 변신하기도 한다.

중앙제과점은 결국 몽블랑 앞에 무릎을 꿇고 말았다. 사장의 머릿속에는 인테리어를 했던 지난날이 어제같이 눈앞에 펼쳐져도 눈물을 머금을 수밖에 없었다. 사장은 치유할 수 없는 상처를 받아들였다. 하락하는 매출로 임대료도, 직원 급여도 감당하기 힘든 상황이 되어버렸다.

삼 개월이 지난 후 중앙제과점 자리에 애견용품과 애견 분양하는 장소로 업종이 바뀌었다. 유리벽 안으로 보이는 곳에는 칸막이마다 애견들이 물을 먹거나 움직이는 모습이 보인다. 유리에는 '유리를 두드리지 마세요. 아가들이 놀래요.'라는 애견점도 고객들이 볼 때 하루가 다르게 점점 균형을 잃고 힘이 빠져나가는 느낌이 들었다.

전문적인 지식이 없는 사람들이 함부로 애견점을 차리기 때문일까, 강아지가 희생당하는 장면이 매스컴에서 보도되고 있다. 애견동물들을 힘들게 한다는 내용이 확산되는 것이 타격을 받은 것 같다.

은영은 퇴근을 하다 애견점 앞에서 발을 멈추었다. 가게 안은 의자와 탁자만이 조용한 공간을 지키고 있었다.

"영업 안 하네, 나 여기서 강아지 분양 받았었는데."

지나가던 두 남자가 발걸음을 멈추었다. 유리문 안을 들여다보면서 한 사람이 중얼거렸다.

은영이 얼마 전 보았던 어린 말티즈들이 보이질 않았다.

은영은 뒤로 한 발짝 물러나서 애견점을 바라봤다.

'바르바 커피 6월 OPEN.'

은영은 애견점 간판위에 붙어있는 현수막을 바라보다 어린 말티즈들이 생각났다. 소세지처럼 생긴 작은 혀를 내밀며 두 눈을 깜박거리던 모습이 눈에 아른거렸다.

'어디로 갔을까.'

은영은 강아지를 데리고 지나가는 남자아이 뒷모습을 바라보며 어린 말티즈처럼 조용히 쫓아갔다.

은영은 탈의실에서 유니폼으로 갈아입었다. 여느 날처럼 포스단말기로 정산표 금액을 체크했다. 누군가 다가오는 인기척에 시선을 돌렸다. 김 사장이 화가 난 얼굴로 다가왔다.

"은영 씨 어제 잔액이 십오만 원이 부족하던데."

김 사장은 의심의 눈빛으로 은영을 바라봤다.

"무슨 말씀이에요?"

은영이 놀란 표정으로 물었다.

"어제 매출액 중에 십오만 원이 부족하다구요."

은영은 근거도 없이 불쑥, 던지는 김 사장이 이해하기 힘들었다. 돈을 얼마나 받는다고, 이런 대접을 받으며 다니는 자신이 속상했다.

"돈이 왜 모자라지, CCTV 확인해보셨어요?"

은영의 말에 김 사장은 CCTV가 설치되어 있는 베이킹 안으로 들어갔다. 은영도 따라서 들어갔다. CCTV를 확인하기 시작했다. 이상하다, 그날의 기록은 삭제되고 없었다.

"왜 지워졌지, 이상하네."

김 사장은 황당하다는 얼굴로 은영을 바라봤다. 마음속으로는 요것 봐라, 여자라고 우습게보면 안 되겠는데, 라고 회심의 미소를 지었다.

"전 지운 적 없어요."

은영은 도둑 취급을 받는 것이 기분이 나빠서 눈물이 날 것 같았다.

"누가 지웠지?"

"제가 지울 이유가 없잖아요."

"하지만 지워졌잖아."

"CCTV 담당자 불러야 할까요?"

"가게 안에서 일어난 일로 담당자를 부르긴 뭐 하잖아."

김 사장은 슬그머니 꼬리를 내리고 밖으로 나갔다.

은영은 속상했다. 김 사장은 무슨 생각을 하고 있는 걸까, 사람을 비참하게 만드는 의도가 무엇인지 혼란스러웠다. 이런 것이 말로만 듣던 갑질이라는 것인가, 사장이 직원에게 함부로 해도 된다는 건가, 화가 나도 말을 못해 혼란스럽기만 하다.

은영은 오늘 집으로 일찍 들어가고 싶지가 않았다. 소라가 오려면 한 시간 정도 여유는 있다. 지하철역 쪽으로 걷다가 스타벅스가 시선을 끌었다.

"난, 별다방 커피 먹는 사람 이해를 못하겠어. 이데아 같은 데도 같은 커피를 천오백 원이면 마실 수 있잖아."

은영은 걸음을 멈췄다. 문득 민준과 스타벅스 앞을 지나가면서 하던 말이 떠올랐다. 커피 한 잔 가격이 5천 원 넘으면 40분 동안 일을 해야 한다.

그래, 오늘 같은 날.

은영은 김 사장 얼굴이 떠오르는 것을 느끼며 스타벅스 안으로 들어갔다. 커피를 주문하고 창가에 앉았다. 저녁 데이트라도 가는지 곱게 화장을 한 여자가 바쁘게 걸어가고 있다. 슬쩍 핸드폰을 꺼내 거울을 본다. 오늘따라 얼굴에 화장기가 없다.

아냐, 내가 이러고 있으면 안 되지. 난 결백하잖아.

은영은 갑자기 바다가 떠올랐다. 아무 생각 없이 바다로 가고 싶다는 생각 뒤에 소라 얼굴이 그려졌다. 마음이 약해지면 안 된다고 생각하며 일어섰다.

집으로 가기 전에 마트로 갔다. 저녁 준비를 하려는 아주머니들이 바쁘게 카트를 끌고 다닌다. 바구니를 들고 있는 사람들도 야채 코너 앞에서 바쁘게 움직이고 있었다.

"오늘 들어온 싱싱한 오징어가 있어요."

고객을 부르고 있는 생선 코너를 지나서 정육점 코너가 있다. 생선 코너에 잘생긴 청년이 은영의 길을 가로막고 생선을 사라고 부추겼다. 거의 강매 수준이다.

"얼마에요?"

"세 마리에 만 원입니다."

"주세요."

"손질해드릴까요?"

은영은 긴 사장한테 도둑으로 의심받았던 생각이 떠올랐다. 오랜만에 오징어를 사서 맛있게 먹으면 기분이 풀어질 것 같았다.

청년은 주문이 떨어지자 기다렸다는 듯이 노란색 고무장갑을 꼈다.

청년이 생선을 다듬는 동안 은영은 주변을 둘러본다. 한가한 정육점 코너 직원이 은영을 보고 있었다. 은영은 생선코너 청년이 너무 적극적이어서 부담스러웠다.

"고객님, 여기 있습니다."

청년이 손질을 끝낸 오징어를 비닐봉지에 담아 내밀었다.

은영은 아이스크림, 바나나 우유, 과자를 바구니에 담았다. 쇼핑을 마치고 계산대로 향했다.

"이만 오천 원입니다. 적립카드 있으세요?"

계산대 앞의 사십 대 캐셔가 웃는 얼굴로 물었다.

"예, 구공이사 입니다."

"서은영 님 맞으세요?"

"예."

은영은 영수증을 받아서 집으로 향했다. 신호등이 빨간색으로 반짝거리는 걸 보며 횡단보도 앞에 섰다. 강아지를 데리고 산책 가는 여자의 모습도 보인다. 여자의 손에 잡은 줄로 강아지의 목줄을 당겼다가 늘어지게 했다. 횡단보도에 그어진 흰색 줄을 바라봤다. 지난날 제주도에 여행 가서 말을 탔던 기억이 떠올랐다. 여행 코스 중 일부분으로, 추억을 만들려는 사람들은 줄을 서 있었다. 은영이 순서였다. 무서워서 말고삐를 꽉 잡고 있었고, 마부가 옆에서 동행 했었다.

초록색 불이 깜박거릴 때다. 은영은 사람들 틈에 횡단보도를 건너 집으로 향했다.

은영은 집 앞에 도착해서 현관문의 비밀 번호를 눌렀다. 삐릭, 소리와 함께 문이 열렸다. 센서의 등이 밝아졌다. 시장바구니를 내려놓고, 신발을 벗었다.

생선은 냉장고에 넣고, 아이스크림도 냉동실에 넣었다. 바이올린 연주가 집안에 울려 퍼지게 인터넷을 켜놓고, 청소기를 돌렸다. 바닥은 어느새 뽀송뽀송 깨끗해지고 기분이 상쾌하다. 앞치마를 두르고 냉장고에 넣어둔 오징어를 꺼냈다.

오징어를 흐르는 수돗물에 헹구고 작게 잘랐다. 고추장과 양파, 대파와 어제 사다 놓은 돼지고기와 함께 숙성을 시켰다. 전기밥솥에 씻은 쌀을 넣고 취사를 눌렀다. 소파에 앉아 벽에 걸려 있는 하얀색의 동그란 시계를 바라보다가 친정엄마에게 전화를 걸었다.

"은영아, 웬일이고."

"엄마 목소리 듣고 싶어 전화했지."

"박 서방하고 싸운 건 아니고."

"아냐."

"어디 아픈 데 없지?"

친정엄마의 목소리를 들으니, 눈물이 왈칵 쏟아졌다. 도시에서의 삶이 여유가 없고, 마음이 답답하다.

"아프긴. 엄마, 건강하지."

"난 요즘 병원에 다닌다. 젊을 때 건강관리 잘 해라."

"엄마, 어디가 아픈데."

"무릎 수술했어."

"입원도 했겠네, 그런데 아무런 말도 안 하고."

"니들 걱정 할까봐, 그랬지."

"지금은 괜찮아졌어요?"

"좋아졌다."

"다행이네, 엄마 건강 조심해요."

발뒤꿈치를 문질러 딱딱하게 굳어 있는 굳은살 한 조각이 뚝 떨어져 눈물처럼 괜히 굳은살을 방바닥에 문지르면서 말했다.

"엄마 주말에 갈게, 맛있는 거 해줘. 아니면 우리 외식할까? 소라 아빠 이번에 보너스 받잖아."

은영은 지켜지지 못할 약속을 하고 힘없이 전화를 끊었다. 창문 밖으로 햇살이 요란하다. 맑은 햇살을 바라보니까 은영은 눈물이 났다.

엄마 건강해야 해, 내가 바닷가에 빵집 차려 놓으면 자주 놀러 와.

스스로에게 속삭이며 텔레비전 리모컨을 찾았다. 개그 프로가 방영되고 있었다. 은영은 눈물을 닦으며 웃었다. 아침에 바쁘게 출근을 하느라 미루어 놓은 설거지를 하는데, 벨 소리가 들렸다. 수돗물 꼭지를 내리고 고무장갑을 벗었다.

"누구세요?"

인터폰을 들고 모니터를 바라봤다. 파마를 한 여자가 우두커니 서 있다.

"앞집입니다."

은영은 문을 열었다. 은영보다 조금 어려 보이는 여자가 떡을 내밀면서 이사 왔다고 했다.

"잘 먹을게요. 반갑습니다."

"잘 부탁드립니다."

요즘도 떡으로 인사를 하는 사람이 있구나, 좀 의아한 생각이 들었다. 앞집에 누가 사는지도 모르는 도시의 생활이다. 며칠 전에 이삿짐들이 복도에 늘어져 있는 것을 보았었는데 새댁 부부와 네 살 된 남자아이가 이사 왔구나, 여자의 생김새는 못난이 얼굴이다.

남자는 키도 크고 연예인같이 잘 생겼다. 외모로 봤을 때는 안 어울리지만 제삼자가 모르는 둘만의 매력이 있을 거라 은영이 생각했다. 가끔 아이 우는 소리가 집안에까지 들려오곤 했다.

은영이 인사를 나눈 뒤 현관문을 닫았다. 떡을 식탁 위에 올려놓았다.

인터넷 카페에서 시낭송이 나왔다. 오영주의 「네가 그리우면 나는 울었다」를 듣고 나서 가슴이 처연해졌다.

은영은 거울을 들여다봤다. 눈물을 흘린 자국을 없애려고 화장품으로 살짝 덧발랐다. 소라가 올 시간이 되어 밖으로 나갔다.

"화장 예쁘게 했네, 어디 가?"

유치원 차가 오길 기다리고 있던 서준이 엄마가 은영을 보고 활짝 웃었다.

"아니, 저녁 준비하다가 바쁘게 나왔어."

"그랬구나."

유치원 차가 살며시 오더니 멈췄다. 은영과 서준이 엄마의 시선이 차의 출입문으로 향했다.

"서준이 키 많이 컸네."

서준이 유치원 버스에서 내려 다가오는 모습을 보며 은영이 말했다.

서준이 엄마는 며칠 전에 서준이 성장판 검사하러 갔었다고 했다. 요즘은 키 크는 데 도움이 되는 한약도 먹는다 했다.

"안녕하세요."

서준이 은영을 보고 인사를 했다. 서준이 뛰어가니 서준이 엄마가 같이 가 이놈아, 하면서 은영에게 손을 흔들고 뛰어갔다.

"엄마, 뭐 생각해?"

"서준이 성장판 검사했다고 해서, 울 소라도 한번 해볼까 생각했어."

"몰라, 병원 싫어."

"그래, 알았어."

은영은 소라의 가방을 들고 집으로 향했다. 소라가 문을 열었다.

은영이 몽블랑에 출근하지 않는 날이다. 그 대신 저녁에 카페에서 열리는 티타임에 가는 날이다. 소설가가 주최하는 티타임을 몇 개월 전에 가입했다.

은영은 그곳을 가보기로 신청을 했다. 당첨된 문자를 받은 날 그 장소를 찾았다. 논현동 카페에 모여 있던 사람들은 소설에 관심이 많아 보였다.

카페에 들어서니 명단을 보면서 예쁜 여자가 '이름이 어떻게 되세요?'라고 물었다. 체크를 하더니 커피를 무료로 받으라 했다. 커피를 받아서 지정석은 없고 본인이 마음에 드는 자리에 앉으라 했다.

강연 삼십 분 전인데 빈자리가 몇 군데 있을 뿐, 자리를 가득 메운 상태다. 카메라맨은 앞에서도 뒤에서도 셔터를 누를 준비를 하고 있다.

"김기옥 작가님을 소개합니다."

사회자의 목소리는 커피점 내부를 가득 채웠다. 작가가 환하게 웃으며 통통 튀는 발걸음으로 걸어 나왔다. 인사를 하는 모습에 자리에 앉은 사람들은 우레 같은 박수를 보냈다.

"오늘 날씨도 추운데 많은 분이 오셔서 감사합니다."

작가는 의자에 앉아 본인의 책에 관해서 설명을 했다. 책 속 본문 내용을 낭독하기도 했다. 책이나 텔레비전에서 때로는 신문에 나왔던 인물을 직접 한 공간에서 보는 기분은 설레는 마음과 떨림이 있었다.

티타임이 시작되기 전 커피점을 들어서며 인원체크를 하고, 질문을 써 놓았던 쪽지를 진행자와 작가가 칼라 메모지를 하나씩 떼어 읽으며, 궁금증을 풀어주는 시간이었다. 메모지의 모양은 별, 하트, 달 재미나는 모양에 질문자의 마음이 고스란히 담겨져 있다.

여자, 남자 연령층도 다양한 사람들이 모여 있다. 시인을 찾아 나섰다가, 소설가와의 만남이 시작되었다. 여러 가지 다양한 질문들이 있었지만, 그 중에 진한 커피 향처럼 기억에 남는 이야기는 어떤 직장인 남자가 김기옥 소설 속의 인물들에 대해 이야기를 하다가 여자 친구와 헤어졌다는 사연이었다. 질문하고 대답하고, 소설에 관심이 많은 사람들의 분위기가 훈훈했다.

커피점을 가득 채운 사람들, 울리는 마이크 소리, 커피 향, 분위기의 온도는 몇도 일까, 마음이 뜨거워지는 기분 좋은 시간이었다.

저녁 일곱 시부터 아홉 시까지 진행되었던 시간들에 아쉬움이 남았다. 가지고 온 책이나 그 장소에서 판매하는 책을 사서 사인을 받으려고 줄을 섰다.

"작가님 동안이세요."

은영은 두근거리는 마음에 웃으며 말했다.

"네, 알고 있어요."

대답도 작가답다. 라는 생각을 은영이 했다.

좋은 시간을 보내고 커피점을 빠져 나온 논현동 거리에는 찬바람이 장악하고 있었다. 마음속에는 아직 여운이 남아 있었다. 행복의 파랑새가 어깨 위에 앉아 있는 것 같아 기분이 좋았다. 사람들은 늘, 자기만의 파랑새를 키우고 있는 것 같다. 그 파랑새에게 속삭이며, 자신의 꿈을 말하기도 한다.

은영은 가끔, 인터넷에서 검색을 했다. 작가들과의 만남을 날짜와 시간을 체크하고 만남 신청에 댓글을 달았다. 당첨이 되면 문자가 온다. 그러면 그 장소에 참석을 할 수가 있다.

은영은 소설가를 만나고 집으로 향하는 발걸음이 가볍다. 도로 중앙선에서 버스를 탔다. 차창으로 보이는 거리의 불빛들이 화려하게 다가왔다. 기분이 좋아져 잔잔한 미소를 짓는다.

버스가 교육개발원이라는 멘트가 나왔을 때 내렸다. 신호등에서 초록색 불빛 세 개가 깜박거렸다. 잠시, 다음 신호를 기다릴까, 생각하다가 뛰었다. 걷다가 자신도 모르게 콧노래를 흥얼거렸다. 집에 도착했다. 거실 소파에 앉아 민준과 소라는 텔레비전을 보고 있었다. 방에 들어가 옷을 갈아입고 거실로 나왔다.

"자기, 기분 좋아 보인다. 티타임 자주 가야겠어."

민준은 은영이 즐거워하는 모습이 귀엽다는 생각을 했다.

"다음에는 자기도 같이 갈래?"

"나는 별론데…"

"엄마, 기분 좋아, 어디 갔다 왔어?"

소라의 해맑은 눈동자가 은영을 바라봤다. 은영은 소라 옆으로 다가가 소라를 안아주었다.

"소라, 엄마 많이 기다렸구나!"

"아니."

소라의 입이 참새 부리처럼 나왔다.

"소라야 아이스크림 먹을래?"

은영이 냉동실 문을 열고 구슬 아이스크림을 꺼내며 물었다. 소라는 대답이 없다. 그래도 주니까, 잘 먹는다. 은영은 콘 두 개를 꺼내 민준과 하나씩 먹었다.

베란다 창문으로 보이는 밖은 검정색 벨벳을 입은 것 같다. 가족의 대화가 이어지는 동안 텔레비전에서 나오는 소리는 장식용처럼 희미해졌다.

"소라 잘 먹네."

작은 스푼을 들고 소라의 손이 움직이는 것을 바라보며 민준이 말했다.

"아빠, 소라 구슬 아이스크림 좋아해."

민준은 내일 퇴근길에 구슬아이스크림을 사와야겠다고 생각했다.

"내일 교육이라 한 시간 일찍 출근할거야."

민준이 소파에서 일어나며 은영을 바라봤다.

"알았어, 아침 준비 일찍 할게."

"자기도 일하느라 힘든데, 소라야 책은 내일 읽을까?"

"응, 아빠."

은영은 텔레비전을 껐다.

하루가 시작되었다. 민준은 서둘러 출근을 하고, 은영은 소라를 깨워 유치원을 보냈다. 은영도 상쾌한 기분으로 몽블랑에 출근을 했다.

"돈이 또 부족해, 없어졌어."

은영은 유니폼으로 갈아입고 매장으로 나왔다. 김 사장이 은영이 들으라는 목소리로 중얼거렸다. 은영은 즐겁게 일하려던 기분이 싹 사라지는 것을 느꼈다.

"이상하게 자꾸 돈이 안 맞네."

김 사장은 혼잣말로 중얼거리며 베이킹 안으로 들어갔다. 은영은 따라가서 따져 보고 싶었지만 참았다.

"저는 인수인계 정확하게 했어요."

은영은 닫혀 있는 베이킹 문을 바라보며 정산서를 김 사장 앞에 내밀까 하다가 참았다. 김 사장이 무슨 생각으로 자꾸 돈 이야기를 하는지는 모른다. 오후에 근무하는 보람이도 김 사장 때문에 그만두고 싶다는 전화가 왔었다.

"우리가 그만두면 도둑 누명을 쓰게 돼."

"맞아, 언니 말 들어 보니까 그렇네요. 알았어요, 사장님은 자꾸 재고가 빈다고 하는데, 오늘부터는 인수인계할 때 재고조사 다 해야겠어요."

"그걸 언제 다 하고 있어, 최소한 두 시간은 걸릴 건데. 사장님이 뭔가 착오가 있을 거야."

"알겠어요, 언니도 힘내요."

은영은 보람이하고 통화하던 내용을 생각하다 고개를 들었다. 보험회사 유니폼을 입은 여자가 들어오고 있다.

얼마 전까지만 해도 일을 할 때 즐겁게 했었는데, 요즘은 의욕이 상실되고, 김 사장이 두렵게 느껴진다. 억지를 부릴 때도 있어 항상 긴장해야 한다.

은영은 다른 날과 다르게 긴장한 표정을 지울 수가 없었다. 김 사장이 무슨 생각으로 돈이 없어졌다고 했는지 이해를 할 수가 없어서 혼란스럽고 우울하다. 헝클어진 실타래를 풀려고 하면 할수록 점점 실타래가 꼬여져 가는 것 같다. 불편한 마음으로 하루의 일을 마치고 몽블랑을 나섰다.

집으로 향하는 길에 마트에 들렀다. 민준은 과일을 좋아하는 편은 아닌데, 소라는 과일을 좋아해 사계절 내내 먹는 편이다. 소라는 우유도 잘 먹지만, 콜라도 좋아하고 탄산음료를 매일 먹는다. 소라에게 탄산음료를 많이 먹으면 영양분이 몸 밖으로 빠져나가게 하는 성분이 있다는 것을 알았을 때, 조금씩 먹어야 한다고 말해도 먹고 싶은 만큼 먹어 걱정스럽다.

과일코너 앞에서 과일들을 바라보는데, 문득 작년 여름에 소라가 파인애플 하나를 다 먹고 혀가 아프다고 해서 소아과 병원을 갔던 때가 생각났다. 동네 병원에서 소견서를 써주며 큰 병원으로 가라고 했다.

다음날 한양대학 병원을 찾았다. 여의사가 소라에게 아, 하라고 했다. 소라는 무서웠는지 입술을 모으고 있었다. 의사는 몇 번을 아, 하더니 소라의 혀를 보고는 요즘 새로 나타난 증상인데, 어제 밤에 한 명이 입원을 했다고 했다.

소라가 치료를 받고 있는데, 방송국에서 취재를 나왔다며, 의사에게 질문을 했다. 소라의 진료 장면을 카메라에 담기 시작했다.

"저희 딸 치료하는 모습 내보내고 싶지 않네요."

은영은 치료받는 소라의 얼굴이 텔레비전에 나가는 것이 싫어서 소라를 가로막았다.

"얼굴은 안 나갑니다."

촬영 감독이 웃으며 하는 말에 은영은 뒤로 물러섰다.

의사는 일주일 약을 처방해줬다. 약을 먹어보고 안 나으면 다시 병원에 오라고 했다.

그날 저녁 뉴스에 병원에서 찍힌 소라의 얼굴이 자막 처리를 하고 텔레비전 화면에 나오고 있었다.

저녁을 먹고 일찍 잠자리에 누웠다. 잠결에 은영은 오른쪽으로 돌아 누웠다. 어깨에 손을 얹고 흔들었다. 민준의 어깨는 힘없이 흔들렸지만 아무 움직임이 없다. 삼분의 일쯤 열려 있는 안방 베란다 버티컬은 달빛을 고스란히 스며들게 했다. 달빛은 안방 창문을 통해 민준의 어깨를 감싸고 있다. 은영은 다시 한 번 어깨를 흔들었다. 흔들 때마다 달빛이 같이 흔들렸다. 은영은 왼쪽으로 돌아누워서 베개를 끌어당겼다.

"왜?"

은영은 감으려던 두 눈을 조용히 뜨며 민준의 목소리를 확인했다. 평소 듣던 민준의 목소리는 울림이 가늘었다. 은영은 다시 오른쪽으로 돌아 누웠다. 달빛에 그을린 민준의 어깨가 움직이고 그 자리에 얼굴이 천천히 반사되고 있다. 두 눈을 지그시 감고 있는 얼굴은 달빛이 대신하고 있다.

은영은 침대에서 일어나 안방 창문 끝을 주시했다. 달빛이 들어오는 포인트는 창문 한가운데를 시작으로 넓게 퍼져 있다. 달걀을 프라이팬에 던져 서서히 퍼져 나가 지글지글 타듯이 달빛도 타고 있다.

은영은 달빛 끝에 걸려있는 민준의 얼굴을 바라봤다. 세상 모든 잡념이 사라진 것처럼 평온해 보이는 얼굴은 오히려 불안해 보인다. 시간이 흐르듯 달빛도 천천히 지나고 있다. 달빛이 얼굴에서 굴곡을 지울 때 민준은 두 눈을 뜨고 미라처럼 상체를 일으켰다. 잠시 어두워진 방 안은 벽에 걸려있는 시계 초침이 3번을 지나갈 때 환해졌다. 구름이 달을 지나가고 있음이 분명했다. 은영은 민준의 얼굴을 바라보다 두 눈이 희미해지는 것을 느꼈다. 민준이 아닌 김 사장이 창문을 바라보고 있다. 김 사장이 분명했다. 은영은 김 사장이 바라보는 창문을 응시하다 그 안으로 빨려 들어가는 먼지를 발견했다. 온 몸이 먼지처럼 변해가는 것처럼 흩어지고 있었다. 입술은 바짝바짝 타들어 가고 손에서는 땀이 났다. 구름은 김 사장이 분명하다는 것을 입증이라도 하듯 달 옆을 조각케이크처럼 나뉘어 지나가고 있다. 김 사장도 알고 있다는 듯 은영을 바라보며 미소를 짓고 있다. 은영은 구름이 달을 가리기를 기다렸다. 그 순간에 방문을 열고 거실로 뛰쳐나갈 생각이었다. 두 눈을 감고 크게 숨을 들이켰다. 하나, 둘, 셋 은영은 바로 앞에 있던 베개를 잡아서 공중으로 올렸다가 김 사장의 얼굴을 향해 던져버렸다.

'개자식! 여기서 나가.'

은영은 구름이 달을 지나갈 때 있는 힘을 다해서 거실로 달려 나갔다. 영화가 끝나고 밖으로 나간 것처럼 거실 조명은 식탁을 환하게 비추고 있다.

"꿈꿨어?"

식탁에는 민준이 소주를 마시고 있었다. 은영은 이마에 송글송글 맺힌 땀과 손에 묻은 땀을 닦으며 민준이 옆에 앉았다. 민준은 잔에 술을 따라서 은영 앞에 가져갔다. 은영은 미끄러운 손가락으로 잔을 들어 단숨에 들이켰다. 써야 할 소주가 설탕처럼 달았다. 민준은 미소를 지으며 은영의 얼굴을 바라봤다.

"힘들어?"

민준은 은영의 어깨를 살포시 안으며 등을 토닥였다. 은영은 두 눈에서 뜨거운 눈물이 흘러내리는 것을 피하지 않았다. 눈물은 민준의 목덜미에 고스란히 묻었다. 은영은 입안 가득 퍼져나가는 알콜 향을 침으로 넘기며 소리 내어 울지 않는 것만으로도 다행이라고 생각했다. 민준은 아무 말도 하지 않기로 했다. 몽블랑이 의심되지만 물어보기에는 너무 늦었다는 생각이 들었다. 민준은 벽에 걸린 시계를 물끄러미 바라봤다. 새벽 3시를 지나고 있었다.

어젯밤 꿈을 꾸다가 잠을 설친 탓에 피곤한 몸으로 출근을 했다. 김 사장은 은영이 인사를 해도 무표정하다. 은영은 설마 못 들은 것은 아닌 것 같은데 무안해서 멋쩍게 자신의 머리카락을 만졌다.

은영은 유니폼을 갈아입고, 포스기 앞으로 갔다. 오늘따라 평상시보다 고객이 더 없다. 어색한 분위기에 할 일을 찾아봤다. 답답한 마음에 시계를 들여다보며, 퇴근 시간이 빨리 왔으면 좋겠다는 생각을 했다. 평소에 볼륨이 크다고 느꼈던 음악소리가 오늘은 위안이 되었다.

하루가 어떻게 흘렀는지 모른다.

민준은 은영이 열심히 사는 모습을 보면 저절로 힘이 났다. 자동차 영업은 매장 안에서 오는 고객만을 기다리고 있을 수는 없다. 일주일에 몇 번은 나름대로 계획을 세워서 밖으로 판촉 활동이나, 영업을 하러 다닌다. 나름대로 지역을 정하고, 인쇄된 자료를 준비해서 혼자 갈 때도 있고, 직원들과 같이 나갈 때도 있다.

자동차를 판매하기 위해서는 많은 경험이나 영업스킬이 필요하기에, 두 달에 한 번씩은 외부강사를 초빙하여 교육을 받는다. 교육의 내용을 들으며 노트에 메모를 한다. 실제로 고객을 만나면 그렇게 해봐야겠다고 생각을 했다.

눈 마주 치는 것부터 멘트, 클로징, 강의 내용은 민준에게 자신감을 갖게 해줬다. 영업은 실적으로 평가한다 해도 과언은 아니다. 초기 교육 받을 때는 실제로 판매자와 고객으로 연기도 해봤다. 연기가 끝나면 피드백을 받는 순서다. 자동차 종류도 알아야 할 게 너무 많다. 판매자가 지식을 갖추고 있어야, 고객이 어떤 질문과 궁금한 사항을 말해도 시원한 대답을 할 수 있는 실력을 갖추는 것은 기본이기 때문이다. 자동차의 역사, 특징, 차 종류에 따라 알아야 할 사항이 많다.

지난날 자동차 영업의 중개사 시험이 1차 2차로 나누어져 시험을 봤던 날 교실을 가득 메웠던 광경이 스쳐갔다.

자격증은 또 하나의 새로운 직업을 갖게 되는 계기를 만들어주었다. 그날 시험 본 그 많은 사람들은 지금쯤, 다 영업일을 하고 있을까, 새삼 생각이 떠올랐다.

처음 신입생으로 입사하여 육 개월은 기본금을 받는 조건으로 일을 시작했다. 자동차의 다양한 종류들의 내용들을 파악하는 것부터 접근했다. 이론적으로는 어느 정도 숙지가 되었으나 막상 고객을 만나니 떨렸다. 팔려는 욕심이 앞섰던 것 같았다. 하지만 시간이 지나가면서 노하후가 생겼다. 고객을 편하게 대하는 표정과 나만의 언술이 나왔다.

처음 판매를 하던 날, 고객의 서명을 받던 황홀함은 가슴 벅찬 하루였었다. 세상을 다가진 것 같은 포만감이었었다. 첫 고객은 매장을 방문한 우아한 사모님이었다. 아들이 대기업에 입사한 첫 직장 선물이라고 했다. 부모님이 아들에게 자동차 선물을 하다니 민준은 부럽다는 생각을 했었다.

판매 노하우도 방법을 찾아야 했다. 고가의 금액을 취급하는 만큼 심신을 기울여야 한다. 구매를 목적으로 오는 고객도 있지만, 아이 쇼핑을 하는 고객도 있다.

서비스 업종에서 교육을 받을 때, 늘 하는 얘기가 있다. '외모로 판단하지 말아야 한다.'를 강조했다. 누구에게나 똑같은 서비스는 자세부터 접근, 고객에게 최초로 접근을 시도하는 단계. 진행, 접근 후 고객이 상품에 관심을 가지도록 각종 상담 등을 통해 판매성공이 되도록 노력하는 단계. 마감, 관심을 갖게 된 고객에게 최종적으로 구입을 결정하게 하는 영업의 최종 단계. 이러함이 세일즈의 클로징 기법이라 교육을 받았다.

민준은 한 대를 판매하면서 자신감이 생겼다. 할 수 있다는 용기로 스킬이 생겨나는 것 같았다. 고객들은 민준이 진실해 보인다며 좋아했다. 첫 고객이었던 그 분이 한 달 후쯤, 매장을 다시 찾았다. 고객은 이번에는 남편 차를 바꿔야 한다고 했다. 오늘은 여러 가지 차들을 살펴보고, 다음에 남편과 같이 오겠다고 했다.

민준은 고객이 첫 방문이든, 재방문을 하든, 최선을 다한다. 최대의 어필을 했다면, 서비스맨으로서 후회는 없다고 생각한다.

사람은 누구나 자신이 유리한 쪽으로 세상을 바라본다. 몽블랑 김 사장은 직원이나 아르바이트에게 함부로 대해도 양심의 가책을 느끼지 않는 것 같다.

매스컴에 오르내리는 기사에 중국에서 빵 가게 사장이 판매량을 채우지 못한 직원들에게 바닥을 기어 다니게 했다는 기사를 읽었다.

영상 속에는 한 무리의 남녀가 눈으로 뒤덮인 땅바닥을 두 손과 발로 기어 다니는 모습이 담겨 있었다. 해당 영상 속 빵 가게 직원들이라는데, 이들은 사장이 요구한 판매량을 채우지 못하자 바닥을 '기어 다니라'는 사장의 명령에 따른 것으로 전해졌다고 했다.

김 사장은 이거 좋은 방법인걸, 생각지 못한 아이디어를 발견했다는 듯, 빙그레 웃었다. 한번 직원들에게 써 먹어볼까, 재미있을 것 같다. 라는 생각을 했다.

"안녕하세요, 사장님."

"어서 와요, 은영 씨"

평소에는 무표정한 얼굴로 일에만 몰두하던 김 사장은 활짝 웃는 얼굴로 은영을 반겼다.

은영은 유니폼을 단정하게 갈아입고 포스대 앞에 섰다. 주변을 정리하고 윈덱스를 들고 유리를 닦았다.

김 사장은 빵을 진열하고 있다. 점심시간이 지나고, 직장인들이 몰려와 커피를 사간 후, 조금 한가해진 시간이었다.

"하던 일 멈추고, 잠깐 이쪽으로 와 봐요."

은영은 김 사장 앞으로 갔다.

"오늘부터 우리도 매출 목표를 정할까 하는데 어떻게 생각해요."

은영은 김 사장의 갑작스런 제안에 김 사장을 바라봤다.

"매출 목표를요?"

은영이 김 사장에게 반문을 했다.

"그렇죠, 좋은 의견 있으면 말해 봐요."

"목표의식을 가지고, 의욕적으로 일을 하다보면 창의력도 생겨 매출이 올라갈 것 같은데."

김 사장은 다시 말을 덧붙였다.

"인센티브도 있나요?"

"그건 아직 생각 안 해봤는데, 생각해볼게요."

"은영 씨 생각은 어때요?"

"네, 너무 갑작스런 질문이라 생각해보겠습니다."

은영은 김 사장의 말이 이해가 되지 않았다. 영업사원도 아니고, 밖으로 다니며 영업을 하는 것도 아니다. 매장에서 오는 고객만 받으면 그만이다.

"내 말은 고객들에게 지금보다 더 친절하고, 더 부드럽게 대해주면 매출이 늘어날 것 같다는 말입니다. 무슨 말인지 모르겠어요?"

"알 것 같아요."

은영은 대답은 하기는 했지만 조금은 황당한 기분이 들어서 입 안이 썼다.

김 사장은 몽블랑을 운영하면서, 미국에 유학 간 아들에게 매달 용

돈만 남기고, 돈을 보내준다. 경제적인 여유가 넉넉하지 않다. 아내와 아들이 미국에 들어간 지가 삼 년 반이 됐다. 매달 보내줘야 하는 돈은 정해져 있고, 수입은 몽블랑 제과점에서만 나오니, 돈을 못 벌면 어떡하지 하는 마음이 들면, 자다가도 벌떡 일어나기도 한다.

밤잠을 설칠 때도 있다. 골프나, 여행, 등산 이러한 것들은 아예 생각지도 못하고 있다. 현실 앞에 놓여 있는 가장의 책임감이 앞선다. 아내도 직업을 가지거나, 일을 해서 생활비에 보탬을 주면 좋으련만 꿈같은 일일 뿐이다.

오늘도 서울 밤하늘은 흐리다. 민준은 지친 몸을 이끌고 편의점으로 들어갔다. 집에 가면 은영이 퇴근해 있을 것이다. 은영과 함께 가볍게 한 잔 할 생각으로 소주 한 병을 샀다. 집에 도착해 벨을 눌렀다.

"오늘 하루도 수고했어."

은영이 웃으며 민준의 가방을 받았다. 검정비닐에 담긴 소주는 냉장고에 넣었다.

"자기 일찍 왔네, 소라는?"

"소라 방에 있어."

민준은 방에 들어가서 편안한 옷으로 갈아입고 거실로 나오다가 소라 방으로 들어갔다.

"소라 뭐해?"

"아빠!"

소라는 책을 보고 있었다.

"소라 책 읽고 있어."

"응, 아빠 유치원에서 다음 주에 동물 농장 간다고 해서."

"그래? 소라 대단하다. 미리 공부하는 거야?"

소라는 책을 보다가 갑자기 스케치북을 꺼내 공작새를 그리기 시작했다.

민준은 소라에게 방해될까봐 방에서 나왔다.

"소라는 뭐하고 있어?"

은영은 오렌지주스가 든 컵을 민준에게 주면서 물었다.

"그림 그려."

소라는 그림 그릴 때, 누가 옆에 있는 걸 싫어한다.

은영은 저녁을 준비하고 있다.

"내가 도와줄까?"

"괜찮아, 쉬고 있어."

민준은 신문을 보고 있다. 소라가 방에서 스케치북을 들고 나왔다.

"다 그렸어?"

"응, 아빠."

소라는 스케치북을 펼쳤다.

"우와, 소라 공작새 잘 그렸네, 화가 같아."

민준이 박수를 쳤다.

"정말?"

소라는 당연하다는 듯이 좋아했다. 민준도 소라처럼 웃었다.

"엄마, 배고파."

"응, 소라야 밥 먹자."

은영은 냉장고에 있는 반찬을 꺼내 식탁 위에 올렸다. 취사 남은 시간이 3분이다. 민준도 신문을 접고 식탁 의자에 앉았다.

저녁을 먹은 후 소라는 일찍 잠이 들었다. 텔레비전에서는 동물들이 사막에서 살아남는 생존 경쟁의 투쟁 현장이 방영되고 있었다. 동물들도 살아가는 길이 험난하구나, 이 세상에서 쉬운 거는 뭐가 있을까, 민준이 중얼거렸다.

"술, 한 잔 할까?"

민준은 은영을 바라봤다.

은영은 멸치와 한치, 아몬드를 식탁 위에 올렸다.

건강식품이라며 견과류는 늘, 챙겨 먹어야 한다고 은영이 한 말이 생각나 민준이 피식 웃었다.

"얼큰한 국물 먹고 싶다."

아몬드를 먹으며 민준이 말했다.

은영은 김치찌개를 데우며 햄과 만두, 대파를 넣었다. 은영은 보글보글 끓는 찌개를 식탁 위 받침대에 올렸다. 냉장고에 넣어둔 소주를 꺼냈다. 민준이 소주를 잔에 따랐다.

"건배!"

민준은 은영과 잔을 부딪치고 홀짝 마셨다. 은영은 조금 마시고 잔을 내려놓았다. 은영이 민준의 빈 잔을 채워주었다.

"자기도 마셔."

민준은 국물을 한 숟가락 떠먹고, 만두를 집으며 말했다.

은영은 술 생각이 별로 없다. 민준을 바라보며 미소를 지었다.

은영은 몽블랑을 그만두어야 하는지 계속 다녀야 하는지 혼란스러웠다.

김 사장은 월급을 반을 나눠서 한 달 미루더니, 두 달을 미루고, 이제는 세 달을 미루어 주지도 않고 있다. 지출되는 공과금, 보험금 등은 정해져 있기 때문에 미루어 받는 것은 답답한 노릇이다. 이러한 사정을 말해도 김 사장은 준다고만 한다. 언제까지 준다는 약속은 없다.

"나쁜 놈 악덕 사장이네, 신고해, 삼 개월을 미루는데 많이도 참았다. 진작 전화하지 왜 참고 있었어."

은영은 민준에게 말하면 당장 그만두라고 할 것 같아서 친구 연주에게 전화를 했다.

"준다고 해서 기다렸지."

"노동청에 상담을 해봐. 억울한 사람들 도와준다던데."

"그래? 그런 방법이 있었어, 고마워."

은영은 김 사장에게 부탁해보고 정 안 되면, 일을 그만두고 노동청에 임금지급 신청을 할 생각을 했다.

어떤
정물화

은영이 이 동네로 이사를 오던 8년 전에는 집 근처에 테이크아웃 커피점이 많지 않았다. 실내가 보이지 않는 유리벽이 있는 가게에 테이크아웃 커피점이 오픈했다.

요즈음은 한 집 건너 커피점이 있을 만큼 우후죽순식으로 늘어나고 있다. 상호며 외부 인테리어도 모두 독특하다. 유리벽을 만들어 애견센터를 운영하던 가게도 커피점으로 변했다.

은영은 소라가 유치원에서 돌아오는 시간에 맞춰 피자를 준비하기 시작했다. 피자는 소라가 잘 먹는 음식이다. 가끔 피자를 해주면 손뼉을 치며 즐거워한다.

은영이 피자를 만들어 놓고 외출 준비를 했다. 민준이 회사에서 필요한 서류를 떼어 놓으라는 부탁을 했기 때문이다. 아파트 마당으로 나가서 소라가 오기를 기다렸다.

유치원 차가 도착했다. 통학담당 선생이 먼저 차에서 내렸다. 아이들을 한 명씩 손을 잡아 하차를 시켰다.

"소라야."

은영은 버스 앞으로 가까이 갔다. 소라가 은영을 보고 내리면서 활짝 웃었다.

"엄마 어디 갈 거야?"

소라가 은영의 옷차림을 살피면서 물었다.

"응, 아빠 심부름. 소라도 갈 거지."

"알았어."

"소라 피자 싫어하지?"

"아니, 소라 피자 무척 좋아하는데."

"엄마가 우리 소라 줄라고 피자 만들어 놨지롱."

"정말?"

소라가 은영의 손을 잡고 팔짝팔짝 뛰며 좋아했다.

"엄마 걸음이 너무 빨라, 소라 다리 아파."

"다리 아파? 천천히 걸을게."

"엄마 말죽거리가 뭐야?"

동사무소 앞에 있는 비석을 보면서 소라가 묻는다.

"응, 일보고 나와서 읽어보자."

은영은 동사무소에 들어가서 번호표를 뽑았다. 소라는 의자에 앉아 있으라하고, 견본 양식에 체크를 했다. 잠시 소라 옆에 앉아 있는데 전광판에 번호가 나왔다.

"안녕하세요."

직원이 인사를 했다.

"인감증명과 등본요."

은영은 미리 작성한 견본과 신분증을 내밀었다.

"예, 한 통씩 드려요? 잠시만 기다리세요."

접수대 직원이 은영을 바라보며 말했다. 몸이 불편해 보이고 프린터기 앞에서 나이가 들어 보이는 남자 직원은 느릿하게 일을 하며 출력이 안 된다고 중얼거렸다.

"왜 안 되나요, 언제까지 기다려야 하죠?"

은영이 묻는 말에 남자 직원 옆에 앉아 있는 화장기 없는 여직원이 일어났다. 그녀는 프린트기 앞으로 가서 능숙하게 프린트기를 조작했다. 주민등록등본이 출력되기 시작했다.

"천사백 원입니다."

직원은 은영에게 등본과 인감증명을 내밀며 멋쩍게 웃었다.

은영은 돈을 지불하고 소라의 손을 잡고 걸었다. 버스 정류장에는 사람들이 마을버스를 기다리고 있었다. 바람이 불었다. 길가에 서 있는 플라타너스 나무에서 앙상한 낙엽 몇 잎이 떨어져 허공으로 날아갔다.

바람이 기분 좋게 불고 있다. 은영은 상가 음식점 골목으로 접어들었다. 지구대가 보인다. 우체국은 내부 공사하는 동안 다른 장소로 옮겨서 업무는 하고 있다는 안내문이 붙어 있었다. 조금 가다보니 이모네 족발집이 보인다. 민준과 소라가 맛있다고 하는 곳이다.

"안녕하세요."

주인여자가 가게 앞에서 은영을 보고 웃었다. 은영은 주인여자를 보고 가볍게 고개를 숙였다. 족발집은 예전에 의류사업을 하던 부부가 같이 운영을 하고 있다.

"언니 딸인가봐 똑 닮았어요."

주인여자가 환하게 웃으며 소라를 바라봤다.

"안녕하세요."

소라가 수줍게 인사를 했다.

"엄마하고 어디 갔다 오는구나?"

"동사무소 갔다 와요."

"엄마 닮아 예쁘게 생겼구나."

"감사합니다."

소라는 칭찬을 들으니까 기분이 좋았다. 활짝 웃으며 은영의 손을 잡았다.

가게 안에서 남자의 큰 목소리가 이모! 하고 부르는 소리가 났다. 주인여자는 은영과 소라에게 손을 흔들어주고, 가게 안으로 들어갔다. 은영은 소라의 손을 잡고 걸었다. 예전에 안 좋았던 기억이 있는 미용실 앞을 지났다.

"엄마 치킨 먹고 싶어."

가마솥 치킨집 앞을 지나가는데 고소한 냄새가 코를 찔렀다. 소라가 은영의 손을 잡아당기며 걸음을 멈췄다.

"집에 피자 있잖아."

“치킨 먹고 싶어, 먹을래. 피자하고 같이 먹을래.”

“살져서 뚱뚱이 되고 싶어?”

“오늘 엄마가 치킨 사준다고 했잖아.”

“그랬나?”

“미워, 어제 말해 놓고선…”

“저녁에 아빠 오면 같이 시켜 먹을까?”

은영은 소라가 피자를 먹으면 치킨 먹겠다는 말을 안 할 것 같았다. 시간을 벌어 볼 속셈으로 웃으며 물었다.

“싫어, 소라 지금 먹고 싶단 말이야.”

“정말, 못 말려.”

은영은 소라를 바라봤다. 소라는 치킨이 질리지도 않는지 군침을 삼키고 있다. 가게 안으로 들어갔다. 기름 냄새와 더운 공기가 텁텁하다. 소라가 코를 찡그리며 코를 막았다.

“어서 오세요, 주문하시겠습니까?”

빨간색 두건을 쓴 주인이 밝은 목소리로 물었다.

“후라이드와 양념 반반 주세요.”

“더 필요하신 거 없으세요?”

“절인 무 하나 주세요.”

“예, 계산 도와드리겠습니다.”

은영은 소라하고 주인이 닭을 튀기는 동안 의자에 앉았다. 소라는 치킨 먹을 생각에 콧노래를 부르며 방글방글 웃었다.

“고객님 다 됐습니다.”

은영은 포장된 치킨을 받았다.

"감사합니다. 또 오세요."

직원은 활짝 웃는 얼굴로 은영을 바라보며 인사를 했다. 나이는 서른 살쯤 됐을 것이다. 딸을 매우 사랑하고 있는 것 같은 생각이 들었다.

집에 도착한 소라는 손에 거품이 나게 비누칠을 하고 꼼꼼히 씻었다.

은영은 민준이 퇴근 시간이 궁금해졌다. 민준이 하고 같이 치킨을 먹을 생각으로 전화를 걸었다.

"나, 오늘 회식 있거든. 소라하고 맛있게 먹어."

"일찍 들어와, 많이 마시지 말고."

은영은 전화를 끊고 소라를 바라봤다.

"아빠 늦는데?"

"응, 우리 소라 치킨 많이 먹으라고."

"난, 아빠하고 같이 먹을 때가 더 좋은데."

은영은 소라의 말에 콧등이 시큰거린다. 벌써 이렇게 컸나 하는 생각이 들어서 소라 머리를 쓰다듬어 주었다.

은영은 피자는 내일 먹어야겠다고 생각했다. 소라에게 말을 꺼내지 않고 치킨 상자만 열었다.

"소라야, 치킨 먹자."

"응, 엄마."

"왜?"

소라가 빙그레 웃었다.

"저번에 치킨 배달시켰을 때, 닭다리가 세 개였잖아."

"맞아, 그랬어. 오늘은 순살 치킨이라 먹기 편하지?"

"응, 엄마 진영이 알지."

"진영이가 누군데?"

"내 짝꿍이잖아."

"근데 진영이 오늘 오줌 싸고 울었어."

"울긴 왜 울어, 엄마한테 전화해서 옷 가져오라고 하면 되지."

"세인이 막 놀렸거든, 오줌싸개라고."

"세인은 왜 그랬대, 진영이 속상하게."

"맞아, 그래서 세인이 나빠. 그러지 말라고 내가 그랬어."

"우리 소라 잘했어."

"잘했지, 진영에게 울지 말라고 내 손수건 줬어."

"소라 착한 일 했네."

"엄마, 세인이 꿀밤 줄 걸 그랬나?"

"아냐, 말로 해야지."

은영의 말에 소라는 고개를 끄덕였다.

소라가 양손으로 치킨조각을 들고 콧노래를 부르며 먹었다. 은영은 소라가 치킨을 너무 맛있게 먹는 것이 은근히 걱정이 됐다. 가만히 생각해보니까 지난주에도 치킨을 먹었다. 기름에 튀긴 음식을 자주 먹이지 말아야겠다고 생각하면서도 소라가 자꾸 원하니까 매번 결심이 무너지는 것 같다.

소라와 은영이 방으로 들어갔다. 소라는 침대에 누웠다.

"엄마, 신데렐라 책 읽어줘."

은영은 책꽂이에서 꺼내 천천히 읽어주었다.

"인어공주 이야기도 읽어줄까?"

"좋아."

은영은 인어공주 이야기를 읽고 있다. 읽다가 소라를 보니 어느새 잠이 들었다.

은영은 불을 끄고 방에서 나왔다.

은영은 민준이 집에 올 때까지 기다릴 생각으로 소파에 앉아 소설책을 읽기 시작했다. 11시가 될 무렵에 민준이 들어왔다. 입에서 술 냄새가 진하게 풍겼다.

"안 잤어?"

민준이 취한 표정으로 입맛을 다시며 물었다.

"자기 기다렸지, 소라는 잠들었어."

"그래."

은영은 꿀물을 타서 민준에게 줬다.

"오늘 별일 없었지?"

"소라하고 동사무소에 갔었어, 참 자기 서류 줘야지."

은영은 내일 아침에 잊어버릴지도 모른다는 생각에 안방으로 들어갔다. 서류를 가지고 나와서 민준이 들고 다니는 서류가방에 넣었다.

은영은 민준이 앉은 식탁에 마주보고 앉았다.

"피자 만들었는데."

"그래, 한 조각 먹어볼까."

"늦은 시간에 먹으면 건강에 안 좋아."

"그래도 자기가 만든 거니까 먹고 싶은데."

"알았어."

은영은 냉장고에 넣어둔 피자를 전자레인지에 데웠다.

"자기야 먹어봐."

은영은 맛의 평가를 기다리는 표정을 짓는다.

"자기가 만든 거 맞아? 맛있네."

"정말?"

"장모님, 음식 솜씨 좋으시잖아, 자기도 손맛이 좋아."

은영은 민준이 맛있게 먹는 모습이 좋았다. 친정 엄마를 떠올리며 미소를 짓는다.

"알았어, 가끔 만들어줄게."

"자기도 가만히 보면 창의적인 면이 많아 보여, 뭐랄까 숨은 재주꾼 같은."

"오늘 따라 왜 그래 부끄럽게 비행기 너무 태운다."

"정말인데."

"자기 오늘 좋은 일 있었어?"

"좋은 일, 내일 고객이 계약하러 온다 했거든."

"그래, 축하해!"

"축하는 내일 해줘도 돼."

민준은 창문 쪽으로 시선을 돌렸다. 그리고 뭔가 떠올랐다는 듯 은영을 바라본다.

"사촌동생 결혼식 말인데."

"결혼식?"

"결혼식에 이십만 원 할까?"

"십만 원만 하면 안 될까?"

"우리 결혼 할 때도 작은 아버지가 삼십만 원 했잖아."

"우리 형편에 이십만 원을 벌려면, 내가 오 일 동안 다리가 부르트도록 일을 해야 벌 수 있는 돈이야."

"결혼식인데, 이십만 원은 해야 될 것 같은데."

"지금 우리 형편이 어렵잖아."

민준은 그 자리를 피해버렸다. 민준과 은영은 돈 금액 때문에 분위기가 어색해졌다. 은영도 부조를 많이 하고 싶었다. 하지만 빚을 내서 부조를 하고 싶지는 않았다.

아침이 밝았다. 은영이 기지개를 켜며 방을 나갔다. 주방에 불을 켜고, 아침 준비를 시작했다. 어제 민준이 술을 마셔서 해장국을 끓이기로 했다.

"굿모닝."

민준이 부스스한 모습으로 나와 냉장고에서 물을 꺼냈다.

"잘 잤어."

은영은 냉장고에서 반찬을 꺼내 식탁에 늘어놓기 시작했다.

"자기야, 소라 깨워야 하는데."

"알았어."

민준은 물을 벌컥벌컥 마시고, 소라 방으로 들어갔다.

"소라야, 일어나야지."

민준이 소라의 어깨를 조심스럽게 흔들었다.

"응, 아빠."

소라는 오늘이 토요일이었으면 좋겠다고 했다. 민준과 소라가 방을 나섰다.

"북엇국이네, 아빠 어제 술 마셨어?"

"응, 소라야 어떻게 알았어?"

"아빠 술 마시면 엄마가 북엇국 끓이던데."

"그래?"

민준이 소라의 머리를 쓰다듬어주었다.

"얼른 씻고 식사해야지."

은영이 목소리가 평소보다 컸다.

민준이 출근을 하고, 소라도 유치원에 갔다. 은영은 집안일을 미루어 놓고, 몽블랑으로 향했다.

"안녕하세요."

김 사장은 은영을 바라보며, 표정 없는 얼굴로 목례를 했다. 지난 초겨울부터 매출이 자꾸 줄어들고 있다. 은영의 월급을 깎고 싶은데 작전대로 안 되어 간다. 하지만 계속 기회를 노리면 언젠가 거미줄에 걸러 들 것이다.

은영은 김 사장과의 분위기가 불편하다. 은영은 유니폼으로 단정하게 갈아입고 시제를 맞춘다. 돈이란 항상 정확하게 마침표를 찍어야 한다. 김 사장과 은영은 필요한 말은 하지만, 일은 각자 알아서 평소에 하던 데로 하고 있다.

"은영 씨, 고객 없을 때 가만히 있지 말고 유리라도 닦아요."

"조금 전에 닦았습니다. 사장님."

"닦은 것이 깨끗하게 안 보이고, 얼룩이 져 있지?"

은영은 윈덱스를 유리에 뿌리고, 마른 걸레로 손목에 힘을 주어 닦는다.

"은영 씨, 고객님 계산해드리세요."

은영은 하던 일을 멈추고 계산대 앞으로 갔다. 빵에 붙은 스티커를 스캐너로 읽혔다. 머릿속에는 김 사장이 오늘 따라 잔소리를 하며 이것, 저것 사소한 것들을 시키고 있다는 것이다. 김 사장은 다른 곳을 바라보면서, 불만이 가득 차 있다.

은영의 기분과 관계없이 빵들이, 스캐너와 바코드와 마주칠 때 나는 소리는 경쾌하다. 마치 은영에게 힘내라고 말하는 것 같다. 계산을 마치고 은영은 또, 뭘 해야 하지 하는 생각으로 긴장하고 있다. 김 사장은 은영이 잠시도 가만히 있는 꼴을 못 보겠다는 뉘앙스를 풍기고 있다. 김 사장의 시선이 은영의 등 뒤에 꽂혀 있는 것 같아 불안한 마음이 든다.

"은영 씨 청소 도구들을 제자리에 갖다 놓아야죠."

"예, 알겠습니다."

은영은 청소를 하다가 김 사장이 불러 계산하라고 해서 잠시 잊고 있었다. 은영은 정신적으로 일이 벅차다는 생각을 한다. 김 사장의 지적이 점점 늘어가기 때문이다.

"은영 씨, 요즘 경기가 안 좋아져서 그러는데, 내일부터 삼십분 더 일해줄 수 있죠?"

김 사장이 일부러 은영이 앞으로 가서 얼굴을 바라보며 물었다.

"지금도 삼십 분 더 하고 있잖아요. 삼십 분을 더 근무하면 한 시간을 연장 근무하는 건데, 시급으로 계산에 포함해주시는 건가요?"

은영이 작은 목소리로 물었다.

"요즘, 형편이 어려워서 부탁하는 건데, 도와줄 수도 있는 거죠?"

"생각할 시간을 주세요."

은영은 생각 같아서는 그만두고 싶었다. 하지만 바닷가 빵집을 떠올리며 좀 냉정하게 생각해볼 문제라며 입술을 깨물었다.

"은영 씨가 지난번에 노랑머리한테, 돈 준 일 생각이 나네."

"아."

"할 수 있죠?"

"생각 좀 해봐야겠어요."

"난 은영 씨, 믿어요."

김 사장은 일부러 은영의 등을 툭 치며 말했다.

"힘들 때 편리를 봐줄 수도 있는 거지."

은영이 대답을 안 하자 김 사장이 다시 말했다. 은영은 대답을 하지 않고 거리를 바라봤다. 거리를 채우고 있는 행인들의 얼굴은 하나같이 행복해 보인다.

은영은 다음날 출근하지 않았다. 몽블랑하고 집을 오가며 더 이상 다람쥐처럼 살고 싶지 않지만 마음이 복잡하다.

집에 있으니, 할 일들이 보인다. 이렇게 할 일들이 많았나, 이제 다른 곳에 일자리를 알아봐야 하나, 하는 마음도 들었다. 며칠째 밀린 신문을 보고 있는데, 휴대폰이 울렸다.

"여보세요."

"은영 씨 알바를 펑크 내면 어떡해요?"

은영의 힘없는 목소리와 다르게 김 사장은 차분한 목소리로 말했다. 순간 은영은 너무 어이가 없고 황당해서 무슨 말을 해야 할지 몰랐다.

"내일, 출근하세요."

김 사장은 명령도 아닌, 부탁도 아닌 중간 정도 되는 톤으로 말했다.

"내가 내일 어디를 가야 하니, 출근 꼭 해요."

은영이 대답을 안 했는데, 김 사장은 본인의 의사를 강조했다.

"예, 알겠습니다."

은영은 출근을 해야 할지, 말지를 생각하다가 어디를 가야 한다는 부탁이 측은해서 대답을 했다.

은영은 출근을 했다. 몽블랑 제과점의 내부 구조나 여러 가지 시스템들은 어제와 다를 바 없고, 변화가 없어 보였다. 사람 마음에 따라 같은 장소도 다르게 보이는 것 같다.

은영이 출근을 해서 일을 한 지 한 시간이 지났을까, 김 사장은 볼일이 있다며, 외출을 했다.

은영은 실내를 한 바퀴 돌면서 정리정돈과 청소를 한다. 테이블을 닦을 때였다. 은영을 물끄러미 바라봤던 그 청년이 떠올랐다.

제과점은 청결이 우선이라 신경을 많이 써야 한다. 은영이 퇴근 할 시간이 되어갈 때 김 사장이 제과점 안으로 들어왔다.

"별일 없었어요?"

김 사장은 은영을 바라보면서 말했다.

"예, 사장님."

"은영 씨 내일부터는 반죽하는 것도 한번 배워 봐요."

김 사장은 일단 지연작전을 쓰기로 했다. 직원을 구할 때까지 은영이 꼭 필요하다는 생각에 웃으며 말했다.

"제가요?"

"배워 두면 좋을 거예요."

은영은 좋은 기회라고 생각을 했다. 나중에 빵집을 차리는 데, 도움이 될 거라는 긍정적인 마음이 들었다.

김 사장은 은영에게 자신 있게 말하고 돌아섰다.

"예, 감사합니다."

"수고했어요, 퇴근하세요."

"예, 사장님 내일 뵙겠습니다."

은영은 김 사장의 새로운 제안에 호기심이 생겼다.

은영은 다른 날보다 일찍 출근을 했다. 오늘따라 빵 냄새가 덜 나는 느낌이 들었다. 베이킹에서 나온 빵을 진열하고 매대 앞에 서서 밖을 바라봤다. 가로수에서 떨어진 낙엽들이 제멋대로 파도처럼 밀려다녔다.

은영은 사장에게 상냥하게 인사했다.

"어서 와요, 은영 씨."

"오늘부터 반죽하기로 했죠? 좋은 꿈 꾸셨나요."

"아뇨, 꿈은 안 꿨습니다."

반죽은 기계로 반죽하면 간단하다. 레시피에 따라 밀가루를 집어넣으면 저절로 반죽이 되는 것을 은영이 인터넷으로 검색한 내용이 생각났다.

"요즘은 기계로 하지만, 손으로 반죽하는 법은 반드시 배워두는 것이 좋아요."

"예."

김 사장은 일단 은영을 묶어 둘 속셈으로 친절하게 반죽하는 법을 차근차근 보여주기 시작했다.

"반죽은 얼마나 잘 치대느냐에 따라 빵의 결이 달라져요. 또, 글루텐이 형성되느냐, 안 되느냐가 결정되기 때문에 요령껏 힘 있게 치대면서도 반죽이 잘 늘어나도록 해야 되요."

"네."

은영은 김 사장이 하는 말을 들으며, 밀가루 반죽하는 손놀림을 보고 있다.

"반죽을 치댈 때는 수제비 반죽하듯 손가락으로 조물조물 만지는 정도가 아니라, 양팔 소매를 걷고 빨래를 비비듯, 반죽을 밀고 당기는 과정과 반죽 전체를 감싸 쥐고 힘껏 치대는 과정을 여러 번 반복해야 해요."

은영은 김 사장 옆에서 시간을 기록했다. 20분 이상 치대고 반죽하는 중간, 중간 반죽의 한쪽을 잡고 도마에 내리치며 반죽을 늘여가면서 치댄다. 김 사장은 중간에 반죽을 뒤쪽으로 모아가며 동그랗게 모양을 잡아보면서 표면의 매끈한 상태로 탄력 여부를 체크하는 모습이 마술쇼를 보는 것 같다.

김 사장은 어느 정도 반죽이 다 되었다 싶을 때, 손가락이 비칠 만큼 얇고 투명한 글루텐 윈도가 형성되는지 여부를 확인했다. 그래야 발효가 잘 될 수 있다는 것이다.

"글루텐 윈도는 사용하는 밀가루와 부재료에 따라 달라질 수 있고, 주로 제빵용 강력분 밀가루, 그리고 버터를 사용하여 반죽을 하면, 완벽한 글루텐 윈도를 확인할 수 있어요."

김 사장은 반죽을 끝냈다.

"우리 밀의 경우 거칠고 건조한 느낌이 들기 때문에, 물을 더 많이 넣고, 조금 진득한 느낌이 들도록 반죽의 질기를 조절하고 더 많이 치대야 좋은 반죽을 만들 수 있어요."

"예, 사장님."

은영은 김 사장의 음모인줄도 모르고 김 사장이 너무 고마웠다.

"은영 씨 한번 해봐요."

김 사장은 밀가루 묻은 손을 수건에 닦는다.

"제가요, 지금?"

은영은 팔을 걷어 부치고 작업대 앞에 섰다. 시험을 보는 것처럼 가슴이 떨렸다.

김 사장은 은영이 반죽하는 모습을 가만히 지켜보며 회심의 미소를 지었다. 반죽하는 자세가 초보치고 괜찮다. 빵 가게를 내야겠다는 꿈이 있기 때문에 자신이 반죽하는 모습을 예사로 보지 않았을 것이다.

"은영 씨 수고 했어요, 오늘은 여기까지하고 퇴근 하세요."

"예, 사장님."

은영은 반죽을 처음 해보았지만 적성에 맞는 것 같다는 생각을 했다.

은영은 뿌듯한 마음으로 몽블랑을 나섰다. 김 사장에게 묻지는 않았지만 오해가 풀린 것 같았다. 마트를 들러 간단하게 장을 보고 집에 갖다 놓고는, 소라 올 시간에 밖으로 나왔다. 유치원 차가 도착해서 아이들이 내리고 있었다.

"소라야."

"엄마."

소라가 시무룩하다.

"소라 무슨 일 있어?"

"아니, 왜."

"말해봐, 유치원에서."

"엄마, 사실은 내가 세인이 때렸어."

"우리 소라, 친구 때리면 안 된다는 거 알지?"

"알아."

"그런데 세인이 왜 때렸어?"

"세인이가 내 짝꿍 막 놀리잖아."

"뭐라고?"

"오줌 싸게라고 놀려서 진영이 막 울었단 말이야."

소라는 억울하다는 얼굴로 눈물을 흘린다. 은영은 소라를 껴안았다. 등을 쓰다듬어주면서 착한 아이는 친구를 때리면 안 된다. 사이좋게 지내며 말로 해야 한다고 타일렀다.

은영이 반죽 배운 지 보름이 지났다. 제법 반죽을 할 줄 알고 성형을 할 때가 되어도 김 사장은 성형을 시키지 않는다.

"사장님, 언제쯤 성형을 할 수 있어요?"

은영은 부드럽게 말했다.

"성형은 반죽이 좀 더 익숙해지면 그때 하죠."

"배우고 싶어요?"

"글쎄, 그게 생각만큼 그렇게 간단하지가 않아요. 반죽하는 거에 좀 더 집중하세요."

"예."

"돈 훔쳐간 것 자수를 하면 당장 오늘부터라도 성형을 할 수 있어."

김 사장은 내일부터 근무를 할 아르바이트 직원을 채용했다. 은영이 내일부터 안 나와도 상관없다는 생각에 강압적으로 말했다.

"사장님 정말 너무하세요. 당황스럽네요. 제가 돈 훔쳐간 거 보셨어요? 증거 있나요? 정말 억울해요."

은영은 김 사장과 여러 번 갈등이 있었지만, 새로운 마음으로 반죽을 배워보겠다던 생각이 빗나가는 것 같아 속상했다.

은영은 김 사장의 말투에 무안한 생각이 들었지만 겉으로는 태연한 척 표정을 짓고 있다. 더 이상 대화는 어렵겠다는 생각이 들어 뭘할까 머뭇거렸다.

고객이 들어와 쟁반과 집게를 드는 모습에 은영의 시선이 따라가고 있을 때, 김 사장은 열이 오른 얼굴로 베이킹으로 들어갔다.

은영은 심란한 마음 때문인지 음악소리가 소음으로 들린다. 은영은 시원한 물 한 모금을 마시고 밖을 바라봤다. 밖의 풍경은 평온하게 보였다. 은영은 빵을 고르는 여자를 바라봤다. 본인과 비슷한 나이대로 보였다. 여자는 무슨 즐거운 일이 있는지, 콧노래를 흥얼거리며, 쟁반에 빵을 골고루 담고 있다.

와이셔츠를 깔끔하게 입은 남자가 들어왔다. 남자는 커피 4잔을 주문했다. 몽블랑 근처 사무실에 근무하는 것 같아 보였다.

은영은 비로소 자신이 김 사장의 음모에 빠졌다는 것을 알았다. 은영이 몽블랑을 그만두고 학원을 다닌다고 생각을 해본다. 학원비야 정부에서 보조를 해주지만 돈을 벌어야 할 상황에 이런저런 비용이 많이 들어 갈 것이다.

은영은 하던 일을 마무리하고, 퇴근 시간이 되어 몽블랑을 나섰다.

민준은 아내가 힘들어하는 모습을 보기가 안쓰러웠다. 민준이 은영에게 말을 하면 분명 혼자서 해결한다고 할 것 같아, 퇴근을 하고 은영이 근무하는 제과점을 찾아 갔다. 은영이 퇴근하고 없는 시간이다.

민준은 몽블랑에 들어가 내부를 살폈다. 포스기 앞에는 종석이가 서 있었다.

"어서 오세요."

"사장님 계십니까?"

"사장님 잠깐 외출 하셨는데요, 곧 오실 겁니다."

민준은 아메리카노 커피를 시켜서 의자에 앉았다. 몽블랑에는 고객이 수시로 들락날락 거리고 있었다. 민준은 고객들을 바라보며 빵 맛이 있어서 일까, 아니면 대형이라 독점으로 장악해서 일까, 이런 저런 생각을 했다.

"사장님 고객님 오셔서 기다리고 계십니다."

종석이 목소리가 들렸다.

"누구?"

김 사장은 주변을 두리번거린다.

민준이 김 사장을 보고 일어섰다.

"기다리고 있었습니다. 할 얘기가 있어서요."

"누구시죠?"

김 사장은 고개를 갸우뚱거렸다.

"여기서 일하던 은영이 남편 되는 사람입니다."

"네, 차 한 잔 드릴까요?"

"괜찮습니다. 사장님 기다리면서 마셨습니다."

"그런데, 무슨 일로 오셨나요?"

"돈이 없어졌다는데, 제 아내를 의심한다는 얘기 다 듣고 왔습니다."

"무슨 말씀 하시는 거죠?"

"제 아내 의심한 적 없으세요?"

"은영 씨 직장 일에 남편 되시는 분이 관여할 사항이 아닌 것 같은데요."

김 사장은 은영 씨 남편이란 사람이 찾아와 따지는 이 상황이 기분이 나빴다.

"직원을 채용했으면 믿어야죠, 믿지 못한다면 채용하지도 말았어야죠. 제 아내 얘기로는 그러한 사실이 없는데 의심 받는 자신이 속상해서 못 견디겠다고 하던데, 왜 그러셨어요?"

"돈이 십오만 원 비는 건 사실입니다."

"그날 CCTV도 삭제되어 있다고 하던데."

"그 시간에 근무한 사람은 은영 씨뿐이었으니까요."

"제 아내는 정직한 사람입니다."

"글쎄요, 과연 그럴까요?"

"증거 있어요?"

"그 시간에 근무한 사람 책임 아닌가요? 급여에서 공제할 거니 그리 아시오."

"그런 억지가 어디 있어요?"

"할 얘기 더 있으신가요? 난 할 일이 있어서 이만."

김 사장은 의외로 막말은 피하고 있다.

'양아치 같은 이라고.'

민준이 작은 소리로 중얼거렸는데, 김 사장은 귀를 쫑긋하고 들었나보다.

"말조심해요."

김 사장이 인상을 찡그리니 못생긴 얼굴이 더 이상하게 보였다.

"사장님, 고객님들이 바라보고 있어요."

종석이가 가게 안의 분위기를 살피며 말렸다. 민준은 주변으로 시선을 돌렸다. 빵을 고르는 사람들도 있고, 계산을 하려고 줄을 선 사람들도 있었다.

"오늘은 이쯤 하고 갈 테니, 불이익을 당하면 가만 두지 않겠어요."

민준은 몽블랑을 나섰다.

민준이 생각할 때 은영이 그만두면 좋겠는데, 아직 그만둘 때가 아니라고 했다. 은영은 지금 그만두면 돈 없어진 것을 인정하는 거라며, 진실이 밝혀질 때까지 다닐 거라 했다. 은영이 그러면서 힘들어하고, 잠 못 이루며 못하는 술을 마시며, 울고 있는 모습이 짠하다.

민준은 집 앞 공원 벤치에 앉았다. 몽블랑에서 일어난 일을 생각을 하다가, 옷매무새를 가다듬고 집에 들어갔다.

"자기, 오늘 하루도 고생했어."

은영은 민준을 반갑게 맞았다.

"고생은 뭐, 소라는?"

"소라는 수민이네 갔어."

"이 시간에?"

"수민이 엄마가 데려다 준다고 했어, 올 때 됐는데."

은영은 원피스를 입었다. 앞치마를 두르고, 저녁상을 차렸다.

민준은 평소에도 말없이 조용한 편이지만, 오늘 따라 더 차분하게 밥만 먹고 있다.

"자기 오늘 무슨 일 있었어? 많이 피곤해 보여."

은영은 멸치를 민준이 밥에 올려주면서 말했다.

"그럼, 아무 일 없었어."

"혹시, 진상 고객이라도 왔다갔나 해서."

은영은 걱정스런 표정으로 민준을 바라봤다.

"멸치 볶음 맛있네."

민준은 소고기 무국을 숟가락으로 뜨면서 말했다.

"정말!"

은영은 칭찬을 받고 기분 좋게 웃었다.

은영은 식사를 마친 민준에게 꿀을 한 숟가락 넣은 따뜻한 유자차를 줬다. 그때, 벨 소리가 났다.

"소라 왔어."

은영은 설거지를 하고 있어서, 민준이 문을 열었다.

"소라, 재미있었어?"

"응, 아빠 소라 맛있는 거 많이 먹고 왔어. 친구가 선물도 마음에 든다고 좋아했어."

"그래, 좋았겠다."

"잘했어, 소라야 유자차 줄까?"

은영이 웃으며 소라를 바라봤다.

"아니."

소라가 해맑게 웃는다.

"친구들 많이 왔어?"

"응, 일곱 명 왔던데."

소라는 친구들과 재미나게 지냈던 이야기를 하느라 신났다. 은영도 설거지를 끝내고 소라의 이야기에 맞장구를 쳐주었다. 은영은 소라 생일날 어떻게 해주면 좋아할까, 생각을 해본다.

"소라야 그만 자야지."

"아빠 동화책 읽어줘."

"그래."

민준과 소라는 방으로 들어갔다. 민준이 동화책을 읽다가 소라를 보니, 천사처럼 자고 있다. 민준은 불을 끄고 방에서 나왔다.

은영이 시계를 봤다. 밤 11시 30분이다.

"소라 잠들었어, 우리도 잘까?"

민준이 하품을 하면서 은영에게 말했다.

"먼저 자, 나는 할 일 좀 해놓고 잘게."

"늦었는데 할 일이 있어, 무슨 일?"

"피곤할 텐데 얼른 주무셔."

"그래."

민준은 코를 골면서 금방 잠 속으로 빠져들었다.

사람의 습관은 무섭다. 은영은 소라를 유치원에 보낼 때 서준이 엄마와 테이크아웃 커피 한 잔만 마시고 종일 집에서 시간을 보냈다. 청소가 밀렸는데도 하기가 싫었다. 빨래도 하기가 싫어서 소파에 누워 텔레비전을 건성으로 보며 시간을 보냈다.

은영은 민준이 퇴근하기를 기다렸다. 소라는 수민이하고 놀이터에서 뛰어놀아서인지 일찍 잠이 들었다.

민준은 저녁을 먹은 후, 은영이 주는 차를 마시며 텔레비전을 보고 있다. 설거지를 마친 은영도 차를 들고 민준이 옆에 앉았다.

"재미있어?"

은영은 골프 채널을 보는 민준을 바라봤다.

"자기 할 말 있는 것 같아?"

"사실은 사장이 자꾸 의심하고 힘들게 해."

은영은 민준에게 참았던 속마음을 얘기했다.

"그렇게 힘들었는데 계속 참았던 거야, 한 번만 더 의심하면 경찰에 신고하자."

"그래, 신고하면 되겠다."

은영은 인터넷 검색을 해봤지만, 경찰에 고소할 건은 되지 않았다.

늘 푸른,
혹은 낮달

퇴근시간이다. 빌딩에서 샐러리맨들이 개미굴에서 나오는 개미들처럼 나오고 있었다. 수지가 손을 흔들며 은영이 앞으로 다가갔다.

은영이 웃으며 수지를 향해 달려가다 발이 꼬이며 넘어졌다. 너무 창피해서 얼른 일어났지만 발목을 삐었는지 통증이 느껴졌고 걷기가 힘이 들었다.

"괜찮니? 병원 가야 하는 거 아냐?"

수지가 걱정스런 표정으로 은영을 바라봤다.

"괜찮아 파스를 사서 붙이면 괜찮을 거야, 오랜만에 만났는데 맛있는 저녁 먹자."

은영은 병원 아래층에 있는 약국으로 들어갔다. 생각나는 대로 파스를 사서 붙였다. 화끈화끈 열이 나면서 통증이 좀 가시는 것 같다. 저녁을 먹을 시간이라 먹자골목에는 사람들이 붐볐다.

"은영아 보쌈 어때?"

놀부 보쌈 간판 앞에서 수지가 멈췄다.

"좋아."

은영은 파스를 붙였지만, 통증이 미열처럼 살 속으로 파고들었다. 기분이 유쾌하지만은 않았다.

초저녁이라 보쌈집에는 고객들이 많지 않았다. 은영과 수지는 신발을 벗고 창가 쪽에 앉았다.

"주문하시겠습니까?"

여자직원이 다가왔다.

"이걸로 주세요."

수지는 메뉴판을 들여다보며 보쌈을 주문했다.

"술은 뭘로 드릴까요?"

여자직원이 수지를 바라본다.

"맥주 시킬까?"

수지가 묻는 말에 은영이 소리 없이 웃었다.

"오랜만에 만났으니 한 잔 해야지?"

직원이 맥주를 먼저 가져왔다. 수지가 병뚜껑을 열어서 따랐다. 웃는 얼굴로 은영에게 건배하자고 속삭였다.

"너 사귀는 남자 있다고 했잖아, 뭐 하는 남자니?"

직원이 보쌈을 가져왔다. 은영이 젓가락을 들며 갑자기 생각났다는 얼굴로 물었다.

"그 남자 회계사야."

수지는 상추에 수육과 풋고추를 얹으며 자랑스럽게 말했다.

"어머 잘 됐다, 돈 잘 벌겠네. 회계사 사무실 다녀? 아님 증권회사 같은 데?"

"요즘 회계사가 흔해서 취직하기도 힘들대."

"그래도 자격증이 있잖아."

은영은 문득 민준이가 생각났다. 민준은 법대를 나와서 자동차 세일즈를 하고 있다.

"회계사 사무실에 다녀, 월급쟁이로."

"나중에 독립 사무실 내면 되겠네. 정말 괜찮은 남자 만났다. 성격은 어때?"

"형제들이 많은 집이라 그런지 성격은 괜찮아, 아직까지는 안 좋은 점을 못 봤어."

"기집애두 벌써 콩깍지가 씌었구나, 잘해봐. 요즘은 전문직업인이 최고야."

"너는 요즘 시는 계속 쓰고 있는 거지? 지난번에 받은 동인지 보니까, 시가 공감이 가고 좋더라. 이제 시집 출간 준비 중이겠네."

"아냐, 아직 시간이 좀 걸릴 것 같아."

"그래, 시작이 반이라는 말도 있잖아."

수지는 마음속에 있는 말을 모두 털어내겠다는 표정으로 계속 말을 했다. 은영은 간간이 웃어주며 수지의 말을 들었다. 하지만 발의 통증 때문에 마음은 집에 가 있다.

"은영아, 먹어봐."

수지는 그렇지 않아도 출출했었다. 보쌈을 맛있게 먹으며 은영을
바라봤다.

"많이 먹어 그 남자와 결혼할 생각은 있는 거야?"

"글쎄, 더 만나봐야지."

"그래, 네가 알아서 잘 하겠지."

그녀들은 밥을 먹고 식당에서 나왔다. 수지는 어디 가서 시원한 생
맥주를 마시고 싶었지만 은영이 다친 발 때문에 말이 나오지 않았다.
은영은 발이 불편해서 수지 손을 잡아 주고 헤어졌다.

핸드폰 알람이 귓전에서 소란스럽게 울린다. 은영은 어제보다 더 심
한 통증에 허리가 흔들렸다. 어제 넘어졌던 발의 통증이 더 심해졌다.

"자기, 왜 그래?"

은영이 비명을 지르는 소리에 민준이 잠이 깼다.

"어제, 수지 만나러 갔다가 넘어졌어."

"저런, 얼마나 다쳤는데, 어디 좀 봐."

"괜찮아."

"괜찮기는 얼굴 표정 보니까 많이 아픈 거 같은데."

민준이 은영의 발을 잡아 당겨 살폈다. 파스를 붙인 부분이 많이
부어올랐다.

"괜찮다니까."

"안 돼, 덧날 수 있으니까 병원 가야지."

은영은 말대꾸를 하지 않고 침대에서 나갔다. 일부러 아무렇지 않

게 걸었지만 통증이 전해졌다.

"아침 해야 되는데."

"아침이 문제야."

민준은 소라를 깨워 유치원 갈 준비를 하라고 시켰다. 계란 프라이를 만들고, 대충 된장국을 끓였다. 소라는 은영이 해줄 때보다 맛있게 먹었다. 은영은 배는 허전한데 먹고 싶지 않아서 구경만 했다.

"자기 병원 데려다 줄까?"

출근 준비를 하던 민준이 은영을 바라보며 걱정스런 표정을 지었다.

"괜찮아, 동네 병원가면 돼."

"많이 아픈 것 같은데, 걷기 힘들잖아?"

민준은 오리처럼 뒤뚱거리는 은영을 바라봤다.

"소라는 유치원에 내가 데려다 줄게."

"유치원 차 오는데, 내가 나갈게."

은영은 기분 같아서는 견딜 수가 있을 것 같은데, 발이 말을 들어주지 않는다.

"자기 움직이기 힘들잖아."

민준이 소라의 가방을 챙기기 시작했다.

"엄마, 많이 아파?"

소라가 놀란 얼굴로 물었다.

"괜찮아."

"소라 유치원 잘 다녀와."

"응, 엄마."

소라가 민준을 따라 나서며, 은영에게 손을 흔들었다. 은영은 빙그레 웃으며 부녀를 멀뚱히 바라봤다.

은영은 몽블랑 김 사장에게 오늘 출근하기 힘들다고 전화를 했다. 집에서 가까운 정형외과를 찾았다. 병원에 도착해서 접수를 하고, 대기 순서를 기다렸다.

"새댁 어디가 아파서 왔어요? 나는 청소하다가 넘어져 팔을 다쳤어요."

힘없이 앉아 있는 은영에게 옆 의자에 앉은 코에 점이 있는 여자가 말을 걸었다.

"많이 아프시죠? 저는 발을 다쳐서 왔어요."

점 있는 여자가 심심하던 참에 잘 됐다는 얼굴로 은영에게 계속 말을 걸었다. 은영은 별로 대화를 하고 싶지 않았지만, 여자가 묻는 말에 꼬박꼬박 대답을 해줬다.

"서은영 님 들어오세요."

간호사가 은영의 이름을 불렀다.

"어떻게 오셨어요?"

의사가 친절한 목소리로 물었다.

"넘어졌는데 발에 통증이 심해서 왔어요."

"언제 그랬죠?"

"어제요."

의사는 은영에게 뼈 사진을 먼저 찍고 오라 했다. 은영은 간호사가 안내하는 방사선실로 들어갔다. 간호사는 은영의 발을 위치별로 찍었다. 은영은 간호사가 사진을 많이 찍어서 불안했다. 간호사는 은영에게 대기실에서 잠시 기다리라 했다. 은영이 정수기의 물을 먹고 있는데, 간호사가 은영을 불렀다. 은영은 의사 앞으로 다시 갔다.

"뼈는 이상이 없는데, 근육이 놀란 것 같습니다. 며칠 고생해야겠네요."

의사는 은영에게 모니터 화면을 보여 주면서 말했다. 은영은 뼈는 이상이 없어 다행이라 생각했다.

"발 좀 볼까요?"

은영은 침대에 앉아 발을 폈다.

의사가 손가락으로 은영의 발, 아픈 부위를 꾹, 꾹 눌렀다.

"아파요."

은영은 눈물을 흘렸다.

"조금만 참으세요, 아픈 부위를 체크하는 겁니다."

"그만, 그만요."

은영은 입술을 꽉 깨물었다.

의사가 은영의 발에 반기부스를 해주고, 약 처방전을 해줬다. 은영에게 주의사항으로 많이 걸으면 안 좋으니 움직이는 거 자제하고, 이틀 후에 다시 병원에 오라 했다.

은영은 병원을 나섰다. 길 건너 약국도 있지만, 거기까지 걸어갈 엄두가 나질 않았다. 그래서 병원 옆 건물에 있는 약방으로 갔다. 약봉지를 들고 집으로 향했다. 평상시에 걸어서 오 분, 칠 분이면 가는 거리가 삼십 분도 넘게 걸렸다.

은영은 이튿날도 통증이 가시지 않았다.

"은영 씨 출근을 못할 것 같으면 미리 전화를 해줘야 되는 거 아닌 가요?"

은영이 통증 때문에 며칠 쉬어야겠다고 말하자 김 사장의 목소리 가 날카로워졌다.

"직원을 새로 뽑은 걸로 알고 있는데 왜 그러세요?"

"직원 새로 뽑는 건 내 문제고, 그만둘 때는 그만두더라도 정산을 해야 되는 거 아닙니까? 은영 씨 그렇게 안 봤는데, 다른 데서도 그런 식으로 그만두나?"

김 사장의 목소리에는 분노가 스며들어 있었다.

"그날 분명히 그만둔다고 했잖아요. 그리고 무슨 정산을 하자는 거 예요. 그날 포스단말기 정산표하고 현금하고 일치가 됐는데."

"재고 조사를 해 보니까 이십만 원이 부족하던데."

"전화 끊겠어요."

은영은 김 사장이 정신 감정을 해봐야 한다고 생각하면서도 내색 을 하지 않았다.

"전화를 끊어?"

"자꾸 그러시면 곤란해요. 저는 발을 다쳐서 나가고 싶어도 못 나 가요."

은영은 가능한 공손하게 말했다.

"그럼 도대체 언제까지 안 나오겠다는 거요, 하여튼 요즘 여자들은 제멋대로라니까."

"사장님 저 오늘도 정형외과 갔다 왔어요."

"좌우지간 바쁘니까 빨리 나와요. 새로 채용한 직원 하루만 근무하고 안 나오니까 내일부터 꼭 출근해요."

김 사장은 일방적으로 화를 내며 전화를 끊었다.

그래, 빵 만드는 기술 배울 때까지만 참자.

은영은 눈물을 닦으며 주방으로 갔다. 커피를 타서 절룩거리는 걸음으로 소파로 가서 앉았다.

은영은 몽블랑으로 출근할 때 대충 하고 다녔던 집안일이 눈앞에 또렷하게 보이기 시작했다. 가족에게 평소보다 더 정성껏 맛있는 음식을 해놓고 기다려야겠다는 마음은 있어도, 몸이 불편해 마음처럼 쉽지가 않았다.

하루가 짧게 느껴졌다. 은영은 빠르게 움직일 수는 없지만, 할 일들을 느린 속도로 했다. 소라가 올 시간을 기다리며 쉬는데 민준과 바닷가에 갔던 날이 떠올랐다.

새벽 세 시에 출발해 아침에 떠오르는 해맞이를 보러 경포대 바닷가를 갔다.

바닷가에는 폭죽을 터트린 흔적들이 있었다. 고운 모래를 밟으며 해가 떠오르기를 기다리며 걸었다. 출렁이는 바닷물의 빛깔도 소나무 빛과 닮았다. 해가 떠오르기를 기다리는 인파들은 하나가 되었다.

해는 무채색에서 노란 빛으로 점점 오렌지 빛깔로 변해 갔다. 해의 모습이 골프 티 위에 놓인 골프공 같아 보였다. 차가운 바람에 옷을 여미고, 발을 동동거리며 기다렸다. 태양이 떠오를 때 바닷가는 축제가 열린 것 같았다.

솟아오르는 해를 바라보며 두 손 모아 소원을 빌었다. 둘은 두부 전문 식당으로 가서 아침을 먹고, 바다가 보이는 호텔로 갔다. 민준은 호텔방에 들어서자마자 침대에 누워서 코를 곯았다. 은영은 조금 전에 걸었던 바닷가를 창문으로 한없이 바라보았다.

소나무, 파도, 그네, 녹지 않은 눈이 소나무 옆에 있었다. 은영은 시상이 떠올라 노트에 적었다. 시간이 흐르면서 그림자 위치가 바뀌는 것을 보았을 때, 자연이 신비스러웠다.

은영은 갑자기 바다가 그리워졌다. 하지만 민준은 차 한 대라도 더 팔기 위해 뛰어다닐 것이라고 생각하니까 쓴 웃음이 나왔다.

어떡하든 빨리 제과기술을 배우는 것이 우선이겠지.

빵 만드는 기술을 배우고, 그동안 들었던 적금을 타고, 아파트를 팔면 바닷가에 빵집을 낼 수 있을 정도의 돈은 된다. 지금은 바다 여행보다는 적금 넣을 돈을 버는 것이 중요하다고 생각하는데 저절로 한숨이 나왔다. 몽블랑 김 사장 얼굴이 떠오르면서 기분이 가라앉았다.

소라가 올 시간에 맞춰 집을 나섰다. 유치원 버스를 기다리고 있다. 낯익은 노란 차가 살며시 정차를 하며 문이 열렸다.

"엄마!"

소라가 웃으며 달려왔다. 그 모습이 귀엽고 예뻤다.

"소라야 가방 줘."

"아냐, 엄마 아프잖아?"

"우리 소라 다 컸네, 엄마 생각 해주는 거야?"

소라가 해맑게 웃는 모습에 은영은 통증이 가시는 것 같았다. 소라는 집에 들어가서도 말끝마다 웃음을 터트렸다.

소라의 웃음소리에 집안 공기가 라일락 향기가 나는 것 같다. 소라는 까르르 웃으며 은영에게 유치원에서 있었던 이야기를 쏟아냈다. 어쩌면, 소라는 엄마의 관심받기를 원했을지도 모른다. 은영은 소라에게 더 신경을 써줘야겠다는 생각을 했다.

"엄마, 노래 해볼까?"

"무슨 노래?"

"오늘 유치원에서 배웠어."

"그랬어? 소라야 얼른 해봐."

"울퉁불퉁 멋진 몸매에 빨간 옷을 입고, 새콤달콤 향내 풍기는 멋쟁이 토마토, 나는야 주스 될 거야 나는 야 케찹 될 거야, 나는야 춤을 출거야 뽐내는 토마토."

소라는 춤을 추면서 노래를 불렀다.

"우리 소라 엄청 잘하는데, 동요 대회 나가도 되겠어."

"정말? 우와 신난다."

소라는 좋아서 은영에게 안겼다.

"엄마, 발 많이 아파?"

소라가 은영의 발에 붕대를 보면서 말했다.

"아니야, 소라 노래 들으니까 다 낳았어."

"응, 노래 매일 해줄게."

"고마워."

은영은 소라의 머리를 쓰다듬어 주었다.

민준이 퇴근을 하면서 과자가 든 봉지를 들고 왔다. 소라가 먼저 과자봉지를 발견하고 민준에게 달려들었다.

"우리 소라 보고 싶어 일찍 왔지."

민준은 서류가방을 내려놓고 소라를 불끈 들어 올렸다. 소라가 민준의 목을 껴안으며 얼굴에 뽀뽀를 했다. 하루 동안의 피로가 한꺼번에 녹아드는 것을 느끼며 소라를 내려놓았다.

"자기, 수고 많았어."

"발은 좀 어때?"

"괜찮아, 저녁 먹어야지."

은영은 미리 준비해둔 음식을 식탁에 차렸다.

"소라야, 과자는 밥 먹고 먹어야지."

"응, 엄마."

소라는 과자봉지를 소파에 내려놓고 리모컨을 들었다. 만화 영화할 시간이다. 채널을 만화 영화에 고정시켰다.

"우리 주말에 시골에 다녀올까?"

저녁 밥상 앞에서 민준이 갑자기 말했다.

"깁스하고 시골 가면, 엄마가 놀라실 텐데."

"많이 움직이지 말고, 쉬었다 온다 생각하고 가자. 소라는 어때?"

"좋아."

소라는 할아버지, 할머니에게 사랑을 듬뿍 받고 있다는 걸 알아서인지 좋아했다.

은영은 일이 바쁘다는 핑계로 전화만 가끔 했었는데, 이참에 한번 가는 것도 좋겠다는 생각을 했다.

토요일이다. 민준은 아침을 먹기 전에 자동차를 끌고 자동세차장으로 갔다. 세차를 말끔히 하고 나서 집에 들어가니까 은영이 밥상을 차려 놓았다.

"엄마, 어떤 옷 입을까?"

소라가 아침을 먹는 둥 마는 둥 제 옷장에서 옷을 꺼내 들며 물었다.

"소라가 좋아하는 원피스 입어."

소라는 핑크색 원피스를 입었다. 거울을 보며 이런저런 포즈를 취하며 웃었다.

"소라야, 예뻐!"

"엄마, 일기장과 동화책 챙길까?"

"그래, 동화책은 한 권만 가져가."

은영이 가스 밸브를 확인하는 동안 민준은 소라를 차에 태웠다.

"아빠, 안전벨트 매고 출발."

소라가 엄지손가락으로 안전벨트를 가리켰다.

"소라, 어디서 배웠어?"

"유치원에서."

민준은 소라의 머리를 쓰다듬었다. 그러는 사이 은영이 자동차문을 열었다.

은영은 도시를 벗어나 초록의 나무들이 우거진 차창 밖을 바라보고 있다. 강이 보이는 호수를 보면, 꿈이 생각나서 기분이 설렌다.

창문을 여니, 상큼한 공기가 차안으로 들어왔다.

"시원해."

은영은 오랜만의 나들이에 기분이 좋았다. 의자에 기대어 미소를 짓는다.

"바람 쐬니 좋지?"

민준이가 한 마디 거든다.

은영은 운전하는 민준을 위해 과일을 입에 넣어주며, 미리 준비한 커피도 줬다. 소라는 과자를 먹는다.

고속도로를 달릴 때 주변의 풍경이 싱그럽게 다가온다. 자연 속으로 질주하는 차들의 행렬은 계속되고 있다. 민준이 운전하는 데 지루하지 않게 은영은 이야기를 한다.

"휴게소에서 뭐 좀 먹고 갈까?"

민준이 말했다.

"소라는 아이스크림 먹을래."

"알았어, 할아버지 좋아하는 호도빵도 살까?"

"응, 아빠."

민준은 주차된 차들 사이에 차를 세웠다.

"소라야, 우동 먹을래?"

"아니, 버터 오징어 먹고 싶어."

"알았어, 자기는?"

민준이 지갑에서 돈을 꺼내며 말했다.

"난, 커피."

은영은 따뜻한 아메리카노라고 말했다. 소라는 오징어 먹을 생각에 입맛을 다셨다.

카세트테이프와 CD를 파는 곳에서는 음악이 흘러나왔다. 그 옆에는 자전거타고 움직이는 인형이 있었다. 소라는 재미있다는 얼굴로 인형을 바라봤다.

화창한 날씨다. 소라는 주차된 승용차 쪽으로 가다가 민들레 씨앗을 보았다. 달려가서 입으로 부니까 씨앗들이 공중으로 흩어져 날아갔다.

"와, 씨앗들은 어디로 날아갈까?"

은영도 민들레 씨앗을 불어보고 싶었지만, 소라를 바라봤다.

"엄마, 아빠도 한번 불어봐 재미있어."

소라가 좋아하는 모습을 보니 은영도 덩달아 기분이 좋아졌다.

"이만 갈까, 공주님."

민준이 웃으며 말했다. 소라는 아쉬워하는 눈치로 차에 올랐다. 고속도로를 헤엄치듯 달려 목적지에 도착했다.

"할아버지, 할머니."

소라가 뛰어가며 불렀다.

"소라 왔어, 우리 강아지."

소라 할머니가 하던 일을 멈추고 말했다.

"할머니, 소라 강아지 아닌데."

"응, 그렇지."

"안녕하세요 장모님."

"박 서방 어서 오게, 소라 에미 발은 왜 그래?"

"넘어져서 조금 다쳤어요."

"조심하지."

"아버지는 어디 가셨어요?"

"논에, 오실 때 됐다."

은영은 입꼬리를 올리며, 미소를 잃지 않으려 했다. 불편한 걸음으로 소파까지 가서 우두커니 앉았다. 친정엄마가 손수 담그신 살얼음이 생긴 식혜를 가지고 왔다. 일부러 딸이 좋아하기 때문에 신경 쓴 것 같다.

"소라 에미 안색이 안 좋아, 어디 아프냐?"

엄마의 눈에는 은영이 미소를 머금고 있어도 예전과 다르다는 것을 알아채는 것 같다.

"발 때문이지, 아픈 데 없어요."

"얼굴색이 환자 같은데, 병원에 한번 가봐라."

은영은 거울을 보며, 립스틱을 진하게 바르고, 오렌지색으로 볼터치를 했다.

"엄마, 이제 안 아파 보이죠?"

은영은 눈을 껌벅거렸다.

"엄마, 나도 볼에 화장할래."

은영은 소라의 볼에 볼터치를 해줬다. 소라가 좋아했다.

시간이 얼마나 흘렀을까, 소파에 기댄 채 깜박 잠이 들었던 은영이 눈을 번쩍 떴다. 소라는 텔레비전을 보고 있다.

"왔냐."

현관문이 열렸다. 은영이 아버지가 일을 마치고 왔다.

"예, 아버지 논에 다녀오셨어요?"

은영이 인사를 하고, 민준도 소라도 인사를 했다.

주방에서 맛있는 냄새가 났다. 엄마는 여러 가지 음식을 만들고 있었다. 엄마는 은영이 도운다고 해도 쉬라 했다.

저녁을 먹은 후, 엄마와 은영과 소라는 과일을 먹고, 아버지와 민준은 술잔을 기울이고 있다.

시골에서 밤하늘은 도시보다 별이 더 많아 보인다. 별이 반짝거리며 은영의 마음을 빼앗아 가는 것 같다. 자연의 풍경은 사람에게 편안한 마음이 들게 하는 것 같다. 은영은 밤하늘을 볼 때마다 달의 모양이 변해 가는 것을 볼 때 기분이 좋아졌다.

다음날 민준은 출근을 하고, 소라도 유치원에 갔다. 은영은 정형외과에 갔다. 약은 꾸준하게 먹었지만, 상태가 어떤지 사진을 찍었다.

"많이 움직이셨네요."

의사가 모니터 화면을 보면서 말했다.

"어떻게 아세요?"

의사는 붕대를 풀면서 발뒤꿈치를 보면 안다고 했다.

의사는 약을 처방해줬다. 은영은 간호사에게 예약을 하고 병원을 나섰다.

핸드폰이 울렸다. 은영은 민준일까, 생각하며 휴대폰을 들었다. 몽블랑 김 사장의 전화번호가 화면에 찍혔다. 전화를 끊어버렸다. 다시 전화가 울렸다. 이번에도 전화를 받지 않았다.

은영이 계속 전화를 받지 않으니까 문자가 왔다. 통화를 한번 하자는 내용이다.

"여보세요, 은영 씨."

은영은 대답을 하지 않았다.

"발은 좀 어때요?"

"조금씩 나아지고 있어요."

김 사장의 목소리가 부드러워서 은영은 자신도 모르게 대꾸를 했다.

"출근은 언제 가능해요?"

"담 주 월요일부터 출근하면 안 될까요?"

"그럼, 월요일 날 봅시다."

"예, 수고하세요."

그만두지 않는 이상은 너무 오래 자리를 비울 수는 없다. 조심하면서 일을 하면 되겠지. 출근하기 전에 병원에 가서 약 받고, 물리치료도 받아야겠다고 생각을 했다.

요즘 은영은 발목대를 하고 있다. 다리를 지탱하는데, 힘이 받쳐져서 하지 않을 때보다 훨씬 걷기가 쉽다.

월요일이다. 은영은 볼이 넓은 편한 운동화를 신고 출근 준비를 했다. 다시 다람쥐 쳇바퀴 도는 시간이 시작됐다는 생각에 마음이 바빠졌다.

"안녕하세요."

은영이 사장에게 인사를 했다.

"어서 와요, 발은 어때요?"

김 사장은 빵을 봉지에 담으며 대꾸를 했다.

오랜만에 맡아보는 빵 냄새가 고소했다. 매일 빵이 나오는 순서에 따라 진열이 되고 있다.

은영이 출근한지 두 시간이 지났을까, 발에 통증이 간간히 살아났다. 평상시와 같은 마음으로 일을 할 수 있을 것 같았는데, 서서 일을 하다 보니 몸은 예전 같지 않았다. 그럴 때는 몸을 안 아픈 쪽으로 체중을 기울이다가 절뚝거리며 걸어봤다. 자세가 흐트러지면 허리에 무리가 갈 것 같아 마음을 바꿨다. 참자, 조금만 참자, 기술을 배우는 그 날까지. 은영이 미래에 바닷가에 빵가게를 하는 목표를 생각했다.

"좋아지고 있어요."

"다행이네요."

은영은 계산대 주변을 닦고 정리했다. 빵 진열대로 가서 비뚤어진 빵의 각을 맞추다가, 새로운 빵을 발견했다.

"사장님, 이 빵은 처음 보는데요?"

김 사장과 은영은 서먹서먹하다. 은영은 서먹한 분위기를 바꾸려는 생각을 하는 중이다. 김 사장도 같은 생각을 하고 있는지, 커피를 은영에게 준다.

김 사장은 은영에게 지난 오해들은 없는 걸로 하자고 말하고 싶었다.

"내가 개발한 겁니다."

김 사장의 어깨가 우쭐하며 올라갔다.

"대단하세요."

"무슨 맛이에요?"

입맛을 다시며 물었다.

"글쎄, 그냥 줄 수는 없고 궁금하면 사 드세요."

"그렇죠, 퇴근할 때 사갈게요. 직원 할인해주는 거죠?"

"그런 거 없는데."

"사장님, 부자 되시겠어요."

"나를 놀리는 것같이 들리지?"

"놀리기는요, 부러워서 그러죠."

"은영 씨도 노력하면 잘 할 수 있어요."

"예."

은영은 자신의 처지를 생각하며 차분해졌다. 고객이 빵을 고르는 모습을 바라봤다. 고객은 은영이 궁금해하는 빵을 쟁반에 담아왔다.

"계산 도와드리겠습니다."

"잠깐만요."

고객이 빵 진열된 곳으로 갔다. 은영은 잠시 보류해 놓고, 다음 고객이 가져온 빵을 먼저 계산을 했다.

"계산할까요?"

빵을 몇 개 더 가져온 고객에게 말했다.

은영은 몽블랑에서 일을 마치고 한의원을 찾았다. 침을 맞고 물리

치료를 받았다. 치료를 받아서인지 집으로 가는 마음이 조금은 가벼워진 느낌이다.

저녁을 먹은 후 민준이 설거지를 한다고 했다. 열심히 하는 모습은 일품이다.

"자기 앞치마가 잘 어울리네."

은영이 방금 설거지를 마친 민준을 보며 말했다.

"그래 자주 입을까?"

민준이 고무장갑을 벗으며 빙그레 웃었다.

"자기야 우리 주말에 바닷가 갈까?"

민준은 은영이 힘들어하는 것을 보면서 기분전환이라도 시켜주고 싶었다.

"아니, 복잡한 일들 해결하고 나중에 가자."

"그럴수록 밖으로 나가면, 생각이 정리가 될 수도 있을 것 같은데."

"바람 쐬면 생각이 정리가 된다고?"

"그래, 잠시나마 현실을 멀리하는 것이 스트레스를 안 받는 거 아닐까."

도시의 생활이 답답하지만 피할 수 없고, 야외로 한 번씩 다녀오면, 생활에 리듬을 불러올 수 있을 것 같다. 쉬는 날을 잘 쉬어야 일의 능률이 오를 것이다.

"어디로 가고 싶어?"

"글쎄, 어디가 좋을까?"

"자기가 가고 싶은 곳으로 찾아봐."

"알았어."

은영은 인터넷 검색을 해야겠다고 생각했다.

주말이다. 은영은 바닷가의 파도를 떠올리며 과일과 김밥, 커피, 과자 등을 챙겼다.

"엄마, 소라 옷 다 입었어."

소라는 캐릭터가 그려진 원피스를 입고 나왔다.

"예뻐, 울 딸 착하네."

서울을 벗어나니 자연의 소리가 가까이에서 들린다. 강이 보이고 나무들이 우거진 초록의 빛깔에 눈이 시원해지는 것 같다.

"다 왔어."

민준이 안내하는 장소다. 이렇게 경치가 좋은 곳을 어떻게 알았지, 은영이 좋아 할 거라는 거를 알고, 인터넷을 보고 찾았나 보다.

"정말 멋진 곳이다."

민준은 은영을 바라보며 엷은 미소를 짓는다. 강이 흐르는 물살에 햇빛이 반짝인다. 은빛 갈치가 뛰노는 것 같다.

"경치 좋은 곳이지?"

"응, 좋은데. 여기 제과점 오픈하면 운치가 있을 것 같아, 자기 생각은 어때?"

은영은 민준을 바라보며, 민준의 표정을 살폈다.

"카페 분위기에 빵과 같이 하면 괜찮을 것 같아."

민준이 호응을 보인다.

"1층은 가게, 2층은 멋진 건축 스타일로 가정집으로 꾸미면 어떨까?"

은영의 목소리는 생기가 났다.

"책꽂이에 책 진열해도 운치 있겠어."

민준의 말에 은영은 미소로 답한다. 책, 어떤 종류의 책을 장식 할까, 시집, 소설, 요리책, 낚시, 동화책……

꿈이 이루어져서 카페 사장이 되면, 시간날 때 시를 짓는 모습 또한 우아하고 멋질 거라는 상상을 했다.

"아빠, 엄마, 정말 여기로 이사 오는 거야? 유치원은?"

소라가 걱정스럽게 묻는다. 허허벌판에 건물이 생긴다는 것이 상상이 안 간다는 듯이 고개를 갸우뚱거렸다.

강바람은 시원하다. 그윽한 강의 분위기를 뒤로 하고 민준을 따라 은영과 소라는 승용차를 탔다.

시원했던 마음이 도시 가까이로 접어들면서 체한 것처럼 답답해졌다. 매연의 시큼함이 코끝에 매달렸다. 승용차는 도로를 지나 집에 도착했다.

주말을 잘 보내고 몽블랑에 출근을 했다.

"은영 씨 건강해 보여요. 주말에 좋은 일 있었어요?"

김 사장은 은영의 표정을 바라봤다. 은영이 처음 몽블랑에 면접 보러 왔을 때도 이렇게 생기가 있었다.

"은영 씨 오늘은 반죽할 수 있겠죠? 그동안 쉬어서 어떨지 한번 해 봐요. 손끝으로 감각을 자꾸 익혀야 실력도 늘어요. 운동선수가 연습을 게을리 하지 않는 것처럼 반죽도 별반 다르지 않아요. 똑같이 반복적인 원리를 터득하는 것이 은영 씨 자신을 위해서 좋을 것 같은데."

김 사장은 이때다 싶었는지, 자기 생각을 빠르게 말했다.

"예, 오랜만에 반죽 만들어볼게요."

은영은 베이킹 안으로 들어갔다. 순서대로 하고 있는데, 서늘한 기운이 느껴졌다. 김 사장이 등 뒤에 서서 바라보고 있는 게 느껴졌다.

"반죽 이 정도면 됐어요. 빵은 반죽이 90%를 차지하는데, 손으로 해야 제대로 나오지. 기계로 하면 맛있는 빵이 안 나오니, 비결 중 하나가 반죽을 철저히 하는 거야."

"예, 알겠습니다."

사장은 은영에게 칭찬을 했다. 솜씨가 늘었다는 건가, 은영은 김 사장에게서 비밀을 캐내는 수법이다. 김 사장은 은영을 시키려는 속셈이다. 김 사장과 은영의 마음은 이익이란 공식을 앞세우고 가면을 쓰고 있다. 그래도 은영은 빵 반죽을 하거나, 일에 몰두할 때는 발이 아픈 것도 잠시 잊어버린다. 어쩌면 약기운이 퍼져서일 거라는 생각을 했다.

"매일 한두 시간 반죽을 해보며, 감각을 익혀 봐요."

김 사장은 은영을 위한 시간이라고 말했다. 은영은 가끔은 몰라도, 매일은 곤란하지, 생각하며 김 사장을 바라봤다. 다시 마음을 가다듬고, 목표를 향해 일을 어느 정도까지는 해야겠다는 생각을 지난 주말에 강가에서 했었다. 김 사장은 아직 몸이 온전하지 않은 은영에게 바라는 요구사항이 너무 많은 것 같다. 은영은 걱정이 조금 들었다. 발을 다친 이후에는 퇴근을 하면, 피곤함이 한꺼번에 몰려왔다.

"예."

"내일은 재고 조사 하는 거 알죠?"

"벌써 말일이네요."

"사장님 내일 뵙겠습니다."

"수고 했어요."

은영은 몽블랑을 나섰다. 몸도 마음도 피로가 폭풍처럼 몰려오는 느낌이다.

정형외과

　재고 조사는 매일 베이킹에서 매장으로 내놓은 빵의 수량 합계와, 매일 판매를 한 빵의 누계를 뺀 수량을 파악하는 일이다. 매일 매장으로 입고된 수량에서 판매된 수량을 차감한 재고를 파악하는 것보다 한 달에 한 번씩 하는 것이 편리하다. 재고조사를 끝낸 김 사장은 이렇다 저렇다 할 말을 하지 않고 의자에 앉았다.

　은영은 포스단말기에서 판매한 분량을 다시 한 번 확인했다. 베이킹에서 매장에 내놓은 수량도 종류별로 계산기를 두들겼다. 불행하게도 김 사장이 계산한 수치는 정확했다. 매장에 남아 있는 빵도 종류별로 다시 체크를 해 봤다. 역시 십만 원 정도 현금이 부족하다.

　"지난번에도 십오만 원이 비었잖아."

　김 사장이 무거운 표정으로 중얼거렸다.

　"이상하네, 전 매일 결산을 하잖아요."

은영은 차마 자신이 퇴근 후에 판매를 한 직원도 매일 잔고가 맞았느냐고 물을 수가 없었다.

"자갈논 팔아서 장사하는 것도 아니고."

김 사장도 차마 내가 매일 재고를 확인했어야 했는데, 은영이를 믿고 내버려 둔 것이 후회된다는 말을 할 수가 없었다.

"하여튼 제가 판매한 것은 일 원짜리 한 장 틀린 거 없습니다."

"말이 이상하네."

"사장님이 저한테 책임을 묻는 표정을 짓고 계시잖아요."

"내가 언제, 은영 씨 입장을 바꿔 놓고 생각해 봐, 한 번도 아니고 두 번씩이나 월말 결산이 맞지 않으면 화가 안 나겠어?"

김 사장은 헛기침을 하며 거리를 바라봤다. 요 놈 봐라, 맹랑하네, 하여튼 똑 소리 나게 일처리 하는 것 빼놓으면 상대하기 싫은 여자라니까, 화를 내는 척하면서도 은영의 눈치를 슬쩍 살폈다.

"사장님은 아직도 절 의심하고 계시는 거예요?"

"입장을 바꿔 놓고 생각해 봐, 내가 흙 파다가 빵 만드는 줄 알아? 요즘 한미 에프티에이인지 하는 것 때문에 하루가 다르게 밀가루 가격이 오르고 있잖아. 이런 판국에 결산이 안 맞으면 기분이 좋겠어?"

"저도 그 점은 이해해요."

은영은 생각 같아서는 당장 그만두고 싶었다. 김 사장의 빵 기술은 학원에서 배울 수 없을 만큼 대단하다. 빵 만드는 기술을 생각하면 그만두겠다는 말이 나오지 않았다.

"재고하고 현금하고 안 맞으니까 그런 거잖아."

김 사장은 계속 대드는 은영의 코를 꺾어 버리겠다는 생각으로 쏘아붙였다.

"왜 안 맞는 걸까요?"

"왜 안 맞는다고 생각해요?"

은영은 황당하다는 얼굴로 베이킹 문을 바라봤다. 김 사장이 계속 돈 문제를 갖고 의심한다면 빵 기술 배우는 것을 포기할 수밖에 없다는 생각이 들기 시작했다.

"영업은 해야 하니까, 십만 원 정도 입금액이 부족하다는 것만 알고 있어."

김 사장은 은영의 대답을 기다리지 않고 베이킹 안으로 휑하니 들어가버렸다.

은영은 베이킹에 따라 들어가서 매듭을 짓자며 따지고 싶었다. 하지만 잘못한 것이 없으니까 김 사장이 다른 액션을 취할 때까지 기다리기로 했다.

고객 10여 명 정도 들어와서 매출을 올려줬을 때 은영은 마음이 풀렸다. 김 사장은 베이킹에서 빵을 만드는지, 외출을 했는지 얼굴은 보이지 않는다.

인터넷에서 성공 사례를 동영상으로 봤던 것이 얼핏 떠올랐다. 비가 많이 오는 날, 보통 사람들의 심리는 오늘 장사는 안 될 거라는 쪽이 지배적이라고 말을 했었다.

"오늘 비가 오니 사람들은 여행을 안 가고 옷 사러 나올 겁니다. 비오는 날 방문하는 고객들을 잘 모셔야 해요."

백화점 매장에서 연간 오십억을 판다는 사장이 관념을 바꾸지 못하면 성공하지 못한다고 열강을 했었다.

　"당신은 충분히 매출 올릴 능력이 있습니다."

　판매원에게 긍정의 에너지를 주입시키는 방법이라고 말했었다.

　"매출 어디 있어요, 숨겨 놓은 매출 찍어 주세요."

　오늘 매출이 없다는 것을 알면서도, 판매원에게 자신감을 갖게 하는 마음은 본받을 만하다.

　"건물이 흔들려요."

　담당이 찾아와 직원에게 한마디를 하고 갔다.

　매출 일등 하던 직원이 그날은 몸이 아파 매출을 못 올리고 있었다. 담당이 '건물이 흔들려요.'라고 비유한 것은 그 직원의 능력을 발휘해 달라는 의미라는 것을 알아차렸다. 직원은 몸은 힘들었지만, 매출을 올렸다고 했다.

　조회 시간에 많은 사람이 똑같이 칭찬을 들었겠지만, 그 말을 긍정적으로 받아들였던 사원은 매출을 많이 올렸다. 리드하는 입장이라면, 직원의 사기를 북돋아주는 것도 할 일이라는 생각이 들었다.

　몽블랑 김 사장은 인터넷에서 봤던 관리 담당과 정반대다.

　은영은 바닷가에 빵집을 차려놓고 경영을 한다면, 직원들에게 인터넷에서 봤던 백화점 매장의 사장처럼 직원 스스로 주인의식을 갖는 분위기를 만들어줘야겠다고 생각했다.

　"오늘 매출이 좀 어때?"

　김 사장이 소리 없이 다가와서 은영에게 말을 걸었다.

"어제와 비슷해요."

은영은 부드럽게 대꾸했다.

"매출이 팍팍 올라야 은영 씨도 정직으로 채용을 할 텐데."

김 사장은 이제 낚싯줄을 늘어트릴 때라고 생각했다. 내가 언제 색안경을 쓰고 은영을 바라봤느냐는 듯이 부드럽게 말했다.

"사장님, 좀도둑이 있는 건 아닐까요?"

은영은 현금 로스 문제는 확실하게 짚고 넘어가자는 생각에 말을 돌렸다.

"좀도둑?"

김 사장은 단추 구멍을 닮은 눈을 치켜떴다.

"혹시, 고객들이 몰릴 때, 훔쳐가는 사람이 있는 건 아닐까 해서요. 시간 나실 때 CCTV 확인 한번 해보세요."

"은영 씨, 무슨 말을 그렇게 하는 거야, 그런 말 하면 안 되지. 고객이 그렇게 하는 거 봤어? 고객이 컴플레인 걸면 가게 망하는 거 금방이야, 고객 한 명에게 서운하게 하면 이십 명에게 안 좋게 소문낸다는 말 못 들어 보셨나?"

김 사장이 갑자기 열변을 하는 바람에 은영은 아무 말도 하고 싶지 않았다.

"열심히 해요. 난 열심히 하는 사람들한테는 반드시 보상해주는 사람이니까."

"예, 사장님 빵 성형하는 기술은 언제 가르쳐 주실 거예요?"

"걱정하지 마, 내가 기술 백프로 전수해줄 거니까."

김 사장은 확답을 주지 않았다. 은영은 김 사장 모르게 입술을 삐죽이며 거리 쪽으로 시선을 돌렸다.

　언제부터인지 비가 오고 있었다. 비 오는 날은 매출이 줄어든다. 백화점 매장 사장은 비 오는 날 옷이 잘 팔린다는 관념을 가져야 한다고 말했었다.

　"혹시, 우산 하나 없었어요?"

　꽃무늬 옷을 입은 여자가 들어와서 물었다.

　"예, 고객님 여기 있습니다."

　김 사장이 우산을 고객에게 건네줬다.

　"감사합니다. 오늘은 어디 가는 중이라 다음에 빵 사러 올게요."

　고객은 빙그레 웃으며, 몽블랑을 나갔다.

　매장에 들어와서 빵을 고르는 도중에 비가 그치면 우산을 놓고 가는 고객이 가끔 있다. 그 다음날 찾으러 오는 사람이 있는가 하면, 잊어버리고 오지 않는 사람도 있다. 주인 잃은 우산은 몽블랑 제과점 우산 꽃이에 오브제처럼 장식되어 있다. 남겨진 우산의 표정이 은영의 풀죽은 표정과 닮았다.

　"지금까지 로스 난 것은 내가 책임질 테니까, 앞으로 로스 나는 것은 은영 씨가 책임지세요."

　김 사장은 단정 짓는 목소리로 말했다.

　'사장님 제가 매장 문 닫을 때까지 영업을 하는 건 아니잖아요. 그렇다고 제가 정직원이나 점장 자격이 있는 것도 아니고.'라고 말을 하고 싶었지만, 속앓이만 하고 있다.

은영은 황당하다. 김 사장의 뜻대로 끌려 갈 수는 없다. 예전에 다녔던 직장에서 일의 매듭을 빨리 지으려고 상대가 요구한 돈을 주었던 적이 있었다. 결론은 잘못을 인정하는 것으로 되었다. 그날 이후에는 잘못하지 않은 일은 절대로 인정하지 말자. 시간이 지나더라도 진실을 밝혀내자. 그러한 마음을 가지고 있기 때문에 김 사장이 억지를 부려도 안 된다고 말하고 싶다.

"당장 정직으로 채용할 수는 없지만, 앞으로 채용할 생각입니다."

"그 문제는 그때 논하기로 하죠. 지금은 시급을 받는 직원이잖아요."

은영은 답답하다.

"은영 씨 내 마음 알죠? 사정만 좋으면 당장 내일부터라도 정직으로 채용하고 싶은 것이 내 마음이라는 거."

김 사장은 고객이 들어오니, 자동으로 '어서 오세요, 몽블랑입니다.'라고 인사를 했다. 그리고는 베이킹으로 들어갔다. 은영은 거울에 비친 자신의 어두워진 표정을 바라봤다. 입꼬리를 올리며 표정을 애써 바꿨다.

소라가 탄 유치원 차가 도착했다. 은영은 소라가 내리길 기다렸다.

"소라야."

평소 같았으면 엄마! 하고 활짝 웃으며 달려왔을 소라가 시무룩하다. 소라는 은영이 묻는 말에 억지로 웃어 보였다. 갑자기 몽블랑이 떠올랐다. 소라를 훌륭하게 키우기 위해서는 몽블랑을 그만두면 안 된다는 생각이 들었다.

집에 도착한 소라는 곧장 제 방으로 들어갔다. 은영은 저녁 준비를 할 생각으로 앞치마를 입었다.

"소라야."

은영은 오늘 소라가 시무룩하게 있던 모습이 떠올라서 주방으로 가기 전에 소라를 불렀다. 대답이 없다.

"소라 뭐해? 엄마가 불렀는데."

은영이 소라의 방문을 열고 들어갔다. 소라는 책상 앞에 앉아서 그림을 그리고 있었다.

"왜?"

"엄마가 피자 만들어줄까?"

"아니."

소라는 억지로 웃으며 고개를 흔들었다.

"소라야, 유치원에서 무슨 일 있었니?"

소라는 대답은 안하고 고개를 흔들었다.

"소라야, 엄마하고 동화책 읽을까?"

은영은 저녁준비는 좀 늦더라도 소라의 기분을 풀어주고 싶었다.

"응."

"무슨 책 읽고 싶어?"

소라가 책장을 살피더니 『잭과 콩나무』를 가지고 왔다.

소라가 한 문장을 읽으면, 이야기를 이어서 은영이 한 문장을 읽고, 이야기를 읽어 나갔다. 은영이 읽을 순서인데, 전화가 울렸다.

"소라야 잠깐만, 유치원 원장님이 웬일이지?"

소라는 동화책 그림을 보고 있다. 은영은 방에서 나가 주방으로 들어갔다.

"안녕하세요, 원장님."

은영은 이상하다, 라고 생각하며 부드럽게 말했다.

"소라 어머니 잘 지내셨어요?"

원장의 목소리는 차분했다.

"어머니 혹시, 요즘 집에 무슨 일 있으세요?"

"아뇨."

은영은 걱정스럽게 말했다.

"요즘 소라가 친구들과 잘 어울리지도 않고, 시무룩해서요."

"어머 소라가요? 집에 아무 일 없어요."

"소라 어머니는 잘 모르고 계시겠지만, 아이들은 환경에 민감해요. 엄마 아빠의 기분이 어떤지에 따라 아이들은 영향을 많이 받거든요."

"소라가 유치원에서 말을 잘 안 해요?"

은영은 가슴이 덜컹 내려앉았다. 지금껏 소라 때문에 걱정해본 적이 없었다.

"시간 되시면 유치원에 한번 다녀가세요."

"예, 알겠습니다."

은영은 전화를 끊고 소라 방으로 갔다.

"소라야 책 읽을까?"

은영은 소라 표정을 살폈다.

"응, 엄마."

은영과 소라는 책 한 권을 다 읽었다.

"다른 책 또 볼까?"

"아니, 인형 놀이 할래."

소라는 고개만 끄덕거리며 인형에서 시선을 떼지 않았다.

"엄마 저녁 할 테니 놀고 있어."

은영은 방에서 나왔다. 저녁 준비를 하면서 소라에게 잘해야겠다고 생각했다.

민준은 다른 날처럼 일찍 퇴근을 했다. 아빠! 소라가 민준의 인기척에 밖으로 나갔다. 민준이 소라를 번쩍 들어 올렸다. 소라는 민준의 얼굴에 뽀뽀를 해줬다.

저녁을 먹고 소라는 졸린다며 자기 방으로 들어갔다. 은영은 설거지를 끝내고 소파에 앉아 있는 민준이 옆에 앉아서 소라 이야기를 꺼냈다.

"혹시, 요즘 자기가 신경질적으로 화도 내고 그래서가 아닐까?"

민준은 은영을 걱정스럽게 바라봤다.

"그런 적 없어, 나도 오늘 처음 느꼈어."

은영은 차분하게 말했다.

그러고 보니 요즘 소라의 가방도 받아주지 않고, 맛있는 간식도 한동안 해주지 않았다.

"괜찮을 거야, 너무 걱정하지 마."

민준이 은영의 어깨를 토닥여주었다. 은영은 가슴이 너무 아팠다. 은영은 소라에게 소홀했던 걸 깨달으며 몽블랑을 다녀야 할지, 그만두어야 할지 갈등이 생겼다.

은영은 이틀 후 아무 일도 없었던 것처럼 출근 준비를 서둘렀다.

매장에는 냉기가 흐르고 있었다. 한 공간에서 일을 하는 사람들끼리 의심의 씨앗이 내리고 있는 것은 불편한 일이다. 의심의 줄기가 몽블랑 내부로 뻗으며 잎이 자라나는 것 같다.

"은영 씨 재고 조사 할까요?"

하루가 비슷한 일상이지만, 조금씩 다른 분위기, 매장 방문 고객도 다르듯, 은영이 퇴근 두 시간 전에 김 사장이 말했다.

"예."

은영은 익숙하게 재고조사 용지에 기입된 빵 이름에 숫자를 체크해 나갔다. 실물을 체크해서 지난달의 수량을 기초로 내용과 맞추는 것은 신경이 쓰이는 일이다. 고객이 오면 하던 일을 멈추고 응대를 먼저 한다.

재고 조사를 마치고 용지를 김 사장에게 보여줬다.

은영이 피곤해 눈이 퀭해졌다.

"퇴근해도 될까요?"

은영은 퇴근 시간 30분이나 지난 시계를 바라보며 말했다.

"재고 정리가 안 됐는데, 퇴근을 한다고?"

"카운팅은 다 했는데요."

"로스가 났잖아요. 은영 씨 혹시 계산할 때, 바코드를 안 읽히고, 빵을 넣어주는 건 아닌가요? 은영 씨 오기 전에는 이런 일이 없었는데

요즘 왜 자꾸 틀리는지, 바코드가 삑 소리가 나는 것 같아도, 입력이 안 되는 경우도 있으니, 찍힌 수량과 빵의 수량을 파악하고 고객에게 준 거 맞아요?"

김 사장은 침을 튀겨 가며 불만스럽게 말했다. 은영은 숨이 막혔다. 현기증이 나는 것 같다.

"사장님, 아까 재고조사한 후에 판매된 빵 체크 안 한 거 있어요."

"그걸 빼면 로스가 더 많아지는데, 재고조사 다시 해야겠는걸."

김 사장의 인상은 구겨진 한지를 닮은 것 같다.

"예? 지금요. 사장님 내일하면 안 될까요? 오늘은 몸이 너무 안 좋아서요."

"일하기 싫어 핑계대는 거 같아."

'아휴, 힘들다.' 은영은 작은 소리로 혼잣말로 중얼거렸다.

"일하기 싫으면 가세요."

김 사장은 화를 냈다.

"사장님 사실은 아까부터 배가 너무 아팠는데, 참고 있었어요."

은영이 힘없는 목소리로 말했다.

"할 수 없지, 아프다는데 퇴근하세요."

김 사장은 은영이 꾀병을 부린다고 생각했다.

은영은 사복으로 갈아입고 몽블랑을 나섰다. 문 하나 사이의 세상이 이렇게 다르구나, 은영은 전쟁터를 빠져나온 것 같았다. 몽블랑에서 점점 멀어질수록 심장소리가 제자리를 찾는 것 같다.

착잡한 마음으로 걷고 있는데 핸드폰에서 진동이 울렸다.

"수지구나."

은영은 반갑게 말했다.

"은영아, 잘 지내지? 발은 좀 어때?"

"응, 괜찮아."

"걱정이 돼서 전화했어."

"고마워, 곧 퇴근하겠네."

"오늘 당직이라 집에 못가."

"그래, 당직도 있어? 피곤하겠다."

"건강 잘 챙기고, 담에 또 보자."

"그래, 수고해."

은영은 긴장한 마음이 좀 풀리는 것 같다.

은영은 동네 마트에 갔다. 삼겹살, 우유, 소라가 좋아하는 초콜릿과 딸기를 바구니에 담았다. 계산대에 바구니를 올렸다. 키가 작은 캐셔가 바구니에서 하나씩 꺼내면서 바코드를 읽혔다.

바구니를 비운 그녀는 9024 맞으시죠? 라며 당당하게 말했다. 예, 하고 망설임 없이 대답했지만, 고객의 포인트 적립하는 비밀번호를 알고 있는 불편함에 의심도 생겼다.

은영은 일을 하고 싶은 마음은 있지만, 일을 할 때 의욕이 조금씩 식어 가고 말수가 줄어드는 증상이 찾아왔다. 돈이 비는 이유는 책임질 이유가 없다. 김 사장이 속임수를 부리고, 임금체불을 하며 처음에는 좋은 사람 같아 보였지만, 점점 본색이 드러나는 속에는 나쁜 마음이 살고 있는 것 같다. 처음 면접 볼 때 그 사람이 맞나 싶을 정도다.

은영은 요즘 밤마다 자꾸만, 사람을 죽이는 꿈을 꾸고 있다. 몽블랑을 가고 싶지 않다는 생각이 머릿속으로 파고든다.

아침에 몽블랑에 출근을 해야 하나, 가지 말아야 하나, 가고 싶지 않다는 생각으로 늑장을 부리다가 출근을 서둘렀다.

"안녕하세요."

은영이 김 사장에게 인사를 해도, 김 사장은 어제 일로 기분이 안 좋은지 들은 체도 안한다.

유니폼을 갈아입고 시제를 맞춘다. 항상 해야 하는 절차이지만 결과도 정확하게 떨어져야 한다는 생각이다.

은영은 재고조사할 때 노이로제가 걸릴 것 같다. 이제 그만둘 때가 되었나, 다른 직업으로 바꿔야 하나, 마음에 갈등이 일어나고 있다. 은영은 퇴근해서 민준과 상의를 해야겠다는 생각을 했다.

"어서 오세요, 몽블랑입니다."

문에 달린 좋은 문을 열고 닫을 때마다 몽블랑 안에 울려 퍼진다. 직원들은 종소리에 자동으로 인사 멘트를 한다.

인사를 해도 고객들은 대답이 없다. 본인이 하고 싶은 대로 커피를 주문하거나 빵을 고른다. 빵을 사서 몽블랑을 나서는 고객도 있지만, 테이블에 노트북을 펴놓고 앉아 있는 고객도 있다. 고객은 생각하는 표정으로 커피를 마셔 가며, 자판을 두드린다. 음악 소리가 요란한 곳에서 생각이 떠오를까 싶은데, 자판을 두드리는 손놀림은 빠르게 움직인다. 은영이 볼 때, 어쩌면 작가 같다는 생각이 들었다. 나이는 40

대 초반으로 보이는 깔끔한 차림의 신사는 햇살이 잘 드는 오후 시간 창가에 앉아 한 시간 정도 있다가 몽블랑을 나섰다.

"계산요."

은영이 상상의 날개를 펼치고 있을 때, 고객은 빵이 담긴 쟁반을 내밀었다.

"죄송합니다."

은영은 고객을 먼저 알아주지 못한 미안함에, 살짝 미소를 지었다. 계산이 끝나자 고객은 바쁘게 몽블랑을 나섰다.

"고구마케이크 있어요?"

중학생 교복을 입은 남학생이 은영에게 묻는다.

"예, 잠시만요."

은영은 카운터에서 나와 냉장고 문을 열고, 조심히 케이크를 꺼냈다.

"초는 몇 개 드릴까요?"

"예, 큰 걸로 하나만 주세요, 부모님 결혼기념일이에요."

"부모님이 좋아하시겠어요."

은영은 남학생이 기특하게 보였다. 결혼기념일 케이크, 운치가 있어 보였다. 은영은 왜 여태 그런 생각을 하지 못했지. 은영도 부모님 결혼기념일에 케이크를 사가지고 가서 깜작이벤트를 해야겠다고 생각을 했다.

"은영 씨, 반죽 좀 하시죠."

김 사상이 손에 밀가루를 묻힌 채 투덜거리며 말했다.

"예, 알겠습니다."

은영은 몽블랑을 다니고 있는 동안에는 하고 싶지 않아도 시키면 해야 된다는 압박감이 밀려왔다.

은영은 베이킹으로 들어갔다. 김 사장은 은영에게 반죽하는 것을 시키고 베이킹에서 나갔다. 김 사장에게서 배운 대로 그 과정을 하고 있다. 김 사장은 영업시간 내내 시킬 수는 없으니까, 기회를 봐서 자신과 교대로 일을 분담하려는 생각을 하고 있는 것으로 짐작 된다.

은영은 베이킹에 있으면 마음이 답답해져서 밖으로 나가고 싶다는 생각이 든다. 공간이 좁기도 하고, 환풍기를 달아 놓았지만, 환풍기가 잘 돌아가지 않아서이기도 하다. 소리도 요란해서 싫다.

은영이 반죽 마무리를 하고 베이킹에서 빠져 나왔다. 한결 숨 쉬기가 편해졌다.

"은영 씨, 수고 했어요, 퇴근하세요."

김 사장은 고객이 내민 카드를 읽히면서 말했다. 퇴근 시간 10분이 훌쩍 넘은 시간이었다.

"예, 내일 뵙겠습니다."

은영은 옷을 갈아입고 몽블랑을 나왔다. 많은 사람들이 바쁘게 걸어가고 있다. 횡단보도에 서서 건너편 신호등을 물끄러미 바라봤다. 빨간색 신호등은 미동도 하지 않은 채 사람들의 얼굴을 비추고 있고 사람들은 무심하게 전화기만 쳐다보고 있다. 은영은 쓴웃음이 나왔다. 신호등을 바라보고 있는 사람은 혼자인 것 같았다. 그 사이 신호등은 파란색으로 바뀌면서 사람들의 발걸음을 재촉했다.

은영은 사람들 사이를 조심스럽게 피하며 횡단보도를 건너갔다.

스타벅스 옆으로 K2 매장의 현수막이 커다랗게 걸려 있다.

'K2 시즌 오프 40% 세일'

은영은 민준이 골라준 등산화가 생각났다. 작년 여름에 베란다에 놔둔 것이 실수였다. 탈색으로 엉망이 되었다.

은영은 매장 안을 천천히 둘러보다 비슷한 것을 찾았지만 가격표를 보고는 제자리에 올려놨다.

은영은 매장 직원의 인사를 뒤로하고 집으로 발걸음을 재촉했다.

은영은 저녁준비를 끝내고 식탁에 앉아 국화차를 마셨다. 아지랑이처럼 피어오르는 국화향이 콧속으로 스멀스멀 들어와서 눈을 감았다.

작년 봄에 민준과 같이 북한산에 갔었다. 민준이 골라준 등산화는 봄 햇살을 닮고 있었다. 발걸음도 가벼웠다. 은영은 민준의 손을 잡으며 천천히 산을 올라갔다. 은행나무숲을 지나자 산장이 눈에 들어왔다.

'구름산장.'

민준은 은영을 바라보며 쓴웃음을 지었다.

"쉬었다 갈까?"

"어."

은영은 수건으로 민준의 이마에 맺힌 땀을 닦아주었다. 산장 안에는 머리가 하얗게 변해버린 노부부가 차를 마시고 있었다.

은영은 민준과 같이 국화차를 마셨다. 은영은 처음 마셔보는 국화차 향을 오래도록 맡았다.

은영은 민준이 현관문을 열고 들어오는 소리에 눈을 떴다.

"뭐야?"

은영은 찻잔을 들어 민준의 코앞까지 가져갔다.

"국화차?"

민준은 두 눈을 감고서 코를 킁킁거렸다.

은영은 북한산 구름산장을 떠올리며 내일은 등산화를 사야겠다고 다짐했다.

아침이다. 변함없이 하루가 시작되었다. 매일 닮은꼴의 모습대로 민준이 먼저 출근했다. 소라도 유치원을 갔다. 은영이 몽블랑으로 출근하는 일상이다.

"안녕하세요."

은영이 몽블랑으로 들어갔다.

"어서 와요."

김 사장은 방금 나온 빵을 들고 바쁘게 움직였다.

"재고조사 할까요?"

"어제 마무리한 거 아니었어요?"

"재고가 안 맞았는데, 아프다고 퇴근했던 기억 안 나요?"

"저는 다 끝난 걸로 알았어요."

"로스가 난다고 했잖아요."

"어제 판매 분은 돈하고 정산표하고 일치가 되었죠."

"아무래도 이상해서 내가 다시 해보니까 더 금액이 안 맞더라구."

"밤에 쥐가 먹은 것도 아닐 테고."

"다시 하는 수밖에요."

김 사장은 재고조사표에 오늘 깔아 놓은 빵을 제외한 어제 분을 체크해 나가기 시작했다.

재고조사를 하다가 고객이 들어오면 계산을 먼저하고, 고객이 몽블랑을 나가면 하던 일을 계속 이어서 체크를 했다. 재고조사가 끝났다.

"또, 빵이 열 개가 로스네."

김 사장이 메모지를 보여줬다. 크루아상, 아몬드 머랭, 퀸아망, 고로케, 단팥빵 골고루 한두 개씩 로스가 났다. 은영은 팔짱을 끼고, 오리처럼 입이 튀어 나와 있는 김 사장을 바라봤다.

"은영 씨 어떡하죠? 로스가 자꾸 나면 남는 게 없는데, 이번은 급여에서 로스 부분 반만 공제할게요."

"공제라뇨? 제가 얼마나 번다고, 공제하고 나면 남는 게 없잖아요. 로스 부분은 다른 직원도 있는데, 저 혼자 감당하는 건 억울합니다."

은영은 너무 황당해서 말이 안 나올 지경이다.

"그러니까, 반만 공제하려는 게 아닌가요."

"사장님, 인정 못 해요."

은영은 여기서 무너지면 도둑 누명을 쓸지도 모른다는 생각에 강하게 말했다.

"난 로스 분을 공제하고 줄 테니까, 그렇게 알아요."

"사장님, 자꾸 그러시면 저도 생각이 있어요."

사장이면 직원에게 함부로 대해도 된다는 건가, 이건 횡포다. 은영은 화가 났지만 차분하게 말했다.

"무슨 생각을 한다는 거죠? 그렇게 안 봤는데 맹랑하네."

김 사장은 목소리가 커졌다. 은영은 더 이상 다닐 수 없겠다는 생각이 들었다. 가방을 챙겼다.

"뭐야, 그만두겠다는 겁니까?"

"도둑 취급 받으며 다닐 수는 없잖아요."

"일단 출근은 해야 합니다. 안 그러면…"

김 사장은 차마 경찰서에 횡령죄로 고발하겠다는 말은 할 수가 없었다.

"그동안 고마웠어요."

은영은 그만둘 때는 그만두더라도 인사는 해야 한다는 생각에 짤막하게 말했다.

월급을 통장에 입금시켜 달라는 말을 하고 싶었지만, 말을 못하고 밖으로 나갔다.

다음날 은영은 노동부에 가서 임금체불과 함께, 로스 공제 한다는 억울한 심정도 기입했다. 노동부에서 직접 김 사장에게 연락을 해서 해결을 해준다 했다. 일을 마치고 노동부 사무실을 나섰다. 주변을 두리번거리며 천천히 걷는데, 핸드백에 넣어둔 휴대폰 진동이 울렸다.

"은영 씨, 출근 안 해요?"

은영은 김 사장의 전화를 받았다. 김 사장은 아무 일도 없었다는 말투로 물었다.

"저, 이제 출근 안 합니다."

은영이 생각할 때 노동부에서 아직 연락이 가지 않은 것 같다. 김 사장의 목소리는 평상시와 같았다.

"갑자기 안 나오면 어떡해요?"

김 사장의 목소리가 귓전에서 울렸지만, 은영은 수화기를 귀에서 멀리 하고, 가만히 있었다. 김 사장은 여보세요, 여보세요. 하더니 전화를 끊었다.

가슴으로
떨어지는 낙엽

    단풍이 빨갛게 물들었다. 은행잎도 노란색을 띠고 있다. 은행잎이 떨어져 길에 나뒹굴고 있었다. 지나가는 사람들은 은행 알을 피해 걸었다. 바람이 불 때마다 은행잎이 파도처럼 몰려다니고 있었다.

    은영은 몽블랑을 그만두었다. 출근을 하지 않아 좋았지만, 수입이 줄어들어 걱정이다. 민준이 더 열심히 일할 테니까, 쉬어라 해도 마음은 오전 파트타임을 알아보고 오후에는 제빵 학원에 다닐 생각이다. 소라와 산책을 나와서도 머릿속은 맑지가 않았다.

    "소라야 사진 찍어줄까?"

    은영이 은행나무 아래서 소라를 보며 말했다.

    "응, 엄마."

    소라는 얼굴을 살짝 돌리며 한쪽 발을 올리는 포즈를 취했다. 그 모습에 바람이 질투를 하는지 은행잎이 소라 발에 떨어졌다.

"엄마, 은행잎이 내 손바닥만 하지?"

소라가 은행잎을 주워 들고 은영을 바라봤다.

"정말이네."

사진을 찍고, 산책을 하면서 나무를 쓰다듬어 봤다. 어느새 노을이 지기 시작했다.

"소라야 배 안고파?"

은영은 한참을 걸어 다녔더니 배가 고팠다.

"배고파."

"그래, 얼른 집에 가자."

"더 놀고 싶은데."

소라는 뭐가 그렇게 좋은지, 폴짝폴짝 뛰며 새소리도 흉내 냈다.

"우리소라 귀염둥이 뽀뽀."

"싫어."

은영은 뛰어가는 소라에게 간지럼을 태웠다. 소라와 은영이 웃음 소리에 새들도 이 나무에서 저 나무로 날개를 파닥이며 비행을 했다.

은영이 동네에 들어섰을 때다. 승현 엄마가 편의점 문 앞에서 은영을 불렀다. 은영은 미소를 지으며 승현 엄마 앞으로 다가갔다.

"소문 들었어요?"

승현 엄마는 갑자기 생각났다는 듯이 말했다.

"무슨 소문?"

"소라 안녕."

승현 엄마가 소라에게 손을 흔들었다.

"안녕하세요."

"그전에 뉴욕제과 사장 가족들은 한국에 있고, 혼자 일본으로 사업 구상하러 갔다던데, 부인이 일하러 다니며, 생활을 하나 봐요."

"그래요?"

뉴욕제과점이 영업하던 곳은 지금도 공터다. 은영은 그 앞을 지나 갈 때마다 뉴욕제과 사장과 직원이 춤추던 모습이 떠올라 저절로 웃음이 나왔다.

승현이 엄마는 아는 것도 많다. 사람들에 대해 관심이 많아서 인 것 같다. 편의점은 항상 열려 있는 공간이라 유동 인구가 많아서인지, 승현 엄마는 동네 소식을 전달하는 방송국 같다.

"최근에 제빵 학원에서 강의하면서 사업장을 알아본다고 하던데."

"잘 됐네, 하던 일을 하는 게 편하겠죠."

은영은 뉴욕제과 사장 부인을 만나봐야겠다고 생각했다. 이왕이면 아는 사람이 강의하는 학원이 좋을 것 같다.

"엄마, 목말라."

소라가 은영의 손을 잡아당기며 편의점을 바라봤다.

"소라야, 음료수 살까?"

은영이 소라 손을 잡고 편의점으로 들어갔다.

"소라야, 먹고 싶은 거 골라."

"응."

소라는 냉장고 문을 열고 음료수 하나를 꺼냈다. 샌드위치도 집었다.

"소라, 음료수 샀어?"

승현 엄마가 화장을 진하게 한 여자와 수다를 떨다가 소라를 보고
말했다.

"예."

소라는 지나가는 길고양이를 보며 말했다. 은영은 승현 엄마에게
웃어주고, 소라 손을 잡았다.

"엄마, 저 고양이 집이 어디야?"

"글쎄, 어딜까?"

"우리 집에 데려가면 안 돼?"

"야옹이 가족이 기다리지 않을까?"

"야옹이도 가족이 있어? 야옹아!"

소라가 고양이를 부르며 걸어갔다. 고양이가 길에 세워진 자동차
밑으로 숨어버렸다.

"엄마 강아지는 어때? 수민이네 가니까 흰색 강아지 있던데."

"소라 강아지 키우고 싶어? 강아지 밥도 주고, 목욕도 시키고 할 수
있어?"

"아니, 엄마가 하면 되잖아, 나는 놀아주고."

"강아지 혼자 있으면 심심해, 소라 일기장 물어서 찢을지도 모르는
데 괜찮아?"

"일기장 찢는다고, 안 돼."

집에 들어가서 신발을 신발장에 넣으려는데, 핸드폰이 울렸다. 김
사장의 전화다.

"네, 전데요."

은영은 긴장한 얼굴로 전화를 받았다.

"은영 씨 내일 가게로 나올 수 있죠?"

"왜요 무슨 일 있으세요?"

은영이 마른 목소리로 반문했다.

"할 얘기가 있어서요."

"무슨 말씀인데요?"

"만나서 얘기합시다."

"지금 하세요, 내일은 시간이 어떻게 될지 몰라서요."

은영은 김 사장과 마주하고 싶지 않았다.

"전화로 말 하니까, 자꾸 오해만 생기는 것 같아서 만나서 얘기 합시다."

김 사장의 목소리는 부드러웠다. 은영은 무슨 속셈이 잠재되어 있을지도 모른다고 생각했다.

"하실 말씀 문자로 하셔도 됩니다."

은영은 통화를 하는 자체도 기분이 내키지 않았다.

"내일 세 시에 올 수 있죠? 기다릴게요."

김 사장은 일방적으로 전화를 끊었다.

은영은 김 사장과 통화는 불편했지만, 소라를 보면서 표정을 바꿨다.

소라가 텔레비전을 보며 동요를 따라 부르고 있다. 김 사장이 왜 보자고 하는지 궁금했다. 고용노동부에 신고한 것 때문에 그러나? 하는 생각이 들었다. 목소리가 부드러워진 것으로 보아서 뭔가 찔리는 것이 있을 것이라는 생각에 내일 가보기로 했다.

은영은 점심을 먹으면서 몽블랑을 생각했다. 두 시가 넘어서고 있었다. 오후 몽블랑에 가야 되나, 말아야 하나를 두고 갈등했다. 거울 앞에 앉아서 망연한 표정으로 갈등하고 있는데 전화가 왔다. 김 사장 전화다. 김 사장은 꼭 좀 만나자고 사정을 했다. 은영은 밀린 월급이라도 받아야겠다며 한숨을 내쉬었다.

오랜만에 오는 몽블랑은 낯설어 보였다. 김 사장은 매장에 앉아서 거리를 바라보고 있었다.

"안녕하세요."

은영은 몽블랑 제과점 문을 열고 들어갔다.

"어서 와요."

김 사장은 막상 은영을 보니까 슬그머니 화가 났다. 습관처럼 헛기침을 하며 시선을 돌렸다.

고객 세 명 중에서 빵을 고르는 사람도 있고, 테이블에 앉아서 노트북을 켜놓고 무엇인가를 열중 하는 사람도 있다.

"은영 씨 커피 한잔 할래요?"

김 사장은 종석에게 커피 부탁을 했다.

"괜찮아요."

김 사장이 주문한 커피를 종석이 테이블 앞으로 가지고 왔다. 은영은 하는 수 없이 테이블에 앉았다. 일할 때는 일에 열중하느라 각자의 임무에 충실했었다. 오늘은 앙금을 품고 있는 얼굴로 마주 앉아 있으니 어색한 정적이 흐른다.

"사장님 하실 말씀 있다고 하셨죠?"

은영이 김 사장을 바라봤다. 여기서 시간을 보내고 싶지 않다는 생각에 먼저 입을 열었다.

"은영 씨, 출근 다시 할래요? 갑자기 사람 구하기가 쉽지 않네요. 경력자는 급여 감당이 안 되고, 초보자는 답답하고 구관이 명관이라고, 근무했던 사람은 일을 스스로 알아서 하니 안정감도 있고, 고객들도 은영 씨가 안 보이니까 찾는 사람도 있어요."

"저를 찾는다고요?"

은영은 누구지, 하는 생각을 했다.

"예전 일은 잊어버리고 처음처럼 일해봅시다."

"많이 생각해 봤는데, 저는 더 이상 일할 마음이 없어요. 사람 빨리 구하셔야죠."

종석이 곁눈질로 은영을 노려봤다.

"당장 대답하지 않아도 되요, 생각해보세요. 은영 씨 일단 밖으로 나가서 이야기합시다."

김 사장이 어색하게 웃으며 사정하는 목소리로 말했다.

"저 월급은 언제 주실 거예요?"

"일단 나갑시다."

김 사장은 몽블랑 제과점 이미지를 생각해서인지, 먼저 밖으로 나갔다. 좋은 말로 해서 은영 씨를 다시 출근하게 하려는 생각이 떠올랐다. 은영도 김 사장을 따라 나서며 월급 얘기를 듣고 싶었다.

"커피점에 들어가서 얘기 합시다."

"커피 살게요, 갑시다."

은영의 거부에도 김 사장은 커피점으로 발길을 옮겼다.

"커피 뭐 드시겠어요?"

"카푸치노로 할게요."

은영은 커피 생각이 없었지만 주문을 하고 계산을 했다. 테이블을 마주하고 앉았다.

"은영 씨, 그동안 같이 지내던 걸 생각해서 마음을 돌리면 안 되겠습니까?"

"저는 사람과 사람 관계는 신용이 중요하다고 생각해요."

"지나간 일은 잊어버리고 다시 일해봅시다."

"월급은 언제 주실 거예요? 통장에 입금해 주세요."

은영은 더 이상 김 사장과 대화하고 싶지 않았다. 혹시 월급이라도 받을 수 있을 거라는 기대는 물거품이 되었다. 핸드백을 들고 일어설 준비를 하며 말했다.

"세상에 자기 물건 잃어버리고 기분 좋아서 웃는 사람 봤냐?"

김 사장은 더 이상 참을 수가 없었다. 기가 막힌다는 표정으로 은영을 바라봤다.

"증거 있어요?"

은영이 답답한 마음으로 김 사장을 바라봤다.

"재고조사 한 것이 증거지 뭐가 또 있어야 하죠?"

김 사장은 어이가 없다는 얼굴로 소리 없이 웃었다.

"사장님, 혹시 빵을 팔고 입금하지 않은 건 아니에요?"

은영이 입술을 깨물고 딴 데를 바라보다가 작심한 얼굴로 따졌다.

"말이 좀 심하시네, 그런 생각을 하다니."

"저는 사장님이 의심이 가요."

"오해라니까 은영 씨 우리가 원수진 사이도 아니고, 모함할 이유도 없어요. 단지 은영 씨는 성실하게 일도 잘하니 웬만하면 오해를 풀고 출근하라는 말을 하는 건데."

"사람 구하셔야죠."

"지금 당장 대답하기 곤란하면, 내일 답 주셔도 되요."

"사장님 같으면 도둑취급 받는 빵가게에 출근하시겠어요?"

"좋아요. 그럼 법으로 합시다."

김 사장은 이미 돌아올 수 없는 강을 건넜다고 생각했다. 이제 와서 오해했다고 사과할 수도 없는 노릇이다. 갈 때까지 가보자는 표정으로 은영을 노려봤다.

"그러세요. 저도 명예훼손죄로 고소하겠습니다."

은영이 기다렸다는 얼굴로 코웃음을 쳤다.

"난 특수 절도로 고소할 겁니다."

둘의 목소리는 점점 커졌다. 은영의 얼굴은 하얀빛을 띠고 김 사장의 얼굴은 붉은 색으로 일그러졌다.

"두 분, 죄송한데요. 조용히 하시든지 나가주시겠어요?"

커피점 직원은 큰 소리로 싸우는 둘의 모습을 지켜보고 있었다는 눈초리로 말했다. 시선은 경찰을 부르겠다는 경고 같다.

은영은 화가 난 얼굴로 김 사장을 짧게 노려봤다. 고개를 홱 돌리고 밖으로 나갔다.

"은영 씨, 오해 풀고 낼부터 출근해요."

김 사장이 은영을 따라 나가서 은영의 앞을 가로막았다. 고소운운
하면 은영이 겁을 먹을 줄 알았다, 얌전한 요조숙녀인 줄 알았는데 보
통이 아니라는 생각에 부드럽게 말했다.

"법으로 하자면서요."

은영은 더 이상 상대할 가치가 없다고 생각했다.

"할 얘기가 아직 있고, 불편한 얘기하려는 것이 아니었는데."

"이만 갈게요."

골목 귀퉁이에서 말하는 모습을 지나가는 사람들이 힐끗거리며 바
라봤다.

"사실 저 혼자 근무하는 것도 아니고, 다른 직원도 있는데, 모든 것
을 제 책임으로만 돌리려고 하는지, 도저히 이해가 안 가요."

은영은 화가 나서 가슴이 벌렁거렸다.

"그렇게 불만을 가지고 있었는지 생각지도 못했네요."

"월급이나 입금해주세요."

"떼어 먹는 게 아니니 조금만 기다려요."

김 사장은 다시 화가 났다.

은영은 뒤도 돌아보지 않고 뛰었다. 역시 나오는 것이 아니었어, 너
무 화가 나서 눈물이 핑 돌았다.

마음이 헝클어질 대로 헝클어졌다. 더 이상 이런 환경에서 대접도
못 받는 곳에서 일한 시간들을 되돌리고 싶지 않았다.

은영이가 아파트 비밀번호를 누르려는데 문이 열렸다. 민준이 이제 막 퇴근을 했는지 양복 재킷을 들고 서 있다.

"자기, 일찍 왔네."

"조금 전에 왔어. 어디 갔다 온 거야?"

"몽블랑 사장 만나고 왔어."

"거긴 왜 갔어, 끝난 거 아니었어?"

"만나서 할 얘기가 있다고 해서 나갔는데, 밀린 월급 얘기는 안 하고."

은영은 김 사장과 있었던 얘기를 민준에게 말했다.

민준은 은영이 한숨을 쉬어 가며 말하는 것을 고개를 끄덕이며 들었다.

"자기 너무 걱정하지 마, 내가 있잖아."

"고마워."

은영은 마음속에 있는 이야기들을 끄집어내니 마음이 편해졌다.

은영은 늦게 잠이 들었다가 알람소리에 놀라서 일어났다. 서둘러 아침을 지었다. 민준은 입맛이 없다며 대충 먹는 둥 마는 둥 하고 출근을 했다. 소라를 유치원에 보내고 설거지를 시작했다. 빨래를 세탁기에 넣어 두고 청소를 할 차례다. 청소를 미루고 소파에 앉아 커피를 마시는데 핸드폰이 울렸다.

"여보세요."

김 사장의 차가운 목소리가 귓전에서 윙윙거렸다. 은영은 휴대폰을 귀에서 뗐다.

"여보세요, 은영 씨 듣고 있나요?"

"예, 말씀하세요."

"고용노동부에 신고했나요?"

"네."

"왜 했어요?"

"사실이잖아요."

"그래도 그렇지, 그게 고발할 건인가요?"

"그럼 어떡해요?"

"사람이 의리가 있지, 그러는 거 아닙니다."

"제가 몇 번이나 말씀드렸었는데, 사장님은 들은 체도 안 하셨잖아요. 직원이든 알바든 정해진 날짜에 보수를 받는 건 당연한 권리라고 생각합니다."

"맞는 말이지만, 안 준다는 게 아니잖아요. 좀 기다려 달라는 거지."

"사장님 전화 끊을게요."

"은영 씨 내 말 아직 안 끝났는데."

"하실 말씀 더 있으세요?"

"고용노동부에 신청한 거 취소하세요."

"그럴 수 없어요."

"취소 안 하면 나도 가만 있지 않겠어요."

김 사장은 본인 할 말만 하고 화를 내면서 전화를 끊었다. 은영은 어이가 없었다. 노동부에서 해결해준다고 했으니, 기다릴 생각이다.

민준은 새벽에 어디에선가 고양이 울음소리가 들리는 것 같아 잠이 깼다. 은영의 모습이 보이지 않았다. 민준은 방문을 열고 물 마시러 주방으로 갔다. 거실에서 불도 켜지 않고 은영이 어둠 속에 앉아 있었다.

"몽블랑 때문에 잠이 안 와?"

은영이 힘들어하는 모습을 보면서 민준이 말했다.

"아니야, 억울한 누명을 벗어야지 돈이 없어진 것은 내 탓이 아니라고 결백하다는 것을 보여줘야지."

"그래, 방법을 찾아보자."

민준은 은영의 어깨를 감싸며 안아주었다. 오늘따라 은영의 어깨가 유난히 왜소하게 느껴졌다.

은영은 법원과 가까운 거리에 있는 법률구조공단 문 앞에서 머뭇거리다가 용기를 내어 문을 밀고 들어갔다.

"안녕하세요? 상담하러 왔는데요."

은영이 안내에 앉아 있는 여직원에게 물었다.

"예약은 하셨나요?"

여직원이 은영을 바라보며 말했다.

"아뇨, 예약 안 했는데 해야 되요?"

여직원은 은영에게 번호표를 주면서 기다려야 한다고 했다.

은영은 번호표에 있는 숫자를 보면서 딩동, 할 때마다 전광판을 확인 했다. 간이 의자에는 대기 순서를 기다리는지 여러 명이 앉아 있다.

"안녕하세요."

은영은 독서실에서 보았던 비슷한 칸막이 의자에 앉았다.

"무슨 일로 오셨어요?"

"일하는 곳에서 도둑이라고 누명을 씌워서 고소하려고 하는데요."

"여기서는 상담을 해주는 곳이에요, 고소를 하시려면 변호사 사무실로 가세요."

"그래요? 알겠습니다."

"다음에 오실 일이 있을 때는 예약을 하시고 오세요. 그러면 상담 시간도 삼십 분 가능해요. 오늘은 십 분입니다."

"예, 감사합니다."

은영은 법률구조공단을 나갔다. 근처에 있는 무료법률상담소로 갔다.

얼마 전까지만 해도 단풍이 풍성했을 나무들은 앙상한 가지만 보였다. 은영의 마음도 헐벗은 나무처럼 추웠다.

"어떻게 오셨어요?"

무료법률상담소 안내에 앉아 있는 감색투피스를 입은 직원이 물었다.

"예, 상담하려고요."

"번호표를 뽑고 기다리세요."

"예."

은영은 의자에 앉아서 기다렸다. 잠시 후 순서가 되어 변호사 앞으로 갔다. 무료상담 변호사는 30대 여자였다. 은영은 자신의 또래라는 점에 마음이 놓였다. 상담 일지를 들추며 이름을 물었다.

"서은영입니다."

"무슨 일로 오셨어요?"

"고소를 하려고 왔습니다."

"무엇 때문에 고소를 하려고 그러시죠?"

은영은 돈을 빼돌린 도둑으로 몰리게 된 경위를 처음부터 말했다.

"그러니까 억울하게 도둑으로 몰렸다는 거죠?"

"네."

"다른 사람들 앞에서도 도둑이라 하셨나요?"

"아니에요, 둘이 있을 때 그랬어요."

"그럼 법적으로 다툼의 소지가 없겠네요. 명예훼손죄로 고소를 하려면 특정인에 대한 사실 또는 허위사실을 불특정 다수에게 전파하여 특정인에 대한 명예가 훼손되었을 때 성립하게 됩니다. 사장과 대화를 하면서 아무도 없는 자리에서 빵 도둑이라고 하는 말 때문에 명예가 훼손되었다고 볼 수 있는지에 대한 검토가 필요할 듯합니다."

"어느 경우에 위자료를 받을 수 있나요?"

"일단 병원에서 진단서를 받아서 제출해야 합니다. 하지만 힘들 거예요."

"그럼 멀쩡한 사람을 도둑으로 몰았는데도 참아야 하나요?"

"일단 다툼의 소지가 있으니까 고소장을 제출하세요. 진단서 첨부해서 위자료도 청구를 하구요."

"네, 어디에 제출을 해야 할까요?"

"고소장은 피고인의 주소지나 거주지, 현재지, 관할하는 수사 기관에 제출하면 됩니다."

"피고인의 거주지요?"

"우편이나 대리인을 통해 제출도 가능합니다."

"네."

은영은 긴장을 한 탓인지 목이 말랐다. 정수기에 있는 물을 일회용 컵에 받아서 책상 앞에 앉았다.

"성립요건 파악도 제대로 해야 합니다."

은영은 메모를 했다.

"허위사실인지, 실제사실인지 파악도 고소 과정에 속해요."

은영은 마음속으로 한숨을 내쉬었다. 창문으로 시선을 돌려 나무를 바라봤다.

"처벌의 규정이 있는데, 파악해서 준비를 갖춰야 합니다."

"구체적으로 말씀해 주세요."

은영은 변호사의 얼굴을 바라봤다. 변호사의 표정은 단아하다.

"타인의 명예를 의도적으로 훼손한다면 2년 이하의 징역이나 금고형, 오백만 원 이하의 벌금형을 받을 수 있어요."

"피해 받은 내용, 정확하게 증거 확보하는 것이 우선인 것 같네요."

변호사는 메모를 하다가 다시 말을 했다.

"감사합니다."

은영은 메모를 한 수첩을 핸드백에 넣었다. 건물 밖으로 나가니 바람이 시원하게 불어왔다. 하지만 마음은 복잡하다. 일부러 버스 정류장 한 정거장 지나도록 천천히 걸었다.

민준은 오늘 기분이 좋았다. 승용차를 구입한 고객이 다른 고객을 소개시켜줘서 쉽게 한 대를 팔았다. 일찍 사무실로 들어가는 길에 제과점 앞을 지나쳤다. 은영이 몽블랑 김 사장한테 모함을 받는 것이 생각났다. 마냥 지켜보고 있을 때가 아니라는 생각에 몽블랑 쪽으로 차를 돌렸다.

"어서 오세요, 몽블랑입니다."

김 사장과 직원이 합창을 하듯 인사를 했다.

"안녕하세요, 사장님."

민준은 나이 많은 김 사장을 바라봤다.

"누구신지요?"

"서은영 남편 되는 사람입니다. 지난번에 한 번 왔었는데, 기억 안 나세요?"

민준이 긴장한 얼굴로 물었다.

"글쎄요."

김 사장은 민준의 위아래를 훑어 봤다. 은영의 남편인 걸 알면서 모르는 척 했다.

"무슨 일로 오셨나요?"

김 사장은 일부러 민준이 처음 본 사람 같다는 표정을 지었다.

"제가 왜 왔는지 아시죠?"

"글쎄, 모르겠는데요."

"다 듣고 왔어요. 왜 자꾸 제 아내를 괴롭힙니까?"

민준은 김 사장을 노려보며, 따지는 말투로 물었다.

"난 착하게 사는 사람을 괴롭힌 적 없습니다."

김 사장은 귀찮다는 투로 민준을 외면했다.

"그럼 제 아내가 나쁜 사람이란 말입니까?"

"그거야 본인이 더 잘 알거 아뇨."

"직원이 제 아내 말고도 있다던데, 만약 책임을 뒤집어씌우기로 작정했다면, 공동으로 분담해야 하는 거 아니에요?"

"그건 아니죠?"

김 사장이 팔짱을 끼고 민준을 바라보며 말했다.

"사과하세요, 지금 제 아내는 당신 때문에 잠도 못 자고 있습니다."

"사과도 절차가 있는 거지, 막무가내로 하는 건 아니죠."

"잘못했다고 사과를 하면 그만이지 뭔 놈의 절차."

"사과는 내 쪽에서 받아야 합니다."

"적반하장이군, 도둑으로 몰아 놓고 무슨 말씀입니까?"

"갑자기 출근을 안 해서 직원 구할 때까지 얼마나 피해가 컸는지 아십니까?"

"아내는 신의 없는 행동은 안합니다. 동기부여를 했으니까 그만둔 거 아닙니까? 그리고 아내 말이 그만둔다고 분명히 말을 했다던데."

"그건 혼잣말이지, 내가 허락을 한 것이 아니잖수."

"어이가 없네."

"나 여기 사장이요, 말조심해요."

김 사장은 어깨에 힘을 주며 민준을 노려봤다.

"사장이면 사장답게 직원에게 도움 줄 생각을 해야지, 어떻게 하면 직원에게 골탕 먹일까, 궁리하는 사람 같아요. 로스 공제하면 가만있지 않겠어요."

"이미 반 공제한다고 통보했는데, 은영 씨 아무 말 안 했으니까 긍정의 의미로 받아들인다는 거 아닌가요?"

"그건 사장님 생각이죠, 얼마나 이상하면 말을 안 했겠어요."

"뭐라는 거야."

김 사장은 화를 내며 침을 뱉었다.

민준은 당당하게 맞섰다.

"말 다했어?"

김 사장은 민준이 만만치 않다는 것을 생각하면서 민준에게 달려들었다.

'아.'

김 사장은 민준의 얼굴에 주먹을 날렸다.

'퍽.'

민준의 주먹이 김 사장의 가슴으로 올라갔다. 김 사장의 주먹이 허공을 가르면서 둘은 마구잡이로 싸우기 시작했다. 머리카락이 헝클어지고 시뻘건 얼굴에 거품을 물고 서로의 얼굴을 노려봤다. 보다 못한 직원이 경찰에 신고를 했다.

"너 몇 살이야, 어린 놈의 새끼가 까불어."

김 사장과 민준은 서로 엉켜 붙어서 몸싸움을 벌였다.

"두 분 경찰서로 가야겠어요."

경찰차의 경관 등이 돌아가는 소리가 요란하게 들렸다. 민준은 거리를 바라봤다. 경찰 두 명이 경찰차에서 내려 몽블랑 제과점으로 들어왔다.

"타세요."

경장 계급장을 단 경찰이 말했다. 둘은 얼굴을 붉히며 뒷좌석에 나란히 앉았다. 민준은 창밖으로 시선을 옮겼다. 자신도 모르게 옷매무새를 똑바로 했다.

"내리세요."

경찰이 말했다. 둘은 경찰을 따라 지구대로 들어갔다. 화해를 안 하면 경찰서로 넘어간다고 했다. 김 사장은 법대로 하라며, 화해 할 마음이 없다고 했다. 민준도 팽팽하게 맞섰다.

"두 분, 화해하시죠."

"화해 못 해요, 법대로 하세요."

김 사장은 입술에 거품을 물고 주먹을 흔들었다.

"이런 사람 때문에 법이 필요한 겁니다."

민준도 화해를 하고 싶은 마음이 추호도 없었다. 은영을 위해서라도 김 사장은 반드시 법의 처벌을 받게 하고 싶었다.

"할 수 없죠, 연락이 가면 경찰서 가셔야 합니다. 가셔도 좋습니다."

경찰이 두 사람의 얼굴을 번갈아가며 말을 했다. 민준은 마음이 편치는 않았다. 씁쓸한 기분으로 몽블랑 앞으로 갔다. 주차해 두었던 차를 몰고 집으로 갔다. 대화로 풀어보겠다고 찾아갔다가 생각지도 못한 일이 벌어졌다.

"자기 늦었네, 옷이 왜 그래?"

은영이 민준을 바라보며 말했다. 헝클어진 옷이며, 머리 모양이 평상시의 영업하는 스타일과 다르게 흐트러진 모습이다.

"오늘 몽블랑 찾아갔었는데, 사장하고 대판하고 지구대에 다녀오는 길이야."

"그래? 어떡하다가."

은영은 민준에게 시원한 물을 줬다. 물을 마시니 갑자기 목이 타들어 가며, 허기가 몰려왔다.

민준은 경찰서에 가서 김 사장과 있었던 일을 은영에게 다 말했다. 은영은 사장이 나쁜 놈이라며 화를 냈다. 분해서 눈물을 흘리며 들었다.

"괜찮아, 걱정하지 마."

민준이 은영을 위로했다.

"어서 식사해."

은영이 밥상을 차려 놓고 소라와 민준을 불렀다.

"별로 생각 없는데."

민준은 피곤한 모습으로 물만 마시고 있다.

"술 한 잔 할래? 기분도 안 좋을 텐데."

은영은 식탁 위에 소주와 잔을 가지고 왔다.

"그럴까."

"자기도 한잔해."

은영은 잔을 받아놓고, 마시지 않았다. 민준이 잔을 비울 때마다 채워줬다.

찻잔 속의 풍랑

은영은 커피잔을 들고 베란다로 나갔다. 유리문 밖으로는 찬바람이 불지만 베란다 안은 볕이 따뜻하다. 푸른 하늘을 바라보고 있는데 초인종이 울렸다.

민준 앞으로 등기가 날아왔다. 경찰서 출두통지서였다. 통지서에는 출석하라는 날짜와 시간이 적혀 있었다.

은영은 가슴이 떨려 서 있을 수가 없었다. 커피가 있다는 것도 잊어버리고, 냉장고에서 생수병을 꺼냈다. 숨이 차도록 몇 모금 마시고 다시 출두통지서를 봤다.

민준의 이름이 또렷하게 보였다. 김 사장에게 전화를 해서 고소를 취하해 달라고 사정을 해볼까 생각하다가 머리를 흔들었다. 김 사장에 대한 증오가 가슴을 쥐어뜯는 것 같다. 이럴 때일수록 냉정해야 한다고 심호흡을 했다. 애써 좋은 쪽으로 생각을 하니까 마음이 진정되는 것 같다. 그래도 불안은 가시지 않아 무언가 일을 하기로 했다. 해야 할 일이 눈앞에서 아른거린다.

청소를 하고, 빨래를 개고, 민준이 와이셔츠를 다림질하다 보니 시간이 빠르게 지나가고 있다. 그릇도 끄집어내어 정리하고 있다.

소라가 유치원에서 올 시간에 맞춰 집 앞에서 기다리다가, 놀이터에 우뚝 서 있는 나무를 올려다봤다. 나무의 껍질은 검은빛을 띠고 있다. 누군가가 껍질을 억지로 떼어낸 자국이 속살을 드러낸 상처처럼 남아 있다.

"엄마."

소라가 은영을 향해 달려왔다.

"응, 우리 공주 어서와."

은영은 소라 얼굴을 보니까 조금은 불안이 없어지는 것 같다.

"엄마, 무슨 생각했어?"

"나무 보고 있었어."

"왜?"

은영은 방금 본 나무를 가리켰다.

"아, 저 나무."

은영은 소라의 가방을 들고 집으로 들어갔다.

"엄마 내일 유치원에서 은행 간대."

"소라는 엄마하고 은행 가봤잖아."

"아니다. 은행이 아니고 우체국 간댔어."

"소라야 우체국에서 뭐 하는지 알지?"

"응, 편지 부쳐."

"소라도 편지 쓸 줄 알아?"

"내일 편지 써서 우체국에서 붙일 거야."

"누구한테?"

"엄마."

"아빠는?"

"아빠하고 엄마한테 쓸 거야."

"정말?"

"엄마, 오늘 유치원에서 그린 거야."

소라는 생각났다는 듯 가방에서 작은 스케치북을 꺼냈다.

"잘 그렸네."

소라는 그림을 잘 그린다. 유치원선생이 창의력이 뛰어나다고 말한 적이 있다. 은영은 초등학교 다닐 때, 미술대회 나갔던 기억이 떠올랐다. 그때, 엄마가 크레파스를 사줬었는데, 상 탄 기억은 없지만, 대표로 뽑혀서 나갔던 지난 시간이 어렴풋이 어제의 일처럼 떠올랐다.

"아빠다."

소라가 현관으로 쪼르르 달려갔다.

"소라야."

민준은 경찰출두 통지서가 와 있는지도 모르고 활짝 웃으며 소라를 들어 올려 안았다.

"왔어."

은영이 반갑게 맞이했다. 저녁을 먹는데, 텔레비전에서는 뉴스가 흘러나오고 있었다. 요즘에는 황사 때문에 마스크를 쓰고 다녀야 한다는 아나운서의 목소리가 들린다. 은영은 말할 기회를 엿보다가 죄인처럼 오늘 경찰서에서 출두통지서가 왔다고 속삭였다.

민준은 이미 예측하고 있었다는 표정을 지었다.

민준은 아침에 경찰서에 갔다가 직장으로 간다며 출근을 했다. 은영은 평소와 다르게 복도까지 따라 나갔다.

"자기, 잘 다녀와."

은영은 일부러 화사하게 미소를 지었다.

"알았어, 걱정 안 해도 돼."

민준도 일부러 은영의 얼굴을 바라보지 않았다. 성큼성큼 걸으면서 손을 번쩍 들어서 흔들었다. 은영은 미소를 지우고 민준의 뒷모습을 물끄러미 바라봤다.

민준은 담담한 표정으로 경찰서에 들어갔다. 출두통지서에 나와 있는 형사과는 1층에 있었다. 김 사장이 먼저 와 있었다.

"당신 말야, 젊은 사람이 나이 드신 분을 무지막지하게 폭행하면 되겠어?"

민준의 신원을 확인한 다음에 형사는 다짜고짜 인상을 쓰며 반말로 쏘아붙였다.

민준은 어이가 없었다. 먼저 와 있는 김 사장이 형사한테 무슨 수를 썼나, 하는 생각이 들 정도였다.

"당신 같은 사람은 고생 좀 해야겠지만 젊은 사람이 직장도 있고 해서 말인데, 사장한테 사과하고 용서를 빌어."

"형사님, 지금 일방적으로 저 사람 편을 들고 있는 거 아세요?"

민준이 김 사장을 손가락으로 가리켰다.

"내가 언제?"

"그럼 왜 일방적으로 저 사람한테 사과하라고 하세요?"

"뭔가 오해를 하고 있는데 내가 이 짓을 이십 년 동안이나 했어. 딱 보니까, 당신이 먼저 일방적으로 폭행을 했더군."

"CCTV 확인해 봤어요?"

"거기 CCTV 있어요?"

경찰이 뒤늦게 실수를 했다는 얼굴로 김 사장에게 속삭였다.

"고, 고장 났어요."

김 사장이 당황한 얼굴로 더듬거렸다.

"고장 났다고요?"

민준은 김 사장이 거짓말을 하고 있다는 걸 알았다. 하지만 나중을 위해서 수긍하는 척했다.

"이 사람 법이 얼마나 무서운지 고생 좀 해봐야겠군."

형사는 민준을 함부로 대했다가는 민원이 생길 것 같았다. 한풀 꺾인 목소리로 말했다.

형사는 민준이 말하는 것을 타이핑하기 시작했다. 진술이 끝났다. 민준이 김 사장을 먼저 폭행을 했다는 진술을 덧붙이려고 했다가 고개를 흔들었다.

"저쪽에서 잠깐 기다리세요."

"예."

민준은 김 사장과 형사 사이에 모종의 거래가 있을 것이라고 확신했다. 경찰은 샘물처럼 깨끗하다고 하더니 미꾸라지 한 마리가 온 우물을 더럽히는 것처럼 부패한 경찰 앞에서 조사를 받는다고 생각하니 말을 하고 싶지 않았다.

민준은 김 사장 뒤에 있는 의자에 가서 앉았다. 이어서 김 사장이 조사를 받기 시작했다. 민준은 김 사장이 어떻게 진술하는지 궁금했지만, 잘 들리지는 않았다. 입 모양과 제스처 취하는 몸동작이 보일 뿐이다.

"다시 한 번 오셔야겠습니다."

형사는 김 사장에게 공손하게 말했다. 민준에게는 또 불려오지 않으려면 합의를 하라고 말했다. 민준은 대답하지 않았다. 얼핏 진술서 내용을 보니 직원이 김 사장 친척이다.

소라 생일이다.

민준은 휴가를 냈고 수족관 가기로 한 날이기도 하다. 은영은 소라의 긴 머리카락을 가지런히 해서 오렌지색 끈으로 묶었다. 오른쪽 볼 옆으로 애교머리를 살짝 뺐다. 소라는 청바지에 티셔츠를 입고 오렌지색 점퍼를 입었다. 은영과 민준도 심플하게 차려입고 나가려는데 벨이 울렸다.

"누구세요?"

"등기 왔습니다."

민준이 현관문을 열었다.

"박민준 씨 맞으시죠?"

우체부가 민준에게 봉투를 건넸다.

"예."

은영이 볼 때 민준의 표정은 담담하다. 민준이 거실에 앉아서 봉투를 개봉했다. 우체국 등기로 보내온 내용은 경찰서에서 보낸 출두통지서다.

"자기야, 마셔."

은영은 민준의 표정을 살피며, 꿀물을 탔다.

"그래."

민준은 태연한 표정을 짓는다.

"소라 예쁜 옷 입었네, 수족관 가야지."

"예, 아빠."

"자기야, 준비 다했어? 갈까?"

"자기, 괜찮겠어?"

은영이 걱정스런 얼굴로 민준을 바라봤다.

"뭐가?"

"그거."

은영이 출두통지서를 바라보며 말했다.

"내가 뭐 잘못한 게 있어야지."

민준은 은영을 안심시키려고 일부러 대수롭지 않게 말하며 소라의 손을 잡았다.

　민준은 경찰서 문을 열고 들어가는 것이 무섭지는 않았지만 마음
은 불편하다. 윽박지르는 형사의 목소리가 날카롭게 쩌렁쩌렁 울린
다. 긴 생머리의 저 여자는 뭘 잘못했는데 저리도 꾸지람을 듣는 중인
가. 어쩌면 위협을 주려고 일부러 분위기를 연출하는 것은 아닐까, 하
는 생각이 들었다.

　담당 형사는 컴퓨터 앞에서 무언가를 타이프하고 있었다. 민준은
잔기침을 하며 담당 형사 옆으로 갔다.

　"안녕하세요."

　민준은 공손하게 인사를 했다.

　"예, 앉으세요."

　형사는 민준을 흘낏 바라보고 나서 모니터를 바라봤다.

　민준은 형사 옆에 있는 빈 의자에 앉았다. 형사가 화면을 저장하고,
민준의 진술기록이 담긴 화면을 불러냈다.

　"쌍방 폭력이니까 웬만하면 합의하시죠?"

　형사가 대뜸 말하고 민준을 바라봤다.

　"아뇨, 합의할 생각은 없습니다."

　"그럼 어쩌자는 거요."

　형사는 마음대로 하라는 식이다. 민준이 볼 때 형사는 과도한 업무
에 시달리는 것처럼 피곤해 보였다. 사건의 내용에 따라 다르겠지만
경찰서 안이 썩은 물이 고여 있는 것처럼 느껴졌다.

"몽블랑 김 사장이 폭력을 유발했습니다. 제가 피해자이고요. 아내를 도둑이라 하는데 가만히 있을 사람이 누가 있겠습니까?"

"길게 가봐야 좋을 게 없는데."

"진실을 밝히고 싶은데 안 될까요?"

"증거 있으면 제출하세요."

형사는 민준을 바라보며 목소리를 낮춰 말했다.

"증거를요?"

민준은 예, 라고 대답했다. 증거확보를 생각하며 경찰서를 나섰다.

민준은 오늘따라 근무시간인데도 은영이 보고 싶어 집으로 갔다. 은영이 청소를 하는 차림으로 문을 열었다. 긴장한 표정을 보는 순간 가슴이 아팠다.

"자기 이 시간에 웬일이야?"

"자기 보고 싶어서…"

"무슨 일 있는 거야?"

"사실은 경찰서 갔다 왔어."

"그래? 어떻게 됐어?"

"다음에 부르면 또 가야돼."

"빨리 끝나면 좋겠는데, 큰일이네."

"그래."

민준은 한숨을 쉬었다.

"자기 몽블랑 사장이 한 짓을 생각하면 속상하지?"

민준이 듣기에 은영의 목소리는 편안하다.

"그렇지."

"직장 일에 지장이 많아서 어떡해?"

"신경 쓰이는 건 사실이야."

"그래서 하는 말인데 많이 다친 것도 아니고, 합의하는 게 좋을 것 같은데 자기 생각은 어때?"

은영은 김 사장을 생각하면 반드시 처벌을 받게 하고 싶었다. 하지만 힘들어 하는 민준을 보면 가슴이 아팠다. 합의를 하면 민준은 더 이상 경찰서에 출입하지 않아도 될 것 같아서 물었다.

"생각해볼게."

민준은 코를 만졌다. 은영이 도둑으로 몰렸던 것이나 억울하게 폭행범으로 몰렸던 것을 생각하면 화가 치밀었다. 하지만 은영이 마음 고생하는 것을 보면 합의를 하고 싶기도 해서 혼란스러웠다.

민준은 출근해서 회의가 끝난 후 사무실을 빠져나와 자동차를 구입하겠다는 고객을 만나러 가는 길이다. 운전을 하면서 김 사장 얼굴을 떠올렸다. 합의를 할까, 말까를 갈등하느라 밤을 거의 뜬눈으로 새웠다. 결국은 은영을 위해 합의하기로 결심 했다.

고객을 만나 정성껏 설명을 했지만, 고객은 생각해보고 연락 준다고 했다. 민준은 사무실로 갈까 생각하다가 몽블랑에 갔다. 김 사장은 빵 앞에서 생각에 잠긴 표정을 짓고 있었다.

"안녕하세요."

민준이 뒷머리를 만지며 공손하게 인사했다. 민준을 본 김 사장은 잔인하게 웃었다. 소금 먹은 놈이 물 찾는다고 형사놈한테 오십만 원 찔러 준 것이 효과를 보는 것 같다.

"이런 말을 하기는 민망하지만, 우리 없었던 일로 하죠?"

민준은 잘게 웃는 김 사장의 얼굴이 기분 나빴다. 하지만 속내를 감추고 고객을 상대할 때처럼 웃는 얼굴로 바라봤다.

"합의는 곤란하죠."

김 사장은 차갑게 말했다.

"그래요? 제과점 영업하는 데는 지장이 없나 봐요?"

민준은 김 사장 얼굴을 바라봤다. 자세히 보니 눈꼬리가 치켜 올라갔고 들창코다. 고집이 있어 보였다.

"나는 증인 있으니 걱정 없소."

김 사장은 팔짱을 끼고 가소롭다는 표정을 지었다.

"증인이라고요?"

민준은 기억을 더듬었다. 고객 세 사람과 알바가 있던 걸로 아는데, 알바에게 돈이라도 주면서 먼저 폭력을 행사한 거라고 시키기라도 했단 말인가, 김 사장은 그럴 수 있겠다는 생각이 들었다.

"삼 주 진단 나왔습니다. 삼 주 이상이면 이렇게 되는 줄 알죠?"

"나도 진단서를 떼면 삼 주 나옵니다."

"내가 볼 때 멀쩡한데?"

"사장님도 멀쩡하시잖아요. 그리고 쌍방 과실 아닙니까? 합의 하시죠."

"당신 때문에 경찰서 출입하느라 빵도 못 만들었어, 당신 아내가 일방적으로 그만두는 바람에, 영업에 얼마나 지장이 많았는지 알아?"

"그럼 위자료라도 달라는 말입니까?"

민준이 어이없다는 얼굴로 물었다.

"천만 원은 받아야겠어, 일 원짜리 하나 빠지지 않는 천만 원."

김 사장은 점점 알 수 없는 말을 했다.

"양심이 없어, 진짜 살다 살다 이 나이가 되도록 이런 경우는 첨이네."

"생각하는 거야 누구든 자유지만 콩밥 먹는 것은 자유가 아니지."

"말도 안 되는 소리 자꾸 하실 거예요. 어떻게 그런 생각으로 사업을 하는지 궁금하네요."

민준은 따귀를 갈기고 싶은 충동이 일어났지만 은영을 생각해서 참았다.

"할 얘기 다 했으면 나가 주시죠."

김 사장은 몽블랑 안에서는 고객들이 있어서 목소리를 높이지 않았다. 빵이 나올 시간이라서 베이킹으로 들어갔다.

민준은 베이킹에서 알람이 울리는 소리를 들으며, 서 있다가 힘없이 돌아섰다.

천만 원!

김 사장이 무슨 음모를 꾸미는지 알 도리가 없어서 불안했지만 애써 밝은 표정을 지었다.

민준은 몽블랑에 세워둔 승용차를 탔다. 해결점을 찾아야겠다는 생각이 들어 몽블랑 건너편에 있는 커피점에 주차를 하고 들어갔다.

핸드폰 시계를 보니 3시 30분이다. 30분만 기다리면 종석이 나오겠다는 생각을 하며 테이블에 앉아 커피를 시켰다.

4시쯤 종석이 밖으로 나왔다. 민준은 커피점 문을 열고 나왔다. 보폭을 맞춰서 신호등 앞까지 걸었다.

"저기요."

민준이 바쁘게 횡단보도를 건너간 종석을 불렀다.

"예? 저요."

종석은 누구지 하는 표정을 짓는다. 민준이라는 걸 확인하고 시선을 다른 곳으로 돌렸다.

"저 아시죠? 아까 몽블랑에 갔었잖아요. 바쁘지 않으면 차 한 잔 할까요?"

민준이 최대한 부드러운 목소리로 부탁을 했다.

"무슨 일이에요?"

민준이 볼 때 종석은 양심에 꺼리는 것이 있는지, 눈을 피하고 있다.

"잠깐이면 돼요."

"시간이 없는데, 왜 그러세요?"

"그럼, 오 분만 이야기 할 수는 있죠?"

"자꾸 이러시면 곤란합니다."

"부탁이야, 젊은 사람끼리 솔직하게 터놓고 말해줄 수 있지?"

민준은 거의 부탁하는 목소리로 사정을 했다.

"뭘요?"

종석은 빠르게 걸으며 화난 목소리로 물었다.

"지난번에 몽블랑에서 다툼이 있었을 때, 사장이 먼저 협박하고 주먹을 휘둘렀잖아."

"무슨 말 하는지 모르겠어요."

"저번에 몽블랑에서 누가 신고를 했는지 경찰도 왔었는데, 생각 안 나요?"

종석은 말없이 앞만 보고 걸음을 재촉했다.

"그때 근무했었잖아요."

"예, 근무는 했죠."

"그날 생각났어요?"

"아저씨가 먼저 폭행하는 거 봤는데요."

"뭐라는 거야, 돈 받고 거짓말 하는 거 다 알아요. 얼마를 받았는지는 모르겠지만, 젊은 사람이 그렇게 양심 없이 사는 거 아닙니다."

"진짜 웃기는 아저씨네."

"할 말 다 했으면 저 갑니다."

종석은 민준이 말을 붙이지 못하게 뛰는 걸음으로 걸었다.

민준은 힘이 빠졌다. 팔은 안으로 굽고, 가제는 게 편이라고 종석의 양심을 호소하려고 시간을 보낸 것이 너무 허탈했다. 민준은 커피점 앞에 세워둔 차로 갔다.

은영은 의식적으로 몽블랑 사건을 언급하지 않았다. 민준도 좋을 것이 없다는 생각에 몽블랑의 몽자도 꺼내지 않았다. 서로의 가슴을 아프게 할 수 있다는 생각에 의식적으로 몽블랑 사건에 대해서 말을 안 하고 있다.

자동차 영업은 매월 말일 마감을 한다. 민준은 지난달에는 경찰서 출입을 하면서도 목표를 채웠다. 이번 달에는 목표를 절반도 채우지 못했다. 영업이 끝나고 영업소장이 민준을 불렀다.

"요즘 안 좋은 일 있나?"

"없습니다."

민준은 영업소장이 부른 이유를 알고 있으면서도 모른 척했다.

"나한테 얘기해봐 돈 문제야?"

"죄송합니다, 다음 달에는 백오십 프로 채우겠습니다."

"지금까지는 이런 일이 없었잖아, 고민 있으면 언제든지 말해."

"예, 사실은 요즘 경찰서 왔다 갔다 하느라 마음이 편치가 않아요. 그날 사장이 먼저 저에게 폭행을 했는데, 몽블랑 CCTV 고장 났다고 해서 고민이에요."

"그래? 그런 일이 있었어?"

"형님, 오늘 술 한잔 사주세요."

"그래, 가자 오랜만에 갈비 좀 뜯어보자."

영업소장은 웃으며 민준의 등을 두드렸다.

민준은 영업소장과 갈비와 소주를 마시고 2차로 수제맥주 집에 가서 취하도록 마셨다. 11시가 될 무렵 집 근처 치킨점으로 들어가서 치킨을 사고, 편의점에서 캔맥주와 소주를 샀다.

은영은 혼자 텔레비전을 보고 있었다. 비틀거리며 들어오는 민준을 보고 놀란 얼굴로 일어섰다.

"우리 오랜만에 치맥, 좀 뜰을까?"

"회사에서 무슨 일 있었어?"

"이번 달 목표 백 프로 달성했잖아."

"자기 술 잘 못 마시잖아, 무슨 일 있는 거지?"

"내가 언제 거짓말하는 거 봤어? 기분 좋아서 소장님하고 한잔했어. 소라는 자?"

민준은 갑자기 눈물이 쏟아질 것 같아서 얼른 돌아섰다. 소라의 방문을 열었다.

"아빠!"

막 잠이 들려던 소라가 일어나 앉았다.

"우리 공주님."

민준이 소라를 꼭 껴안았다. 소라와 은영을 위해서라도 절대 약해지면 안 된다고 결심을 했지만 기어이 눈물이 터지고 말았다.

바게트 빵

은영은 은행에 다녀오는 길에 파리베이커리 앞에서 멈췄다. 매장이 제법 크다. 판매 직원만 세 명이다. 계산대 앞에도 2명이 서 있다. 몽블랑보다 서너 배 정도 크다. 브랜드 인지도가 있어서인지 고객들이 많이 드나든다.

문득 몽블랑에 취직하기 전에 민준과 파리베이커리에 갔었던 때가 떠올랐다. 민준은 생크림이 들어간 빵과 바게트 빵을 좋아한다. 바게트 빵은 겉모양은 딱딱하지만 속은 부드럽고 말랑말랑하다. 맛은 겉모양과 다르게 의외로 담백하다. 커피와 잘 어울리는 것도 민준의 말 없고 조용한 성격의 내면처럼 따스함과 닮았다.

민준이 아메리카노 커피를 주문하는 동안 중앙에 진열되어 있는 바게트 빵을 쟁반에 담아서 계산대로 갔다.

"이 빵은 밀랍으로 만든 모형이에요."

계산대에서 깔끔한 유니폼을 입은 남자직원이 웃으며 말했다.

"어머, 진짜 같아!"

은영은 무안해서 민준의 가슴을 토닥였다.

"모형이라고요? 가격표도 있던데…"

은영은 부끄러워 얼굴을 가리고 테이블로 갔다. 순간 내가 왜 그랬지? 배가 고파 허기가 진 것도 아닌데, 시력이 갑자기 나빠졌다는 생각이 들었다. 민준은 핸드폰을 보고 있다.

진동 벨에 빨간 불이 들어오면서 부르르 떨었다. 은영이 진동 벨을 들고 일어서는데 민준이 말렸다.

"내가 갈게."

민준이 쟁반에 커피 잔을 얹어서 들고 왔다. 테이블로 오는 민준의 모습에서 환하게 광채가 나는 것 같았던 그날이 떠올랐다.

매장 문이 열리면서 20대 여자가 빵 봉투를 들고 나온다. 은영은 길게 한숨을 쉬며 걸었다. 아직 점심시간 전이다. 여자가 빵 봉지를 안고 총총 걸음으로 걷는다. 빵으로 점심을 먹으려는 것처럼 보였다.

박 형사는 민준을 귀찮게 해서 결국 김 사장과 합의를 유도할 생각으로 별다른 질문을 하지 않았다. 민준을 특수폭력으로 엮고 싶지만 틈이 보이지 않아서 지연작전을 쓰는 것이다.

"재판에 언제 넘길 생각이십니까?"

민준은 담당 형사가 믿음이 가지 않았다. 차라리 검사 앞에서 결백을 주장하는 것이 빠를 것 같아서 물었다.

"이봐, 날 엿 먹이고 싶어 안달하나? 영장을 완벽하게 꾸미지도 않앴는데 어떻게 영장을 청구하나?"

"백 번 물어봐도 전 결백합니다."

"결백한지 안 한지는 내가 판단하고, 검사가 영장을 발부해 주는 거야. 그러니까 날 가르치려 들지 말고 내가 묻는 말에 대답해. 몽블랑 직원이 그러는데 당신이 먼저 사장 얼굴을 때렸다면서?"

"아닙니다, 그러시면 정말 억울합니다. 제가 잘 모르지만 고소인의 가족이나 친척은 증인으로 설 수 없는 것 아닙니까?"

"선무당이 사람 잡는다더니, 번데기 앞에서 주름 잡고 있구먼."

형사가 가소롭다는 얼굴로 민준을 바라보고 나서 법전을 펼쳤다.

"형법 제151조 범인 은닉과 친족 간의 특례에 관한 법. 제1항 벌금 이상의 형에 해당하는 죄를 범한 자를 은닉 또는 도피한자는 3년 이하의 징역 또는 오백만 원 이하의 벌금에 처한다. 제 2항 친족 또는 동거 가족이 본인을 위하여 전항의 죄를 범한 때는 처벌하지 아니 한다."

"거짓으로 증언을 하면 무고죄가 되는 거는 맞죠?"

형사가 볼펜으로 법전을 찍어가며 하는 말에 민준이 기죽지 않고 다시 물었다.

"오늘은 돌아가시고, 다음에 부르면 그때 오세요. 만약 출두통지서를 받고도 출두하지 않으면 현행범으로 구속되는 거는 잘 알죠? 법을 잘 아시는 분이니까 잘 알고 있겠네요."

형사는 민준이 묻는 말에 대답을 하지 않았다. 법전을 덮으며 길게 하품을 했다. 갈 테면 가고 말 테면 말라는 얼굴로 컴퓨터 모니터를 바라보기 시작했다.

"예, 알겠습니다."

민준은 자리에서 일어나 인사를 꾸벅하고 경찰서 문을 나섰다.

민준은 원래는 고객을 만나러 갈 생각이었다. 고객에게 전화를 해서 약속을 미루고 몽블랑에 갔다. 김 사장은 외출 중이다. 종석에게 정말 내가 먼저 폭행을 했느냐고 물었다.

"지금 업무방해하고 있다는 거 아세요?"

"업무방해?"

"왜 자꾸 저한테 와서 엉뚱한 질문을 하는 겁니까? 그게 바로 업무방해라구요."

"잘 생각해봐, 나이도 어린 사람이 세상을 그렇게 살면 안 돼. 당신 때문에 내 인생이 망가지면 좋겠어, 사랑하는 딸과 아내를 두고 감옥에 가면 좋겠는지 잘 생각해봐."

"어서 오세요."

종석은 민준을 일부러 무시했다. 고객에게 환하게 웃으며 포스단말기 앞으로 자리를 옮겼다.

민준은 CCTV가 작동하는 것을 확인하고 몽블랑에서 나갔다. 퇴근 시간이어서인지 거리를 오가는 사람들의 얼굴은 하나같이 지쳐 보였다.

은영은 다른 날처럼 일찍 일어났다. 베란다 밖으로 보이는 하늘이 흐리다. 텔레비전에서는 오늘 날씨가 맑다고 했다. 아침준비를 하기 시작했다.

민준이 방에서 나왔다. 민준은 어제 경찰서 갔다 온 눈치인데 이야기를 하지 않는다. 은영은 묻고 싶은 것을 참으며 아침상을 차렸다.

밥상 앞에 앉은 민준에게 어제 경찰서에 다녀왔냐고 묻고 싶었다. 민준이 소라와 웃는 얼굴로 대화하는 모습을 보고 말을 할 수가 없었다.

언젠가 말해주겠지. 민준도 폭력으로 조사를 받고 있으니 마음이 편하지 않을 것이다. 그런데도 내색을 하지 않고 일부러 명랑한 척 하고 있는 모습을 보니 마음이 아팠다.

"소라야 아빠가 퇴근할 때 뭐 사올까?"

민준이 출근하면서 소라에게 물었다.

"요즘 자기 바쁘잖아, 일찍 퇴근하면 됐지 뭘 사오겠다고."

"아빠, 구슬 아이스크림 먹고 싶어."

"알았어, 아빠가 구슬 아이스크림 사올 테니까 먼저 자면 안 돼."

민준은 소라의 단풍잎 같은 새끼손가락에 손가락을 걸었다.

은영은 민준이 자기를 위해 일부러 그런다는 것을 알고 있다. 민준의 웃음이 어딘지 모르게 쓸쓸해 보였다.

민준은 거리로 나섰다. 출근길의 도로는 사람들로 붐볐다. 도로를 꽉 매운 차량들도 앞을 다투어 달려가고 있다.

"파이팅!"

영업소장은 아침 조회를 끝내고 여느 날처럼 파이팅을 외치는 것으로 일어섰다.

직원들은 자동차 팸플릿을 챙겨 들거나, 사은품들을 쇼핑백에 담기도 하고, 방문할 고객들에게 전화를 걸기도 하면서 하루를 시작했다.

민준은 오전에 자동차 시동이 자주 꺼진다는 고객을 방문하기로 했다. 점심시간이 끝난 다음에 방문하기로 하고 경찰서로 향했다.

경찰서 문을 여는 것은 즐거운 일이 못 된다.

민준은 자신도 모르는 사이에 익숙해진 형사와 문을 열고 들어갔다. 형사 앞에는 고개를 숙이고 있는 젊은 여자가 앉아 있다. 그 여자가 자리에서 일어나기를 기다리며, 민준은 대기자 의자에 앉아 차례를 기다렸다.

여자는 머리를 흔들다가, 긴 생머리를 손으로 빗기도 했다. 말소리는 들리지가 않고, 형사의 목소리만 쩌렁쩌렁 사무실 공간을 울리고 있다.

삼십 분 정도 지났을 때, 여자가 의자에서 일어났다. 여자는 형사에게 인사를 꾸벅하고 밖으로 나갔다.

"안녕하세요."

민준은 형사 앞으로 가서 인사를 했다.

"오늘 부르지 않았는데, 웬일이세요?"

형사는 조금 전 밖으로 나간 여자가 진술한 내용에 보충할 것이 있는지 키보드 판을 두들기며 말했다.

"그날 CCTV 녹화된 것, 몽블랑 사장한테 가지고 오라 하면 안 될까요?"

"고장 났다고 안 했나?"

형사는 모니터에서 시선을 민준 쪽으로 옮겼다. 음료수를 마시며 민준을 빤히 바라보고 있다.

"제가 몽블랑 가서 확인했는데, 고장 안 났습니다."

"사장이 거짓말을 할 리 없는데…"

형사는 놀라지 않았다. 김 사장에게 돈을 더 뜯어낼 수 있다고 생각하니 속으로는 쾌재를 부르며 즐거웠다. 겉으로는 심각한 척 능청을 떨었다.

"제가 직접 가서 확인을 했다니까요?"

"알았어, 내가 고소인을 불러서 확인해볼 테니 그만 들어가세요."

"예, 감사합니다."

민준은 경찰서 밖으로 나왔다.

형사는 잔기침을 하며 몽블랑 김 사장에게 전화번호를 눌렀다.

"저기, 사장님 되시죠?"

형사는 낙서를 하면서 전화를 했다.

"예, 누구시죠?"

"경찰섭니다."

"아! 형사님."

"그날 싸운 날 녹화된 카메라 있죠? 고장 안 났다고 하던데?"

형사는 김 사장이 반갑게 묻는 말에 대꾸하지 않고 차갑게 물었다.

"그게 말입니다."

"사람 피곤하게 만드는 데 선수군, 위증하면 당신이 불리하다는 거

몰라요?"

"오늘, 몇 시에 퇴근하십니까?"

"퇴근, 왜요?"

"술이나 한잔 하시죠."

"술은 술이고, CCTV는 다르다는 거 아시죠?"

"그럼요, 얼마면 될까요?"

"합의금 천만 원 요구했다고 했죠?"

"그 돈은 오백만 원씩 나누기로 했잖아요."

"CCTV건은 따로 이백만 원 부탁합니다."

"이백만 원이나?"

김 사장의 놀란 목소리가 들려왔다. 형사는 잘게 웃으며 말을 이었다.

"그 돈이 아까우면 사장님이 위증죄로 고생 좀 하시던지."

"아닙니다. 드리겠습니다."

"현금으로 부탁합니다."

"네, 저녁에 드리겠습니다."

형사는 대답을 하지 않고 전화를 끊었다. 목돈도 생겼겠다. 이번 주말에는 가족끼리 제주도 여행이나 갈까 하는 생각이 들었다.

저녁을 먹은 후 은영이 설거지를 하고, 민준과 소라가 텔레비전을 보고 있는 소파에 앉았다.

"자기 주말에 바쁜 일 있어?"

"별일 없어 왜?"

"혹시 고객과 약속이 있나 해서."

"없는데."

"그래? 그럼 바닷가에 가볼까?"

은영은 민준이 힘들어 하는 모습을 잠시나마 잊어버리게 하고 싶었다. 야외로 나가서 시간을 보내자고 제안했다.

"그래, 별일 없으면 바닷바람이나 쐬러 가자."

"적당한 땅이 있는지도 알아보면 좋겠다."

은영은 요즘 같으면 하루라도 빨리 도시를 벗어나고 싶었다.

"엄마, 우리 바다 보러 가는 거야?"

"소라야, 바다 보고 싶어?"

"갈매기도 많아?"

"갈매기? 있을걸."

은영은 예전에 직장 동료들과 부산 태종대 갔을 때, 배를 타고 가면서 새우깡을 던지거나 손가락에 잡고 있으면, 갈매기들이 날개를 파닥이며 몰려들었던 기억이 떠올랐다.

"우와, 신난다."

소라는 당장이라도 갈 것같이 좋아했다.

"바닷가에서 살면 좋을까?"

"몰라."

소라는 관심 없다는 표정이다.

민준은 모녀를 바라보며 미소를 짓는다.

주말 아침이다.

민준이 가족을 태운 승용차가 점점 도시를 벗어나고 있었다. 하늘에서 조명을 비추는 듯 햇살은 은빛 갈치 비늘을 마구, 마구 쏘아대고 있었다.

해안 풍경은 그림을 화폭에 담은 수채화 같다.

저 멀리 등대가 보이고, 어선 몇 척이 지나가는 광경에 은영은 속이 후련해졌다.

남해에 도착한 은영이 가족은 간단하게 점심을 먹고 해안도로를 천천히 달렸다. 한적한 어촌에 도착했을 때였다.

은영은 포구 안에 그림처럼 들어서 있는 어촌풍경이 마음에 들었다. 민준에게 차를 세우고 잠시 쉬었다 가자고 했다.

작은 포구에 나이 많은 어부가 그물을 깁고 있었다. 은영과 민준은 어부 앞으로 천천히 걸어갔다.

"이곳에 땅 값이 얼마나 합니까?"

민준이 웃는 얼굴로 어부에게 말을 걸었다.

"여기는 관광지가 아니라서 십만 원 정도 합니다."

어부가 민준 부부를 바라보지 않고 대답했다.

"위치가 어디쯤 되나요? 볼 수 있어요?"

민준이 은영을 바라보고 놀랐다는 표정을 짓고 나서 물었다.

"바닷가, 소나무 뒤에 작은 밭이 있는데, 가볼까요?"

어부가 친절하게 대답했다.

"예, 한번 보고 싶네요."

그들은 어부를 따라 갔다.

경치가 너무 좋다, 바다의 향기가 코끝으로 다가와 감미롭다. 은영은 주변 풍경을 바라봤다.

"좋은데."

은영의 볼에 핑크빛이 돌았다.

"그렇게 좋아?"

민준도 흐뭇한 미소를 지으며 입꼬리가 살짝 올라갔다.

"일층과 이층은 분위기 있는 카페로 만들고, 삼층에는 살림집을 만들면 좋을 것 같아."

은영이 꿈꾸던 그림을 떠올렸다.

"소라는 어때?"

은영이 소라의 머리를 쓰다듬으며, 눈을 바라봤다.

"응, 소라도 좋아."

소라는 갈매기 날개짓 하는 모습에 시선이 따라가고 있다.

"여기 밭 주인을 만날 수 있을까요?"

민준이 어부에게 물었다.

"제가 주인입니다. 좋은 위치에 있죠? 카페를 한다면 정말 멋질 것 같아요."

어부는 이야기를 다 듣고 흡족한 미소를 지었다.

"그래요?"

민준이 놀란 표정에 눈이 동그래졌다.

"이사 올 거예요?"

어부가 민준과 은영을 번갈아 보며 말했다.

"이 동네로 이사 오려면 어촌계에 가입해야 합니다."

어부는 웃는 얼굴로 말했다.

"어촌계 가입을요?"

민준이 머리를 갸우뚱거렸다.

"그래야 굴, 조개를 줍고, 미역을 딸 수 있어요."

"그렇구나!"

"가입비도 있는데, 이천만 원입니다."

어부는 친절하게 말했다.

"땅 값은 얼마나 되나요?"

민준은 어촌 비용 정도는 부담할 수밖에 없다고 생각하며 물었다.

"땅 값은 평당 오십만 원 입니다."

"아까는 십만 원이라고 하셨는데."

"여긴 명당 터라 사려는 사람이 많아요. 계약금이라도 걸어야 확보를 할 수 있는데."

어부는 민준과 은영이 마음에 있어 하는 거를 눈치 채고 배짱을 부린다.

"조금만 생각을 해볼게요."

"생각해볼 것도 없는데, 연락주세요."

민준이 어부의 전화번호를 받았다. 민준은 소라의 손을 잡고, 걷는다. 은영도 실망한 얼굴로 차에 오른다.

"다른 데 가 볼까?"

민준이 은영을 보면서 묻는다.

"아니 다음에."

은영은 창밖으로 시선을 돌렸다. 풍경이 정말 멋져 화폭에 담고 싶은 유혹은 마음속에 간직하는 걸로 만족해야 했다.

갑자기 어촌이 도시보다 더 삭막해졌다는 생각이 든다.

김 사장은 거리에서 형사와 만났다. 지난번에 갔던 갈빗집으로 들어갔다. 저녁시간 인데도 식당 안에는 고객들이 없었다.

"왜 이렇게 고객이 없어요."

형사가 주인에게 물었다.

"요즘 불경기라 장사를 접어야 하나 고민 중입니다."

물통을 가지고 온 주인이 형사가 묻는 말에 한숨을 쉬며 대답했다.

"우리 빵집도 매출이 절반으로 떨어졌어요."

김 사장이 한마디 거든다.

"CCTV는 일부러 고장 냈습니까?"

형사가 김 사장의 말을 흘려버리고 물었다.

"그렇게 됐습니다."

"지금은 잘 돌아갑니까?"

"못 쓰게 만들었습니다, 며칠 후에 새것으로 살 생각입니다."

김 사장은 억지로 웃으면서 주머니에서 봉투를 꺼냈다. 오만 원 지폐 사십 장이 든 봉투를 슬쩍 내밀었다.

"박민준 씨 보통 아니란 거 아시죠?"

형사는 난감하다는 표정을 지으면서도 재빠르게 봉투를 챙겼다.

"형사님이 힘 좀 써주세요. 천만 원을 합의금으로 받으면 오백만 원 드리겠습니다. 박민준 씨는 직장도 좋고, 능력도 있고, 충분히 뜯어 낼 수 있어요."

저녁을 먹으며 술병에 술이 반으로 줄어들 때, 김 사장은 본색을 드러냈다.

은영이 외출을 했다가 집 앞에 도착했다. 우체국에서 등기가 왔다 갔다는 쪽지가 붙어 있다.

"여보세요."

은영이 쪽지를 보고 전화를 걸었다.

"말씀하세요, 어디세요?"

부스럭거리는 소리가 폰으로 들려왔다.

"등기, 쪽지 붙이고 가셨죠?"

"예, 낼 열두 시부터 오후 두 시 사이에 방문 예정입니다."

"예, 오늘 찾으러 가려면 몇 시까지 가면 되요?"

"여덟 시까지 오시면 됩니다."

"네, 어디서 온 거죠?"

"경찰서에서 온 거네요."

"네에, 알겠습니다."

은영은 또, 민준이 경찰서 출석통지서일 거라고 생각했다. 잘 해결 하고 끝이 나야 할 텐데, 신경이 쓰였다.

은영은 전화를 끊었다. 우체국 등기 찾으러 가려는 마음으로 집을 나섰다.

다음날 민준은 출근해서 영업하러 밖으로 나갔다. 일단 경찰서 일부터 처리하겠다는 생각으로 경찰서로 갔다. 곧장 형사 앞으로 갔다. 다행이도 오늘은 조사받는 이가 없었다.

"안녕하세요 형사님."

"박민준 씨, 어떻게 오셨어요?"

형사는 반갑지 않다는 표정이다.

"근처에 약속이 있어서 왔다가 들렀습니다."

"그래요? 일부러 온 건 아니고."

"예."

"박민준 씨 내가 박민준 씨 남은 인생이 아까워서 그러는데 합의를 하세요. 아니면 오늘 밤 자정이 지나면 검찰로 넘어가요."

형사는 무표정하게 말했다.

"무슨 말씀이세요? CCTV 확인하셨어요? 증거가 있는데 왜 그러세요."

민준은 형사를 노려봤다.

"확인은 못했습니다. CCTV가 고장난 거 맞던데."

"제가 분명히 봤습니다. 돌아가고 있더라구요."

"사장한테 물어봐요, 고장 났다고 하던데."

"사장이 일부러 고장 낸 걸까요?"

"젊은 사람이 의심이 많네, 어떡할 겁니까? 합의 안 하실 거죠?"

형사는 민준의 말을 무시해버리고 따지듯 물었다.

"제가 잘못한 것이 없는데 무슨 합의를 하라는 겁니까?"

"어떻게 하시겠어요? 경찰서에 왔다 갔다 하면, 직장 일에 지장 받지 않아요? 어린 딸을 생각해야지."

형사는 마음이 급했다. 민준의 약한 부분을 잔인하게 찌르며 협박을 했다.

"생각할 시간이 필요합니다."

민준은 형사도 김 사장과 한 패라고 직감했다. 일단 시간을 두고 방법을 찾아봐야 할 것 같아서 여운을 남기고 일어섰다. 회사로 들어가 마무리 정리를 하고 퇴근을 했다.

집 앞에 새로 생긴 수제맥주 집으로 들어갔다. 흑맥주와 피자를 시켰다. 목마른 사슴처럼 맥주를 벌컥벌컥 마셨다. 한 잔을 비우고 주변으로 시선을 돌렸다. 다른 테이블에 앉아 있는 저 사람들은 뭐가 좋은지 분위기가 민준의 우울함과는 비교되는 것 같다.

"한잔 더 주세요."

민준이 주문했다.

"같은 걸로 드릴까요?"

민준은 고개를 끄덕였다. 직원은 계산서에 추가 체크를 하고 테이블 모서리에 가지런히 놓았다.

민준이 피자를 먹는 사이 직원이 술을 가지고 왔다. 음악소리와 사람들 웃는 소리가 웅성거린다. 민준은 술을 비우고 밖으로 나왔다. 편의점에 들러 소라가 좋아하는 과자를 샀다. 집에 도착해 벨을 눌렀다.

"늦었네, 어휴 술 냄새."

은영이 문을 열어 주면서 본인도 모르게 한숨이 나왔다.

"조금 먹었어, 소라는 자?"

민준은 혀가 꼬부라진 목소리로 말했다.

"자기 기다리다가 잠들었지, 고민 있으면 같이 나누어야지 혼자 힘들어하고."

은영은 걱정스런 마음으로 민준을 바라봤다.

"미안해."

민준은 쓸쓸이 웃는다.

"아빠!"

소라가 깊은 잠이 안 들었는지, 눈을 비비며 방에서 나왔다.

"울 공주님 깼어?"

민준이 팔을 벌려 소라를 안으려 하자

"술 냄새, 아빠 술 마셨어? 술 안 마실 때가 좋은데."

소라가 뒷걸음으로 은영의 품에 안긴다.

"소라야 아빠하고 산책 갈까?"

"응."

소라가 맞장구를 쳤다.

"술 마시고 무슨 산책, 어서 옷 갈아입어."

은영이 분위기를 정리했다.

"소라야 일요일에 가자."

민준은 은영이 말이 맞다고 생각하는지, 소라에게 일요일로 약속을 했다.

"토요일도 놀잖아."

은영이 묻는다.

"자동차 영업사원이 토요일이 어딨어? 그날 팸플렛 돌리러 가야 해."

민준이 생각났다는 듯이 말했다.

"토요일도 쉬지 못하면서 일을 하는데, 억울하게 폭행범으로 몰리는 거야?"

은영은 갑자기 설움이 복받쳐 주방 앞으로 갔다. 일부러 수돗물을 크게 틀어놓고 깨끗하게 씻은 그릇을 다시 씻는 척했다.

"내가 성질이 너무 급했지."

민준은 살며시 은영이 뒤로 갔다. 뒤에서 포옹을 했다.

"나 때문에 벌어진 일이잖아 오히려 내가 미안하지, CCTV는 어떻게 됐어?"

"내가 분명히 봤는데 고장 났다는 거야."

"검찰청에 민원을 넣어봐, 형사도 사장한테 돈 먹은 것이 틀림없어."

"맞다 내가 왜 그 생각을 못했지."

민준은 갑자기 술이 확 깨는 기분이 들었다. 날이 밝으면 맑은 정신으로 민원을 작성해서 청와대 신문고에 넣어야겠다고 생각했다.

언덕 위 빨간 벽돌집 주인은 누구일까? 밤이면 별을 더 자세히 들여다볼 수 있을까, 별똥 별 떨어지는 것 포착하기에 좋은 집 위치 같다.

김 사장은 음식점 골목으로 들어가 이층에 있는 참치횟집에 자리를 잡았다. 창가에는 테이블이 마련되어 있는데, 요리사와 마주보는 테이블에 앉았다.

"안녕하세요, 오랜만에 오셨네요."

요리사가 살짝 미소를 보였다. 하얀 모자의 높이는 삼십 센티미터로 보였다. 멋있는 요리사 분위기다.

"예, 조금 바빴습니다. 잘 되시죠?"

"늘, 무난해요. 어제는 연예인 왔었어요."

요리사는 연예인이 와도 특별하게 대하지는 않아, 연예인이 시큰둥하다고 했다.

"안녕하세요."

김 사장은 요리사와 대화를 나누다가, 종소리가 나는 문 쪽으로 고개를 돌려 형사를 보며 인사를 했다.

"일찍 오셨어요?"

형사는 김 사장 옆자리 의자에 나란히 앉았다.

"조금 전에 왔습니다."

서빙 하는 여자는 유니폼을 단정하게 입고 물수건, 수저, 김, 배추, 간장 등 기본 세팅을 했다.

"술은 어떤 걸로 드릴까요?"

여자는 화장이 좀 진하다. 일본식 가게 분위기여서일까, 일본 여자처럼 차려입은 옷이 잘 어울렸다.

"소주와 맥주 주세요."

형사가 말했다.

여자는 빠르게 술을 가지고 왔다. 김 사장은 소맥을 만들어 형사와 건배를 했다.

"위하여!"

둘은 술잔을 부딪쳤다.

"근데 말이오, 박민준 그 자식이 청와대 신문고에 민원을 넣었던데요."

형사는 걱정스럽다는 듯 말했다.

"그래요 무슨 방법이 없을까요?"

김 사장은 놀라서 입술이 파르르 떨렸다.

"만약, 내가 잘리면 사장님 때문이니까 퇴직금 책임지셔야 합니다."

형사는 단호하게 협박했다.

"좋은 방법이 없을까요? 박민준 그 놈을 잡아넣으면 안 됩니까?"

김 사장은 부탁조로 말했다.

"그렇지 않아도 오늘 구속영장을 신청했어요. 오늘 밤이나 내일쯤 영장이 떨어질 텐데, 초범이라 불구속 수사 떨어지면 우린 망한 거야."

형사도 신경을 쓰고 있다.

"검사한테 부탁하면 안 될까요?"

김 사장은 긴장했다.

"천만 원 한 장은 있어야 할걸."

"네, 제가 준비하겠습니다."

김 사장은 박민준한테 합의금을 더 뜯어내면 된다는 생각에 자신 있게 말했다.

무한 리필로 나오는 참치메뉴가 있다. 적당히 먹고 일어서야 한다. 어느 정도 먹으면 도마 위에 더 이상 참치를 올려 주지 않고, 구운 생선이 나온다. 김 사장의 마음도 도마 위에 올려진 생선과 뭐가 다를까, 하는 생각에 취기가 올라왔다.

창백하게,
흰

아침부터 비가 부슬부슬 내리고 있었다. 은영은 알람소리에 일어나서 기지개를 켰다. 거실로 나가서 빗소리를 들으며 불을 켰다. 잠시, 내리는 비를 바라보다 주방으로 갔다.

안방 문 열리는 소리가 났다. 은영이 민준이 일어났을 것이라고 생각하며 부지런히 칼질을 했다. 민준이 등 뒤로 다가왔다.

"맛있는 냄새가 나네."

민준이 은영의 머리카락을 쓰다듬어주며 속삭였다.

"일어났어?"

은영은 모처럼 만에 민준이 속삭여주니까 기분이 좋았다. 허리를 숙여 가스렌지 불 조절을 했다.

"자기 오늘 퇴근하고 바쁜 일 있어?"

"왜."

"그냥."

"몽블랑 그놈 때문에 그래?"

"아니."

"뭐 때문에 그래."

"저녁에 외식할까?"

"가능하면 일찍 퇴근할게."

"응, 알았어."

은영은 냉장고에서 반찬을 꺼내며 민준을 바라봤다. 요즘 경기가 안 좋아서 자동차 세일즈 하기도 힘들 것이다. 몽블랑 사건까지 겹쳐서 스트레스를 많이 받을 것인데도 내색을 하지 않는 얼굴이 너무 고마웠다.

민준은 출근을 하고 소라는 유치원 버스를 타고 떠났다. 은영은 설거지를 하는 내내 가슴이 답답했다. 산에라도 올라 시원한 바람을 쐬고 싶은 생각이 들었다. 어느 사이에 비는 그쳤다. 빗물을 먹은 땅은 촉촉했지만 질퍽거리지는 않았다.

바나나 한 개와 초콜릿과 커피, 물을 배낭에 넣고 밖으로 나갔다. 청계산 가는 버스를 탔다. 원터골에서 내려 산행을 시작했다.

답답하던 마음이 조금은 열리는 것을 느꼈다. 은영은 숨을 내쉬면 나무가 시원한 산소를 내뿜는 것 같은 기분이 들었다. 산길을 올라 갈수록 얼굴이 붉어지기 시작했다.

비를 맞은 숲은 더 푸르고 싱싱한 품을 벌리고 있었다.

가파른 길이 나타났다. 은영은 오십여 미터 정도만 올라갔는데 숨이 찼다. 민준의 얼굴이 생각나면서 가슴이 먹먹해졌다. 바닷가에 제과점을 하겠다는 꿈에 젖어 몽블랑에 미련을 가졌던 것이 후회로 밀려왔다.

매봉으로 가는 코스는 계단이 많다. 은영은 옥녀봉까지 올라갔다가 나무 사이로 내려다보이는 아파트 건물을 보면서 벤치에 앉았다.

푸르른 나무 사이로 햇빛이 환하다. 산 속에서 들리는 새 소리에 눈을 감아본다.

몽블랑 김 사장은 처음에는 좋은 사람인줄 알았다. 빵 만드는 기술, 특별한 비법까지도 알려 준다고 했었다. 힘들어도 바닷가에서 빵집을 하려는 목표가 있었기에 미래에 꿈을 펼칠 생각으로 견뎠다. 힘들어서 눈물이 날 때도, 참으며 반죽을 했었던 지난날에 쓴 웃음이 나왔다.

민준이 은영을 도와주려고 안간힘을 쓰는 것을 알고 있기에 미안한 마음이 더 들었다.

은영은 이 위기를 잘 극복해야겠다는 생각이 들었다.

은영은 새소리와 바람 소리만 들리는 숲에 한참 동안 앉아 있었더니 혼란스럽던 마음이 풀리는 것 같다. 커피와 과일을 먹고, 가벼운 발걸음으로 하산을 하기 시작했다.

산에서 내려오는 길목에 있는 '꽃마을 화원'앞에서 걸음을 멈췄다.

빨간 석류나무가 시선을 사로잡았다. 어렸을 때 마당에 서 있던 석류나무가 생각나서 화원에 들어갔다. 석류가 세 개 달린 화분을 샀다. 언제부터 사고 싶었는데, 돈이 아까워 사지 못했었다. 오늘은 기분도 우울하고 해서 돈 아까운 줄 모르고 샀다. 집에 들어가서 홍콩야자수 옆에 놓았다.

은영은 소라가 올 시간이 되어 밖으로 나갔다. '봄이 옵니다'라는 상호의 꽃집에는 고무나무, 돈 나무와 여러 가지 화초들이 우뚝 서 있다. 행운목이 눈에 들어왔다. 행운목을 사서 집에 두면 행운이 들어올까 하는 생각을 하는 사이 유치원 버스가 부드럽게 멈췄다.

"엄마."

소라가 토끼처럼 뛰어왔다.

"울 공주 어서와."

은영은 소라의 손을 잡으며, 선생님과도 인사를 나눴다.

소라는 집에 들어가자마자 손 씻는 법을 배웠다며 한참을 꼼꼼히 씻었다. 은영은 믹싱볼에 사과, 딸기, 바나나를 깍둑썰기 해서 넣었다. 견과류를 섞어서 예쁜 그릇에 담았다.

"소라야, 과일 먹자."

은영은 식탁 의자에 앉아서 소라를 불렀다. 소라는 몇 개 먹더니 그만 먹겠다며 제 방으로 들어갔다. 가슴이 짠하게 아파 오며 콧등이 시큰거렸다. 방에 들어가서 위로를 해 줘야 하나, 모르는 척해야 하나 생각했다.

그래, 좀 여유를 갖자.

지금 당장 소라 방에 들어가도 뚜렷한 위로의 말이 나오지 않을 것 같아서 과일을 먹었다. 오늘 따라 과일 맛이 무맛처럼 밋밋하다.

민준은 퇴근하고 곧장 집으로 갔다. 저녁 준비를 하고 있던 은영이 마른 미소를 지어 보였다.

"우리 외식 다음에 하자."

은영은 생각 같아서는 민준을 위해서 갈빗집에라도 가서 한잔 하고 싶었다. 하지만 민준에게 별로 도움이 되지 않을 것 같다는 생각에 말했다.

"왜? 어디 아파?"

"아니 오늘은 집에서 먹고 싶어서."

"그래 그럼 다음에 멋진 곳으로 데리고 가줄게. 내가 도와줄까?"

민준은 은영을 가볍게 껴안았다. 평생 욕 한마디 얻어먹지 않고 살아온 은영이다. 마음의 고생이 심할 것이다. 은영이 편한 데로 해 주는 것이 좋을 것 같아서 이마에 키스를 해줬다.

"괜찮으니까 소라가 뭐 하는지 좀 봐줘."

은영이 미소를 지으며 소라 방문을 턱으로 가리켰다.

"소라 뭐해?"

민준이 노크를 하고, 방문을 열었다.

"아빠 왜?"

소라가 종이에 그린 인형에게 옷을 입히고 있다가 민준을 바라봤다.

"재미있니 소라야 밥 먹고 할까?"

민준이 인형놀이를 하고 있는 소라를, 한참동안 바라보다 일어서며 말했다.

"응, 아빠."

소라와 민준은 방에서 나왔다. 식탁 의자에 앉았다.

"소라가 좋아하는 계란말이 했어."

은영이 소고기가 들어간 미역국을 새로 산 그릇에 담으며 말했다. 오늘은 특별히 민준이 좋아하는 계란말이, 시금치, 주꾸미와 삼겹살 두루치기를 차려 놓았다.

"응."

소라가 주꾸미를 집으며 말했다.

"자기도 얼른 와."

민준이 싱크대 앞에 서 있는 은영을 불렀다.

"알았어."

은영은 앞치마를 앞치마 걸이에 걸어 놓고 식탁에 앉았다.

"엄마, 멸치 반찬은 없어?"

소라가 반찬을 둘러보다가 은영을 바라봤다.

"소라 멸치 볶음 먹고 싶어? 내일 엄마가 맛있게 해놓을게."

은영은 소라에게 약속한다는 표정으로 눈을 찡긋했다.

은영이 볼 때 소라는 평소에 좋아하던 계란말이를 쳐다보지도 않았다. 은영이 슬그머니 계란말이 접시를 소라 앞에 갖다 놓았다. 소라는 계란말이 한 점을 집어 먹었다.

"잘 먹었습니다."

소라가 밥맛이 없는지, 먹는 둥 마는 둥 하고 조용히 제 방으로 들어갔다.

"자기야 내일은 찜닭 할까? 멸치도 사야 하니까 마트에 다녀와야겠어."

은영은 소라가 좋아하는 거는 뭐든 해주고 싶었다.

"오랜만에 맛있는 찜닭 먹겠네, 자기 맛있게 하잖아. 소라도 잘 먹을 것 같은데."

"소라야."

민준이 닫힌 방문을 바라봤다. 소라는 무엇을 하는지 대답을 하지 않는다.

"요즘 소라가 기운이 없어 보여."

민준이 은영에게 시선을 돌리고 걱정스러운 표정을 지었다.

"요즘 음식도 잘 안 먹고 걱정돼, 벌써 사춘기가 왔을 리도 없고"

"소라는 유치원생이잖아."

"그래서 더 걱정이야, 한참 뛰어놀 나이인데."

은영이 일어나서 소라 방문 앞으로 갔다. 방문을 열고 소라를 바라봤다.

"엄마 왜?"

침대에 누웠던 소라가 일어나 앉았다.

"소라야 딸기 먹을래?"

은영이 침대에 걸터앉으며 소라 손을 잡았다.

"아니."

은영은 가슴이 아팠다. 원인이 뭘까, 경찰서를 드나드는 부모의 심각한 모습을 보며 영향을 받은 것 같다. 이제라도 소라를 위해 마음을 열어둬야겠다.

"소라야 양치하고 자야지."

은영이 부드럽게 속삭이며 소라를 일으켜 세웠다.

"응, 엄마."

소라는 힘없이 일어났다. 은영을 따라서 밖으로 나갔다. 민준에게 희미하게 웃어 보이고 욕실로 들어갔다.

민준은 소파에 앉아 무표정한 얼굴로 텔레비전을 바라보고 있었다. 마음은 심란하기만 하다. 어디서부터 일이 꼬이게 됐는지 혼란스러워서 마음속으로 길게 한숨을 내쉬었다. 은영은 말없이 마른 수건을 착착 접었다. 가끔 관심 없는 얼굴로 텔레비전을 바라봤다.

"안녕히 주무세요."

소라가 양치를 하고 나와서 인사를 하고 방으로 들어갔다.

"소라야."

민준은 소라의 방문을 열었다. 소라는 예전과 다르게 얼굴 표정이 밝지가 않았다. 소라는 민준을 바라보며 미소를 짓지만 대답을 하지 않았다.

"소라야 책 읽어줄까?"

민준이 소라의 머리카락을 쓰다듬으며 부드럽게 물었다.

"응, 아빠."

"무슨 책 읽어줄까?"

소라는 일어나서 책꽂이 앞으로 갔다. 적당히 읽을 것이 없다는 표성으로 책을 뒤적거리기 시작했다. 민준은 오랜만에 책을 읽어주는 것 같아서 미안했다.

소라는 『호이 호이 잼 할머니』와 『요리조리 밀가루 반죽』 두 권을 골랐다.

"소라 재미있는 책 골랐네."

"응, 아빠."

민준과 소라는 침대에 같이 누웠다. 민준이 책을 치켜들어서 구연 동화를 흉내 내기 시작했다.

"아빠."

소라는 예전에 민준이 책을 읽어주던 때가 생각나서 소리 없이 웃었다. 민준은 소라가 웃는 모습을 보니까 안심이 됐다. 예전에는 깔깔대며 손뼉을 치며 잘 웃었었다.

소라가 먼저 한 줄을 읽고 나면 민준이 같은 부분을 다시 소리 내어 읽었다. 소라는 가끔 민준을 바라봤다. 민준은 소라와 시선이 마주치면 얼굴을 쓰다듬어 주거나, 등을 토닥거려 주었다. 앞으로는 소라와 책 읽는 시간을 자주 가져야겠다고 생각했다.

"왜?"

"잼있다."

"뭐가?"

"책 속에 나오는 것처럼 밀가루 반죽을 해보면 재미있을 것 같아."

"그래, 내일 한번 해볼까?"

"응, 좋아."

"소라야, 다른 책 더 읽을까?"

"아니, 잘래."

소라는 졸리는 눈을 깜박거리며 길게 하품을 했다.

"우리 공주님 좋은 꿈꾸어!"

민준은 책을 책꽂이에 가지런히 꽂았다. 소라의 이마에 뽀뽀를 했다. 불을 끄고 밖으로 나갔다.

"소라는?"

은영이 소파에 앉아 뜨개질을 하며 물었다.

"잠들었어, 자기 뭐해?"

민준이 굵은 나일론 실로 뜨개질하는 은영의 모습을 내려다봤다.

"응 설거지 할 때 세제 없이도 잘 닦인다고 해서."

은영이 익숙하게 뜨개질을 하며 말했다.

"언제 배웠어?"

민준이 냉장고에서 물을 꺼내면서 말한다.

"나 뜨개질 하는 거 못 봤지? 원래 잘해. 안 해서 그렇지."

"자기, 소라 병원에 가봐야 될 것 같은데."

민준이 물을 한 모금 마시며 걱정스런 표정으로 은영을 바라봤다.

"병원은 좀 생각해보자."

은영은 소라가 정신적으로 힘들어하는 진단이 나올까봐 병원 가는 것이 두려웠다.

"요즘 말수가 더 줄어든 것 같아."

민준은 한숨을 쉬며 베란다 밖을 바라봤다.

"병원보다 경찰서 사건 일이 마무리 되면, 제주도로 여행 갈까? 그러면 소라도 기분이 좋아질 것 같아."

은영은 노란색 실로 바꾸며 민준을 바라봤다.

"그래도 변화가 없으면 정신과 상담 받으러 가자."

민준은 혹시 소라가 들을까봐 작은 목소리로 속삭이듯 말했다.

민준은 아침을 먹자마자 출근을 했다. 은영의 다람쥐 쳇바퀴 도는 것 같은 하루가 시작됐다. 유치원 차가 올 시간에 소라와 밖으로 나갔다. 소라를 보내고 집으로 와서 설거지를 시작했다. 설거지를 끝내고 안방과 소라 방을 다니며 빨랫감을 모아서 세탁기에 집어넣고 청소를 하기 시작했다.

오늘따라 청소기 소음이 유난히 크게 들린다. 귀를 막고 싶었다. 소음이 작다고 해서 구입했다. 막상 써보니, 평소에 쓰던 것과 별 차이가 나지 않는 것 같다. 어쩌면 은영이 마음이 불편해서 거슬리게 들리는 것은 아닐까.

벨 소리가 울린다. 누구지 인터폰 앞으로 다가갔다. 모니터에 체격이 큰 우체부가 서 있다.

"누구세요?"

은영이 수화기를 들고 물었다.

"등기 왔습니다."

은영이 현관문을 열고 봉투를 받았다. 떨리는 손으로 봉투를 개봉했다. 검찰청에서 온 출두 통지서다. 몽블랑 김 사장의 고소건이 기어이 검찰청까지 올라간 모양이다. 눈앞이 캄캄해지면서 화가 났다. 하지만 이내 정신을 차려야 한다고 생각하며 몽블랑에 전화를 걸었다.

"몽블랑입니다."

"사장님 좀 바꿔주시겠어요?"

은영이 떨리는 목소리로 말했다.

"예, 누구라고 전해드릴까요?"

종석의 목소리는 은영의 마음과 다르게 태평스러웠다.

"서은영이라 하면 알 거에요."

"여보세요."

김 사장이 베이킹에 있었는지 금방 전화를 받았다.

"사장님, 너무 하시는 거 아니에요. 어쩌면 그럴 수가 있어요? 이건 경우가 아니란 걸 모르시는 분도 아니잖아요."

은영은 이건 아니라고 생각했다. 예전처럼 소라에게 신경을 더 써주고 싶었다. 더 이상 사건이 진행 안 되게 멈추고 싶은데, 김 사장은 참으로 끈질기다.

"그래서 법이란 것이 필요한 거잖아."

김 사장의 목소리는 능글스러웠다.

"끝까지 가보자는 건가요? 그럼 인터넷에 올리는 수밖에 없겠네요."

은영도 화가 나서 쏘아 붙였다.

"인터넷에 올리면 명예훼손에 걸리는 거 아는지 모르겠네."

"뭐래, 명예훼손이라고요. 정말 대화가 안 되네."

은영은 화가 치밀어 올라 전화를 끊었다. 전화를 끊어도 화가 풀리시 않아 냉장고 문을 열었다. 물을 꺼내서 벌컥벌컥 마셨다. 물을 마시는데 입술이 파르르 떨렸다. 입고 있던 원피스를 트레이닝복으로 갈아입었다. 운동화를 신고 집 밖으로 나갔다.

양재천 쪽으로 걸었다. 산책하는 사람들이 많다. 강아지와 산책 나온 사람도 있다. 자전거 도로에는 자전거가 바람을 일으키며 달아나고 있다. 새들이 날아다닌다. 오리 두 마리가 물에서 나왔다. 오리는 날개를 퍼덕이며 물기를 털어내고 있다. 그리고 햇빛이 잘 드는 돌 위에 앉았다. 나뭇가지에 앉아서 쉬는 오리도 있다.

은영은 몽블랑 김 사장과의 통화로 인해 심란해진 마음을 진정시키려고 뛰기 시작했다.

"아주머니 인도로 다니세요. 여긴 자전거 길이에요."

자전거를 타고 지나가던 남자가 큰 목소리로 말했다. 은영은 큰 목소리에 놀라서 걸음을 멈추고 벤치에 앉았다. 오랜만에 산책을 나왔더니 칸트가 벤치에 앉아 독서하는 동상이 있었다. 집에서 나올 때만 해도 화가 나서 떨리던 기분이 조금은 진정이 되는 것 같다.

은영은 한참을 벤치에 앉아 있다가, 벤치에서 일어나 연인의 길로 걸었다. 연인의 길을 빠져 나오는 곳에 그네가 있었다. 그네 줄이 기울어져 불안하게 매달려 있었다.

은영은 기울어진 그네 줄이 자신의 모습과 닮은 것 같아 안쓰럽게 바라봤다.

은영은 집에 도착해서 샤워를 하고 나니 몸에서 상큼한 사과향이 나는 것 같다. 머리카락을 말리고 초록색 원피스를 입었다. 사과를 자르고 아로니아 분말가루를 뿌려서 먹으며 창문을 열었다. 시원한 바람이 실내로 들어왔다.

저녁을 먹은 후 소라는 피곤했는지 일찍 잠이 들었다.

"자기 술 한잔 할까?"

은영은 거실을 서성거리다가 민준의 눈치를 살피며 말했다.

"웬 술 무슨 일 있어?"

"아니, 그냥."

"그래, 한잔 하자."

민준은 식탁에 앉았다. 은영은 선물 받은 와인을 꺼냈다. 와인 잔을 꺼내고 안주로 치즈와 체리, 수박을 접시에 예쁘게 담았다. 민준이 와인 뚜껑을 여는 소리가 '라'음으로 들리기도 했다.

"건배!"

민준과 은영은 잔을 부딪쳤다. 민준은 단숨에 잔을 비웠다. 스스로 잔을 채웠다. 그 사이 은영도 잔을 비웠다.

"자기도 한잔해."

민준이 은영의 잔을 채워줬다.

은영이 조심스럽게 검찰에서 온 출두통지서를 내밀었다.

"이딴 것 때문에 걱정 할 거 없어."

민준은 아무렇지 않다는 표정으로 웃었다.

은영이 볼 때 민준이 겉으로는 웃고 있지만, 은영이 걱정할까봐 담담한 표정을 짓고 있는 것 같다. 속은 얼마나 타고 있을까, 가슴 속에서 절망이 차오르고 있었다.

내일은 내일의 해가 뜬다. 절망하는 사람들에게도 아침은 오고, 첫

데이트를 앞두고 설렘에 밤을 뒤척이던 소녀에게도 아침은 온다. 민준은 잠을 잔 것 같기도 하고, 뒤척이느라 못 잔 것 같기도 한 뒤숭숭한 기분으로 일어났다.

영업소에 출근한 민준은 여느 날처럼 직원들에게 웃는 얼굴로 인사를 했다.

"안녕하세요, 좋은 아침입니다."

민준은 어색하게 웃었다.

"피곤해 보이네, 어제 잠 못 잤어?"

소장은 커피를 마시며 자동차 계약서류를 뒤적거렸다.

"네, 소장님 생각이 많아서인지 잠이 안 오더라고요."

민준은 머리카락을 만지며, 멋쩍게 웃었다.

"무슨 일 있는가?"

소장의 목소리는 부드러웠다.

"예, 검찰에서 출두하라고요."

민준은 옷매무새를 가다듬으며, 조금의 불안한 기색을 보이고 있다.

"아직 그 일 안 끝났어? 오래 가네, 맞고소 하지 그랬어."

소장은 한심하다는 눈빛을 보내고 있다.

"맞고소를요?"

민준은 고민을 털어 놓으니, 해결 방법이 생기는 것 같았다. 자리로 돌아와 인터넷 검색을 하고 고소장 양식을 출력했다. 양식에 작성을 하니 마음이 급해졌다.

"소장님, 고소장 제출하고 와서 업무해도 될까요?"

"그래."

"감사합니다."

민준은 사무실을 나섰다.

마음이 바빠서인지 도로에 차들이 느리게 움직이는 것 같았다. 작성한 고소장을 들고 검찰청 민원실로 찾아갔다. 고소장을 접수하고, 곧바로 담당형사를 찾아갔다.

"요즘 한가한 모양이네."

형사가 민준을 보며 반갑지 않다는 표정으로 인상을 쓰며 비웃었다.

"지금, 몽블랑 사장을 검찰에 직접 고소장 제출하고 왔어요."

민준이 피식 웃으며 작은 목소리로 말했다.

"고소장이라니? 맞고소 했단 말요?"

형사는 어이없다는 표정으로 민준을 바라봤다.

"형사님도 고소할 생각입니다."

민준은 코웃음을 치며 형사 옆에 있는 의자를 끌어다 앉았다.

"이 사람이 정말 제정신이야 겁을 상실했나?"

형사가 어이없다는 표정으로 물었다. 하지만 김 사장한테 받은 돈 때문에 막연한 두려움이 밀려왔다.

"편파적인 수사를 용서하지 않을 겁니다. 저는 아직 이 나라에 정의는 살아 있다고 생각합니다."

"무슨 말이야?"

형사는 부정한 일이라도 했다는 눈치다.

"그건 검찰에서 조사하겠죠."

"이 사람 큰일 낼 사람이네."

형사는 짐짓 아무렇지도 않다는 표정을 지었지만, 속으로는 당황했다.

"수고하세요."

민준은 형사를 노려보며 돌아섰다. 진실이 살아 있다면 올바른 수사가 진행될 것이다. 만약 편파수사라고 판명이 되면 형사와 김 사장에게 합의를 해주지 않을 생각이다.

"거기 몽블랑이죠? 사장 좀 바꿔줘요."

형사는 민준이 형사실을 빠져나가기도 전에 몽블랑 김 사장에게 전화를 했다. 종석이 전화를 받았다.

"누구시라고 할까요?"

"야, 이 자식아 전화 바꾸라면 바꿔."

형사가 다른 형사들이 놀랄 정도로 버럭 소리를 질렀다.

"여보세요."

"여기 경찰섭니다."

"안녕하세요, 형사님."

김 사장은 형사가 앞에 있는 것처럼 공손하게 말했다.

"골치 아프시겠습니다."

"왜요?"

"민준 그 자식이 검찰에 고소를 한 모양입니다."

"고소를 했다고요?"

김 사장의 놀란 목소리가 형사의 귓전을 요란하게 울렸다.

"맞고소를 했으니 준비하셔야겠어요."

"뭘 준비를 해야 합니까?"

"그걸 꼭 내 입으로 말해야 합니까?"

"알아서 해드릴 테니 어떤 내용으로 고소했는지 알아봐주시겠어요."

"그건 내가 알아봐줄 테니까 마음의 준비나 하고 계세요."

형사는 예감이 좋지 않아서 전화를 끊고 싶었다.

"우리한테는 증인이 있잖아요."

김 사장이 은근한 목소리로 말했다.

"너무 방심하지 마세요."

형사는 큰소리치는 김 사장의 목소리를 흘려버리며 전화를 끊었다.

민준은 오늘 중으로 계약을 하고 싶다는 고객을 만나러 약속 장소로 향했다. 오늘따라 도로에는 차들이 거북이처럼 느리다. 교통사고가 났는지 도로가 거대한 주차장으로 변했다.

"안녕하세요 고객님, 지금 가는 중인데 도로가 너무 막혀서 조금 늦을 것 같아요."

민준은 빠른 길이 없는지 주변을 살핀다.

"그래요? 오늘 안 되면 계약을 다음으로 미루죠."

"최대한 빠르게 가도록 하겠습니다."

민준은 오늘 중으로 계약 건을 올려야 목표를 달성할 수 있다. 마음은 급했지만 차는 느리기만 하다.

"삼십 분 기다릴게요. 저도 바쁜 일이 있어 이동을 해야 합니다."

"삼십 분보다 더 걸릴 것 같아요."

"삼십 분이 지나면 다음에 계약하죠."

고객은 민준이 말할 시간도 주지 않고 전화를 끊었다. 도로의 교통은 본인의 의지대로 움직여지지 않는 것 같다. 순서대로 나란히 질서를 지켜야 하니, 어떻게 피해갈 수 없는 상황이다.

제복을 반듯하게 입은 경찰관이 도로에 서서 하얀 장갑이 돋보이게 봉을 들고 손을 흔든다. 신호기가 고장 났는지 차들은 경찰관의 손동작에 따라 움직인다. 마치 지휘를 하는 것 같기도 하고 군악대에 발맞춰 행진을 하는 것 같다. 민준은 마음이 답답해졌다.

약속 장소에 도착했을 때는 한 시간이 지났다. 민준은 허탈한 기분으로 사무실로 향했다.

목표를 달성한 직원은 휘파람을 불며 일을 하고 달성하지 못한 직원은 핸드폰으로 연신 전화를 하고 있었다.

민준은 이번 달 목표 달성을 하지 못했다. 영업소장은 민준에게 할 수 있는데 하지 못했다고 말하며, 다음 달에는 목표 달성을 꼭 하라고 했다. 목표달성 하고 싶었지만, 마음대로 안 되었다. 정말 속상 한 것은 민준이 자신이다. 자존심이 상해서 스스로에게 화를 내고 싶었다. 민준은 어깨가 축 쳐진 모습으로 하루를 마무리하는 기분은 허전했다. 소장에게 다음 달에는 목표를 달성하겠다는 약속을 하고 퇴근준비를 서둘렀다.

민준은 엉망인 기분을 달래기 위해 수제맥주 집으로 들어갔다. 개업한 지 얼마 안 되어 테이블이며 의자들이 윤기가 났다. 넓은 자리에 혼자 앉을 수도 없고, 두 명이 마주보고 앉는 높게 위치한 의자에 앉았다.

민준은 윙과 흑맥주를 시켰다. 윙이 만들어지는 사이 흑맥주가 나왔다. 안주가 나오기 전에 한잔 마시고 또 한잔을 추가했다. 직원이 안주와 흑맥주를 가지고 왔다. 윙은 살이 부드럽고 매콤 달콤한 맛이 났다. 속상했던 기분이 조금은 술로 인해 풀리는 느낌이다. 몇 잔을 더 마셨다.

의자에서 일어나 집으로 향하는 발걸음이 비틀거리며 몸이 마음대로 되지를 않는다. 민준은 똑바로 가고 싶은데, 거리에 장식된 화분 쪽으로 향하고 있었다.

민준의 의지와 상관없이 화분의 동그란 모서리에 허벅지를 부딪치고서 넘어졌다. 술을 많이 마셔서 앞이 흐릿하다. 비틀거리는 걸음으로 아파트 앞에 도착했다. 초인종을 눌렀다. 벽을 잡고 비틀거리고 있는 사이에 문이 열렸다.

"늦었네, 어휴! 술 냄새."

은영이 민준을 부축하며 가방을 받았다.

"응, 마감하고 조금 마셨어."

민준이 혀가 꼬이는 목소리로 말했다.

은영은 슬픈 얼굴로 방으로 들어가는 민준을 바라봤다. 저렇게 취해서 집은 어떻게 찾아 왔을까, 이번 달 마감이 잘 안 됐나, 몽블랑 김 사장 때문에 괴로워서 마셨나? 온갖 안 좋은 생각이 들어서 마음이 아팠다. 은영이 방으로 들어갔다.

민준은 침대 위에 힘없는 문어처럼 널브러졌다. 은영은 민준의 옷을 벗기기 시작했다. 양말을 벗기며 '양치는 하고 자야지'라고 은영이 혼잣말로 중얼거렸다. 수건에 물을 적셔 민준의 얼굴과 손과 발을 닦아준다. 민준은 무엇이 그리 서러운지 눈물이 눈가로 흘러 볼을 적신다. 은영이 울컥하는 마음으로 민준의 눈물을 닦아주었다.

"사랑해."

민준이 천천히 은영의 목을 껴안고 속삭였다.

은영은 대답을 하지 못하고 가만히 있었다. 민준은 금방 코를 골며 자기 시작했다. 은영은 내일은 몽블랑에 찾아가서 담판을 짓겠다고 결심을 했다.

은영은 알람 소리에 눈을 떴다. 방에서 나가 주방으로 향했다. 불을 켜고 아침을 하기 시작했다. 식탁 위에 반찬들을 미리 차렸다.

은영은 북엇국이 끓고 있는 것을 보고 안방으로 들어갔다. 민준은 한밤중처럼 코를 골며 자고 있다. 어깨를 흔들어 깨웠다.

"나 어제 술 많이 취했지?"

"아니야, 어서 씻고 아침 먹어야지."

은영은 일부러 밝은 목소리로 말을 하고 밖으로 나갔다.

"그래."

민준은 거실로 나갔다. 냉장고에서 생수병을 꺼냈다. 물을 마시고는 욕실로 들어갔다.

은영은 소라 방문을 열고 들어가서 불을 켰다.

"소라야 일어나야지."

은영이 자고 있는 소라의 머리카락을 쓰다듬었다.

"엄마 졸려."

소라가 눈을 비비며 중얼거렸다.

"씻고 밥 먹자."

은영이 소라를 일으켜 세웠다.

은영과 소라는 밖으로 나갔다.

"소라 일어났네."

민준은 조금 전 물을 마셨는데도 속이 타는 것 같아 또, 물을 마시고 나서 말했다.

"응, 아빠."

소라는 민준에게 엷은 미소를 짓고 욕실로 들어갔다.

"국이 시원하네."

민준이 북엇국을 한 수저 떠먹고 은영을 바라봤다.

"밥도 먹어."

은영은 민준을 바라봤다.

욕실 문이 열리며 소라가 나왔다.

"소라야, 밥 먹자."

민준이 소라 쪽으로 고개를 돌렸다.

아침을 먹고 민준은 방으로 들어갔다. 흰색 와이셔츠에 블루색깔의

넥타이를 매고 감색 재킷을 입고 거실로 나왔다.

"다녀올게."

"우산 가져가."

은영은 체크무늬 우산을 민준에게 줬다.

"소라 유치원 잘 갔다 와."

민준은 다른 날처럼 소라의 뺨에 뽀뽀를 했다.

"응, 아빠."

소라는 민준에게 손을 흔들었다.

은영은 소라의 손을 잡고 현관문을 여는 민준의 뒷모습을 바라봤다.

"소라도 유치원 갈 준비해야지."

"응, 엄마."

은영과 소라는 방에 들어갔다. 옷을 입고 방에서 나왔다.

"소라야, 장화 신을까?"

"좋아."

소라는 노란색 장화를 신었다. 은영이 소라가 좋아하는 별이 있는 우산을 챙겨줬다. 가방을 챙겨서 밖으로 나왔다. 유치원 차를 기다리고 있는데, 비가 와서인지 차가 십 분 정도 늦게 도착했다. 소라는 유치원 차에 올라탔다. 창가 자리에 앉은 소라가 은영에게 손을 흔들었다.

은영은 노란 차가 출발한 뒤 집으로 향했다. 엘리베이터 안에서 거울에 비친 자신의 모습이 초췌해져 보였다. 엘리베이터에서 내려 집 안으로 들어가 설거지를 하고, 청소를 할까 하다가 몽블랑을 가야될 것 같아 외출 준비를 하고 밖으로 나갔다.

빗줄기가 더 굵게 내린다. 조심스럽게 지하철을 향해 걸었다. 비가 오는 날이어서 지하철 안은 습기에 우중충했다. 승객들이 많아서 빈 자리도 보이지 않았다.

멀리 몽블랑이 보였다. 보도블록 가장자리 바닥에 비를 맞고 떨어져 있는 지갑이 눈에 들어왔다. 지갑을 주어보니 현금이 두둑하게 들어있다. 빗속에서 다시 또, 주변을 두리번거린다. 주변에는 아무도 없다. 은영은 묵직한 지갑을 들고 갈등하기 시작했다.

이 돈은 몽블랑에서 두 달 동안 일을 해야 벌 수 있다. 가족끼리 1박 2일로 여행도 갈 수 있다. 다시 갈등이 밀려왔다. 빗소리가 들리지 않는다. 입안의 침이 마르는 것을 느끼며 서 있었다.

어떡하지? 그래, 주인을 찾아주는 것이 옳겠지.

근처에 경찰서 지구대가 있다. 지구대를 향하여 빠르게 걸음을 옮겼다.

경찰서 지구대 안은 한가했다. 은영은 조심스럽게 카운터 앞으로 가서 지갑을 올려놓았다.

"저쪽 길에 떨어져 있었어요."

"그래요? 잠깐 이 안으로 들어오세요."

경찰관은 은영을 안으로 안내했다. 은영이 안으로 들어오자 일회용 커피를 타 가지고 와서 내밀었다.

"정말 착하신 분이십니다. 서장님께 보고를 해서 상을 드리도록 하겠습니다."

경찰관이 이름, 주소, 연락처를 묻고 나서 말했다.

"아닙니다. 돈을 잃어버리신 분이 얼마나 속상하겠어요. 빨리 찾아 갔으면 좋겠습니다."

은영은 평소 잘 먹지 않던 믹스커피 향기가 감미롭게 느껴졌다. 역시 돈지갑을 지구대로 가지고 온 걸 잘했다는 생각이 들면서 소라 얼굴이 떠올랐다.

소라야, 엄마가 오늘 착한 일을 했단다, 라고 마음속으로 생각을 했다. 소라와 민준에게 자랑 할 것을 생각하니까 잠시나마 가라 앉았던 기분이 녹아드는 것을 느꼈다.

"주인이 찾으러 오면 전화 드리라고 하겠습니다."

경찰이 일어나서 일부러 거수경례를 했다.

"아니에요, 당연한 일을 했을 뿐인데요."

은영은 우산을 펼쳐 들고 밖으로 나갔다. 비는 여전히 내리고 있었다. 빗속으로 파고드는 순간 종석의 얼굴이 떠올랐다. 은영은 몽블랑으로 향했다.

"어서 오세요."

"사장님 안 계세요?"

은영이 베이킹 안을 기웃거리다 물었다.

"예, 잠시 외출하셨습니다."

"사장님 친척 되는 직원은?"

"곧 올 겁니다. 잠시만 기다리세요."

은영은 아메리카노를 주문하고 의자에 앉아 창밖을 바라봤다. 어떡하든 오늘 김 사장하고 결판을 낼 생각이다. 하지만 자신은 없었다.

그래도 해보는 데까지 해볼 생각이다. 커피를 몇 모금 마셨지만 싱겁긴 하다.

　종석은 은행 앞에서 바지주머니에 손을 넣어 담배와 라이터를 꺼냈다. 빗줄기가 점점 굵어지고 있었다. 은행건물 뒤편으로 돌아가자 흡연실이 눈에 들어왔다. 흡연실로 들어가 라이터를 켜서 담배에 불을 붙였다. 비를 피하느라 빨리 뛰어 온 것이 문제였는지 담배를 빨자마자 잔기침이 새어 나왔다. 담배를 왼손에서 오른손으로 바꾼 후에 왼손으로 바지주머니를 더듬거렸다. 은행에 도착했을 때 불길한 예감은 빗나가지 않았다. 왼쪽 바지주머니에 있어야 할 지갑은 없고, 먼지만 그 자리를 채우고 있었다.
　'헐! 지갑.'
　종석은 입에 물고 있던 담배를 바닥에 내팽개치고 종종걸음으로 걷기 시작했다. 은행에서 몽블랑으로 되돌아가는 거리였다. 비는 점점 굵어지고 있었지만 비를 맞는 것은 문제가 되지 않았다. 지갑 안에 들어있던 돈은 김 사장이 입금하라고 건네 준 5만 원권 300만 원 현금이었다. 몽블랑으로 돌아가는 거리는 길게만 느껴졌다. 지나가는 사람들마다 의심하지 않을 수 없었다. 그렇다고 앞에 있는 사람들의 바지주머니와 가방을 열어볼 수도 없는 노릇이었다.
　굵어져 있는 비는 빠르게 바닥으로 모이며 도로변 하수구로 들어가기 시작했다. 그 소리가 종석을 더욱 비참하게 만들고 있었다. 돈은 어차피 종이였다. 종이는 물에 약할 수밖에 없었다. 종종걸음으로 걷던 발걸음은 어느새 뜀박질로 변해 있었다. 앞에 있는 보도블록, 옆에 움푹 패인 하수구, 누군가 버리고 간 쓰레기봉투. 종석은 미친 듯이 매만지며 확인했다. 하지만 돈은커녕 지갑처럼 생긴 그 무엇도 보이질 않았다. 빗줄기는 이제 약해졌지만 몽블랑 간판이 앞에 있었다.

몽블랑 간판은 오늘따라 크게 보였다. 종석은 은행으로 다시 한 번 돌아가 볼까 생각했지만 의욕이 나질 않았다. 김 사장 얼굴과 5만 원권 300만 원이 눈앞에서 아지랑이처럼 아른거렸다.

종석은 몽블랑 문을 열고 들어갔다. 이미 입고 있던 옷은 비에 맞아 모두 젖었고 머리카락에서는 빗방울이 일정한 간격으로 바닥에 떨어지고 있었다. 안은 적막할 정도로 조용했다. 바닥으로 떨어지는 빗방울소리가 그만큼 크게 들렸다.

창가 쪽 테이블에는 은영이 커피를 마시고 있었다. 젖은 머리카락 사이로 갈라진 틈에서는 커피에서 올라오는 연기만큼 은영의 얼굴도 또렷하게 보였다.

은영은 창문으로 비춰진 종석을 물끄러미 바라보다 고개를 돌렸다.

"무슨 일 있어요?"

종석은 젖은 머리카락을 매만지며 고개를 숙였다. 쥐구멍이라도 들어가고 싶었다.

"지갑을 잊어버렸어요."

"혹시, 브라운 색?"

"네. 맞아요."

은영은 천천히 일어나며 미소를 지었다.

"길 건너편 파출소에 있을 거예요."

종석은 은영의 말이 무슨 뜻인지 이해가 가질 않았다. 미소는 더 더욱 알 수 없었다.

종석은 문을 열고 밖으로 나갔다. 빗줄기는 약해졌지만 여전히 비가 내리고 있었다. 신호를 기다리며 돌아서서 은영을 바라봤다. 은영도 창가에 기대어 종석을 바라보고 있었다. 신호등이 깜박일 때마다 노란색 불빛이 은영의 얼굴 위로 포개졌다.

종석은 사람들과 같이 행단보도를 건너갔다. 먼 길을 떠나는 여행자처럼.

도시인 길들이기

아침 출근 시간대에 지하철 입구에서 십 분만 사람들을 지켜보자. 지하로 내려가는 도시인들 거의가 뛰어 내려간다. 이제 갓 회사에 취직을 한 새내기들은 물론이고, 아랫배가 적당히 튀어나온 중년, 회사에서 부장님 소리를 들을 것 같은 중장년들도 발걸음이 바쁘기만 하다.

이른 새벽이라고 좀 한가할까? 새벽에 거리를 나서 보면 버스정류소나 지하철역으로 향하는 발걸음은 러시아워 때보다 더 바쁘게 걷는다. 누가 도시인들을 이렇게 이른 새벽부터 바쁘게 만들었을까? 배미경 작가의 처녀작 『다람쥐 길들이기』를 읽어 보면 그 해답에 나올지 모른다.

요즈음은 미혼의 이십 대들보다 기혼의 삼사십 대 여자들이 더 젊게 옷을 입고 다닌다. 이십 대들과 뒤섞여 있는 삼사십 대는 분명 세월의 흔적이 얼굴에 묻어 있기는 하지만 패션감각은 젊은 것이 사실이다.

주인공 은영은 전형적인 30대 워킹맘이다. 그러나 다른 여자들처럼 젊게 보이기 위해 꾸미지 않는다. 삼십 대 워킹맘이 가질 수 있는 취미활동도 가끔 하고 제과점 아르바이트 직원으로 근무를 하면서 언젠가 아름다운 바닷가에 빵집을 차릴 꿈을 꾸고 있다.

현실은 바닷가의 빵집이 요원하기만 하다. 은영이 다니는 빵집은 전형적인 사회의 축소판이다. 그녀는 다람쥐처럼 집을 나와서 지하철을 빠져나가 빵집으로 출근을 한다. 일이 끝나면 다시 지하철을 타고 집으로 향한다.

겉에서 볼 때는 매일 매일이 자로 잰 듯 똑같은 일상이지만, 속은 그렇지가 않다. 빵집 사장의 어설픈 음모에 도둑으로 몰리게 되고, 구세주로 나섰던 남편은 빵집 사장과 종업원의 술책에 빠져 들어 경찰서를 들락거린다.

빵집 주인에게 뇌물을 받은 형사는 은영의 남편을 은근히 협박하고 정의(正義)의 빛은 어디서도 비추지 않는다. 도시인들은, 아니 도시에서 살고 있는 직장인들은 얼마나 아름다운 꿈을 꾸고 있을까? 대다수의 젊은 직장인들은 미래에 대한 꿈보다는 조기퇴직을 당할지 모른다는 두려움에 떠밀려 아침부터 바쁘게 출근을 하고 있다.

은영의 부부는 그런 두려움으로부터 벗어나려고 그들만의 둥지를 만들려고 노력을 하지만 결국은 억울한 죄인이 되고 만다. 다람쥐처럼 살면서, 다람쥐가 되지 않으면 죄인이 되고 마는 세상에서도 은영은 천성적인 '착함'으로 인해 남편의 누명을 벗게 해 주게 된다.

소설은 손바닥에 땀을 쥐게 긴장스럽게 만들지도 않고, 하품이 나도록 지루하게 만들지도 않는다. 그냥 우리들의 일생을 연한 수채화

처럼 담담하고 소담하게 그려내고 있을 뿐이다.

첫 작품이라 문장 드문드문 다소 거친 면이 없는 것은 아니다. 하지만 현대인들의 삶이 과학시대라는 기계 문명의 수렁에서 허우적거리느라 빛나지 않은 시간들로 이어지고 있는 점을 비추어 보면 결코 그냥 쓴 글이 아니라는 점을 엿볼 수가 있다.

시작은 반이라는 말이 있다. 배미경 작가의 출발은 다소 움츠린 맛이 없지는 않지만 이 작품을 바탕으로 더 훌륭한 작품이 탄생될 것으로 믿는다. 한 권의 장편을 쓴다는 것은 더구나 처음으로 글을 쓰기 시작해서 장편소설을 완성한다는 것은 말처럼 쉽지는 않다. 아니 오랜 세월 동안 습작을 했던 작가들도 감히 도전장을 내밀지 못할 것이다.

배미경 작가는 과감하게 도전장을 내고, 마침내 출간의 문 앞에 서 있다는 점에 갈채를 보낸다.

충북 영동의 우거에서
한 만 수

한동네에 10년 동안 살다보니 상가들의 변화가 보였습니다. 수작이었던 자리에 대형제과점이 오픈을 하면서 동네가 조명 빛 때문인지 밝아져 밤거리를 다닐 때는 좋았습니다. 길모퉁이에서 화려함 뒤에 어둑한 그림자를 보았습니다. 오픈한 지 얼마 되지 않았던 제과점 2개가 폐업을 하는 모습이 시야로 들어왔습니다. 고객으로 갔었던 기억들이 떠올랐습니다. 사장과 직원이 춤추던 장면을 보았던 그날이 엊그제같이 카메라의 줌으로 당겨지듯 눈앞에 펼쳐졌습니다. 평수가 작은 제과점은 대형 제과점이 생기면서 폐업을 하는 모습에서 모티브가 그려졌고, 고래가 나타나서 새우가 눈물을 흘리는 영상이 그려졌습니다. 웃는 자와 우는 자가 공존하는 현실 세계에서, 동네의 모습들에 이야기를 표현하고 싶었습니다.

또 직장에서는 갑과 을의 관계로 연결된 사회적인 면을 말하고 싶었습니다. 거미줄처럼 연관성이 있는 것이 조직의 문화인 것 같아요.

주인공 은영이 가족을 위해서 노력하며 꿈을 향하는 마음이, 갑으로 인해 자꾸만 어긋나고 상처받는 캐릭터를 내세워서 이야기를 전개하며 이끌어 나갔습니다. 갑이라는 조건으로 약자를 이용하려는 제과점 사장의 캐릭터를 내세웠습니다. 분명 어제 있던 상가건물 속 가게가 내일은 없어지기도 하고, 새로운 모습이나 다른 업종으로, 오픈을 하는 가게들의 변화들.

'소설책이 나오면 세상이 달라져 보인다.'라는 말씀을 하시며 용기를 주셨고, 장편의 정상을 향해 출발해서 도착지까지 길을 안내해주신 한만수 교수님 감사드립니다. 글누림 출판사 최종숙 대표님, 이태곤 편집이사님, 문선희 과장님 감사드립니다.

2019년 10월
배미경